蒙古族英雄系列
MENGGUZU YINGXIONG XILIE

格斯尔
的故事

吉日木图◎改编

纳日苏◎译

民族经典

内蒙古出版集团　　内蒙古人民出版社

图书在版编目（CIP）数据

格斯尔的故事／吉日木图改编.-呼和浩特：内蒙古
人民出版社，2014.3

ISBN 978-7-204-12782-5

Ⅰ.①格… Ⅱ.①吉… Ⅲ.①蒙古族-民间故事-
作品集-中国 Ⅳ.①I277.3

中国版本图书馆 CIP 数据核字（2014）第 048110 号

格斯尔的故事

改　　编	吉日木图
翻　　译	纳日苏
责任编辑	张　钧　贾睿茹
封面题字	马继武
封面绘图	马东源
封面设计	柴津津
内文插图	王丽丽
责任校对	杜慧婧
出版发行	内蒙古出版集团　内蒙古人民出版社
地　　址	呼和浩特市新城区新华大街祥泰大厦
印　　刷	内蒙古爱信达教育印务有限责任公司
开　　本	710×1000　1/16
印　　张	16.75
字　　数	260 千
版　　次	2014 年 8 月第 1 版
印　　次	2014 年 8 月第 1 次印刷
印　　数	1-3000 册
书　　号	ISBN 978-7-204-12782-5/I·2523
定　　价	39.80 元

如出现印装质量问题，请与我社联系。联系电话：（0471）4971562　4971659

目 录

第一章

 ## 尼索该·珠儒

从这说起

话说很早以前,玉皇大帝正在无忧无虑,尽享仙间欢乐的时候,他那金碧辉煌的索达拉松城西角,突然坍崩了一万伯勒①。

玉皇大帝心里纳闷:"本皇从未与人为敌,是谁来毁坏的呢?莫不是阿修罗界的诸天神捣的鬼?"他带领佩带武器的三十三天尊赶到出事处一看,原来不是别人毁坏,而是自己坍崩的。

玉皇大帝不解其故,与三十三天尊追究坍崩原因时,不觉恍然大悟,猛然想起早已过去了的一件事儿:释迦牟尼佛祖涅槃之前,玉皇大帝曾赴西天朝拜于他。当时,佛祖降下法者说:"五百年之后,人世间将发生骚乱,人类互相残杀,畜类弱肉强食。你回宫后,从三个儿子中选派一名,下凡称帝,治理天下,使黎民百姓安居乐业"。可是,事过了七百年了,玉皇大帝把佛祖的法者忘得一光二净,根本没让皇子下凡投胎。

玉皇大帝省悟到索达拉松城坍崩的原因之后,经与三十三天尊商议,派遣使臣传下御旨,问三位太子哪个下到凡间去普救众生。

----

① 古代距离单位。一说八十丈为一伯勒,一说五公里为一伯勒。

使臣回来禀报道："去问了三位皇子,有的说人世间的可汗我当不了;有的说凡界的事儿与我无干,哪个人也不肯下去。"

玉皇大帝听罢,又传下圣旨,把三位皇子宣到凌霄宝殿,圣颜大怒道:

"叫你们其中一个到凡间去镇伏妖魔,普救众生的这旨意,是我奉佛祖之命所下的。满以为你们会领会这般好意,不承想,你们个个目无伦常,慢待我的御旨。从今以后,你们干脆篡夺我的皇位,各行其是好啦!"

三位太子听后,个个恐慌不安,当下脱帽下跪叩头回禀:"父皇休怒,我们没有这个意思。"大太子阿敏沙希格其接着说:

"我不是存心违抗父皇的旨意,怕的是到了凡间没有能耐登极当皇帝,被世人耻笑。在世间一传开玉皇大帝的大太子阿敏沙希格其,治理不了国家,当不了皇帝,岂不辱及陛下的名威!"他又面向二太子说:"威勒布图格其精通多般武艺,在阿修罗界召开的那达幕大会上,比射箭,他领了先;与三十三天尊一起举办的那达幕大会上,比摔跤,没人是他的对手;在下界与龙王们比武的盛会上,也没人也胜过他。他武艺高强,本领超群,名震三界。要到凡间称帝,我想只有他合适。"

三十三天尊也说:

"阿敏沙希格其说得有理。在每次那达幕大会上,无论赛武艺,比摔跤,我们都不是他的对手。"

三太子特古斯朝克图听后,随后赞同道:

"大太子和三十三天尊说得极是。"

二太子威勒布图格其道:

"那我只好尊众父皇的圣旨,到凡间走一遭了。只是求父皇恩准几件事儿:请把耀霜宝兰甲、闪电护背旗、日月双升白宝盔、三拖青钢宝剑、金索宝套、九十三斤重的大金钢斧、六十三斤重的小金钢斧和九股铁索套赐给我。"

"好,还有啥请求?"

"请求三十三天尊送一位天神托生为我凡间的胞兄,从其他天神中选出三十位来,随我一起下凡,作为我的近身勇士。皇儿本不应该强求

分外的恩赐,可是,玉皇大帝的二太子下到人间后,被妖魔鬼怪战败,登不了极,坐不成汗位,岂不辱及父皇和诸天尊的名威!"

三十三天尊听后,齐声道:

"二太子所言极是。"

"我求得这些,还为除掉残暴,让民众过上安居乐业的光景。请父皇体谅皇儿的奏请。"

玉皇大帝听罢,龙颜大悦,便道:

"皇儿呀,准你请求。"

威勒布图格其接着对阿敏沙希格其和特古斯朝克图说:

"看来你们二位是不愿意到凡间了。那么,当我到人世间,造福众生,功成名就,返回天堂后,继承父皇帝位的应该是我了。"

"这个自然!"哥哥和弟弟齐声道。

威勒布图格其又奏玉皇大帝:

"请父皇赐给一把宝磁青钢刀。"

"准奏!"

"托生凡间后,请送给我一匹无害于生灵的神马。"

"准奏!"

二太子威勒布图格其辞别了父皇、三十三天尊和兄弟,降到了凡间。他就是未来威镇十方的圣主格斯尔可汗。

投胎出世

那时,人世间有图沙、通沙尔、灵格三大部落。图沙部的诺彦为桑伦、通沙尔部的诺彦①为乞尔金,灵格部的诺彦为楚通,这三位诺彦为同母所生的亲兄弟。其中,楚通诺彦势力最大,牲畜最多,他那能追上急流的沙毛驹,能追上狐狸的黄花驹,能追上獐狍的红花驹更为人们所称道。

---

① 诺彦:蒙语意为首领。

与他们为邻的,还有一个候白音①。这位白音相当富裕,有很多很多牲畜。有一天,三大部落的首领商定,要举兵侵吞这位候白音的家产和牲畜。为人狡诈的楚通诺彦妄图独自占有白音的一切,便骑上一匹快马,先赶到候白音的营帐,装好人说:

"图沙、通沙尔两部将举兵来袭击你们,还不快逃?"

候白音的女儿格格沙·阿木尔吉勒一听这话,穿好衣服就朝外逃。楚通诺彦见她长得十分漂亮,起身追了出去。这时,正值严冬时节,河水已结成冰。格格沙·阿木尔勒跑啊跑,在渡过那条河时,不留心滑倒在河冰上,摔断了臀部筋骨,被后面赶来的楚通诺彦抓去。楚通诺彦把她带回家一看,是个残废人,便老大的不高兴:"像我这样体面的诺彦,怎么能娶个瘸腿的女人为妻呢!"可是,送给别人吧,又舍不得。想来想去,决定把格格沙·阿木尔吉勒许配给兄长桑伦。不料,这位姑娘嫁给桑伦后,很快就养好伤,恢复了先前那健美艳丽的姿容。

楚通诺彦眼见这般美丽的姑娘,叫别人占有了,便嫉妒起来。他苦思冥想一番后,以"他们两个成婚后,没能生出个体格健壮的胖儿子,天下又大乱了"为借口,责令他们赶快离开这里。当他们走时,心狠手辣的楚通赶去,不但霸占了桑伦的前妻,又抢走了他全部家产和牲畜,只给留下了一峰带着豹花驼羔的豹花母驼,一头带着豹花幼犊的豹花乳牛,一只带着豹花羔羊的豹花母羊,一条带着豹花小崽的豹花母狗,给了一顶破帐篷,便厉声道:

"你们就到那很远很远的三河交叉口去住吧!"

桑伦夫妻二人来到这里后,在放牧那三两头牲口之余,还从附近套捕鼹鼠,有时能套住十几只,有时能套住七八只,他们便依此来糊口度日。

一天,妻子格格沙·阿木尔吉勒和往常一样,又到野外捡柴。忽然飞来一只鸟胸人背的大鹰,在她头上来回盘旋,好像在寻觅栖身的地方。格格沙·阿木尔吉勒奇怪地问:

---

① 白音:蒙语意为富人。

"鹰儿呀,鹰儿,为什么你的前胸像鸟,后背如人呢?"

"前胸长得像鸟类,是因为我忘记了祖先和舅舅,后背长得像人体,是因为我毁坏了原先的躯体。我从天宫下凡,想找一个女人投胎转世。可是,要投胎就得找一个像你这样贤惠的女人,要不就不转世了。"说罢,鹰儿翩然飞去。

这一月的初八那天夜晚,格格沙·阿木尔吉勒出外捡完柴,正往家赶时,突然从远处跑来个长得很高很高、很粗很粗的大汉,不由分说,把她按倒在地就走了。过了好一阵儿,她勉强支撑起身子,急忙赶回了家,想起路上发生的事儿,深觉奇怪。她在家里待了一会儿,想弄出个究竟,又走了出来。这夜,可好降了些微雪。她沿着雪地上那大汉留下的足印,一直跟踪而去。天将蒙蒙亮时,她走进一个峡谷,峡谷里有一座岩石洞。格格沙·阿木尔吉勒朝洞里一瞭,有一个大汉坐在黄金宝座上,只见他前面竖着一杆斑斓大旗,头戴一顶斑斓帽子,身穿一件斑斓衣服,足蹬一双斑斓靴子,两肘架在黄金宝座扶手上,一边擦着衣服上的霜雪,一边嘟哝着:"今晚可真累坏了。"

格格沙·阿木尔吉勒眼见这些,吓得急忙转身往回赶。等她上气不接下气地进了家门,肚子已经一下子大得坐也不行,躺也不能了。

十五那天早晨,桑伦依旧拿上套索,要赶牲畜出外放牧。妻子格格沙·阿木尔吉勒劝阻道:

"今天,你就别出去啦,我好像听见肚子里有人在说话,真怕得慌。"

"让我成天守着你,谁去捕鼹鼠,谁去放这几头牲口?捕不住鼹鼠,你我二人吃什么?"桑伦没听妻子的劝阻又走了。这一天,他运气好,套住了七十只鼹鼠,背回家里,向妻子说:

"今天真有福气,捕的鼹鼠比哪天都多。"于是放下鼹鼠又兴致勃勃地走了。

天将黄昏时,格格沙·阿木尔吉勒的肚子阵阵作痛,过了一会儿,她陆续生出四个婴儿。他们唱着歌儿,各自报着姓名:大的叫宝阿·通重·嘎尔布,出生后主宰天宫去了;二的叫阿丽亚·阿瓦罗里·乌特格里,出生后主宰龙宫去了;三的叫叶尔扎木苏·达里·敖德木,出生后管辖十方众仙子去了。唯有最后一个,名叫格斯尔·嘎尔布·图鲁布,出生时很不寻常,怒瞪右眼,圆瞪左眼,高举右手,紧握左拳,翘起右腿,伸直左腿,咬紧四十五颗雪白牙齿。

母亲哭丧着脸说:

"哎呀,这可咋办,先生的那三个孩子一定是佛尊转世的,一个个都走了;留下的这一个,瞧他这相,说不定是魔鬼转生的呢。叫我拿啥割你脐带呀?"说着从枕头底下取出一把剃头刀去割,可咋也割不动。

孩子道:

"妈妈,这把刀割不断我的脐带,请你到门前那海子边,那儿有一块黑石头,用它能够割断。可在割时要祝福:'愿你的性命比石头还坚硬,福禄长寿!'割后用白荻草扎好我的脐带,扎时要祝福:'愿你的朋友比白荻还要多,除魔立业!'"

母亲用衣襟兜着孩子,跑到那海子边,照着儿子说的一件一件办完。

却说,当格斯尔出生时,下了一场冷雨,格格沙·阿木尔吉勒为割断他的脐带到海边那当儿,竟冻伤了小拇指,心里很不痛快,便埋怨道:

"你这个作孽的孩子,这都是你的过!"

"妈妈,请不要哭,也不要骂,把手指伸进海水里洗一洗,便会好的。"

母亲依着孩子的话,将手指放进海水里一洗,果真好得和从前一样了。

母亲把孩子抱回家,放在帐幕里,发着愁嘟哝:"个头这么大,妈把你放在哪儿睡呢? 看来,只好拿帐前这壕沟作摇车了。"说着朝上一抱,不料,孩子从怀里挣脱了出来,再一抱,又挣脱了出来,一边挣闹,一边像大人似地说:

"妈妈,我出生时,怒瞪右眼是为了盯死魔鸦;圆瞪左眼是为了同样对待吉凶两种命运;高举右手是为了镇伏一切反抗者;握紧左手是为了主宰天下;翘起右腿是为了宣扬宗教;伸直左腿是为了踩毁异教徒;咬紧四十五颗雪白牙齿是为了吞掉恶魔的气焰。"

母亲听后,更为吃惊,便道:

"大凡婴儿出生时,都是闭着眼睛,用两个无名指按住鼻子。可这孩

子怎么一出生就这般口齿伶俐,能跑能跳呢?"

正当母子二人说话时,桑伦回来了。他站在院子里一听,一会儿传来妻子说话声,一会儿传来猛虎咆哮般的声音。老头背着十几只鼹鼠,拖着路上拾来的那九股铁套子走进帐幕,奇怪地问:

"你在跟谁说话,这是咋回事儿?"

妻子生气道:

"你这贱骨头,真没福气。不让你走,让你守在我身边,可你不听。结果我先生出的三个婴儿,哎,一个上了天宫,一个下了龙宫,一个到了仙界,他们都是佛尊转生的。眼下留下的这个,说不定是魔鬼托生的,快拿去给扔了吧!"

"啊呀,咱们又不是预知未来的佛爷,你咋知道他是魔鬼托生的?兴许有了他,从此就时来运转了呢!你不看,今天我前前后后套住了八十几只鼹鼠,那几头老弱牲畜也揣了胎,肚子渐渐胀大起来,都快要垂地了。从前咱家附近从来没有过成群的鼹鼠,可今天就不一样了,天气好,又没下雪,捕住了这么多鼹鼠不说,从离咱家一箭之地的地方还捡着这奇怪的家伙。我活到这把年纪也没见过,不知是网子,还是套子,这不!"说罢,将九股铁套子扔在地上。

格格沙·阿木尔吉勒听后,也觉得有理,便道:

"那咱们就抚养他吧。"

接着,夫妻俩又给孩子起了个名字,叫珠儒。

圣主格斯尔就这样投胎降生到了人间。

除妖斩魔

人世间,有一只专用设备啄瞎婴儿眼睛为生的黑嘴魔鸦。那魔鸦得知小格斯尔降生了,又要来啄瞎他的眼睛,并图谋将他弄死。神明的格斯尔预知这件事儿后,就睁开一只眼,闭上一只眼,在睁开着的那只眼上放上九股铁套子等候。当黑嘴魔鸦飞来啄他眼睛时,格斯尔一拉铁套子的索子,即刻捕住并将它斩死了。

在格斯尔两岁时，一个魔鬼装作摩顶襄灾的喇嘛要来害死他。格斯尔知道后，咬紧四十五颗雪白牙齿，躺在帐里等候。魔鬼假装行善僧人前来用手指掰了掰他的牙齿，用尖顶挑了挑他的牙齿，都没能弄开，便问他的母亲：

"这孩子有没有舌头？是不是一出生牙齿就咬紧着？"

"一生下来就是哭，我们也不知道他有没有舌头。"

"我把舌头伸进他嘴里，看他张开不张开嘴？"

"那你就试一试吧。"

喇嘛把舌头塞入孩子嘴里，孩子动嘴吮吸起来。喇嘛高兴地说："这不，他在吮吸呢。"接着又朝里伸进一些。格斯尔装作吮吸，趁其不防，使劲一咬，魔鬼舌头断了，当下死于非命。

格斯尔三岁那年，有一个鼹鼠精长成牛那么大，时常来啃翻草皮，毁坏牧场，给四周百姓造成了极大灾难。格斯尔得知后，变作一位牧羊的老人，手里拿着一把斧子赶去，紧随其后。当这鼹鼠精又开始啃翻草皮时，格斯尔立刻跑上去，一斧子砍在它两个犄角之间，结果了它的性命。

小格斯尔三年斩了三个妖魔，为民除了害后，他的母羊生出了银白色的羔羊，骒马生出了枣骝骏驹，乳牛生出了铁青犊牛，母狗也生了个铁嘴铜头的小狗。

一天，格斯尔赶着这些牲畜，一边放牧，一边拔了三七二十一枝榆树条，三七二十一根芦苇，三七二十一根鬼针草，三七二十一枝杏树条。他用榆树条抽打骒马，祝福它生出榆树条那样多的白骏马；他用芦苇抽打乳牛，祝福它生出尾如芦叶，色如芦花的牛犊；他用鬼针草抽打羊儿，祝福它生出有如鬼针草那么繁多的羊羔；他用杏树枝抽打骆驼，祝福它生出比杏枝还要多的驼羔来。没过多久，他真的如愿以偿了，骒马生出了多如榆树条、皮毛洁白的马驹，牛羊、骆驼也以格斯尔的愿望，相继繁殖起来了，遍布山野，不计其数。

桑伦老头看着这水草旺盛、牛羊成群的兴旺景象，高兴得合不拢嘴。然而，一想起故土和亲人，又不由自主地恨起逐放他和妻子的楚通。于是，他赶回故乡，斥责楚通道：

"让你恨之入骨、被你驱逐出境的格格沙·阿木尔吉勒,为我生了个儿子,叫格斯尔。我让他回来当这个家,你要还回我的前妻和全部家产、牲畜!"

亲戚们听后,一齐道:

"桑伦说得有理!"

楚通无奈,被迫把桑伦的前妻、财产和畜群都归还给了原主。从此,桑伦和前妻所生的哲萨·希格尔、荣萨,还有格格沙·阿木尔吉勒生的珠儒四人,放牧起自己的畜群,支起银白色帐幕,阖家团聚,过起了美满幸福的光景。

一次,楚通诺彦出外打猎,眼见一处新扎的营帐,惊奇地问随从:

"这整齐崭新的帐幕是谁的?那漫山遍野的牛羊群又是哪一家的?去探听探听!"

随从回来告知是桑伦的。楚通便带着家人前来问桑伦:

"是谁送了你们这么多牲畜和家产的?"

珠儒走过去慢条斯理地说:

"你是个不识钢铁的锉,不认主人的狗!你和我父亲原本是亲如手足的兄弟,可你非赶走他不可。上至玉帝下至龙王看不服,便大发慈悲,给了我这些财产和牲畜,你眼红啦?"

楚通一看珠儒不好惹,眼珠子一转,又想出个毒计,便道:

"鸟道峡谷里有七个魔鬼,每天要吃掉七百个人、七百匹马。佛尊有令,让我把珠儒母子二人作为贡品奉献上去,以免除众人之灾,快去吧!"

珠儒听后,笑着答应了下来。这可气坏了在一旁的母亲,指着珠儒说:

"儿呀,你笑什么?我满以为你是个好样的汉子,谁想到竟是个无知的孩子!要知道,那鸟道峡谷是魔鬼的地方,这明明是叫我们去送死啊!"

"妈妈,别说啦,住在这儿叫楚通叔叔杀掉,到那儿让魔鬼吃掉,反正都一样。"小珠儒瞅着楚通冷笑着说。

于是母子二人骑在一条瘦弱的母牦牛背上,驮着一顶破黑帐幕,直奔鸟道峡谷而去。走到峡谷的源头,珠儒搭起破帐幕,给母亲生起了火,便出去打猎了。一阵儿珠儒猎回二七一十四只鼹鼠,烤好七只,煮熟七只,等候那七个魔鬼的到来。

夜晚,一阵狂风过后,扬起了滚滚尘埃,珠儒出去一看,原来七个魔鬼赶着一百个人和一百匹马来到了帐前,魔鬼们见到珠儒后,惊奇地说:

"你不是那位威镇十方的圣主格斯尔可汗吗,何必大驾亲自迎接!这真叫我们惶恐不安呀。"

"你们的来历我全清楚。据楚通讲,你们七个每天要吃七百个人和七百匹马。他想害死我们母子二人,就把我们当贡品送到这里来了,你们来吃好啦!"

"圣主啊,我们哪敢吃你呢!"

"好,不肯吃我,就请到寒舍吃口肉,喝口茶吧!"

七个魔鬼进帐后,珠儒端出那二七一十四只鼹鼠,他们连一只也没吃完就要起身告辞。

珠儒见他们不肯吃鼹鼠,便道:

"给你们看一件宝贝,看中了,就送给你们。你们拿走它,就得将坐骑留下!"

魔鬼们听后,有些恐慌不安,互相私语:"坐骑留下来,骑啥回去?"

小珠儒揣摸出他们的心里,拿出七根白神杖,便道:

"你们别着急,驾上它就可以回去。这不是一般的木杖,而是个能翻山越岭、横跨草原、冲入云端、穿过密林、飞渡大海的神杖,不比你们的马强吗?"

七个魔鬼信以为真,把坐骑留给珠儒,各自驾起一根神杖,高高兴兴地走了。他们见驾上它果真横跨了大川,又想到海上试一试。七根神杖一到海面,立刻摔掉七个魔鬼,钻入水中,恢复了原形,飞回主人那里;而魔鬼们却不识水性,沉到海底淹死了。

格斯尔就这样除掉了三妖七魔。

收服黎民

有一天,萨尔达嘎钦、阿亚格钦和博利亚钦三个部落的三百黎民领上家中老小来到珠儒住地附近打猎。珠儒见了后,变出一只金胸、银腰、白爪的小艾虎,一边夸耀着这只奇兽,一边玩耍着,前来迎接他们。三百黎民见了这只艾虎,个个赞叹不已,他们不去打猎,却一起围上来观赏。到了黄昏时分,珠儒回了家,三百黎民就地露宿。

不一会儿,从黎民处来了个人,对珠儒说:

"我们那里有一位年轻美貌的夫人,她见你那只小艾虎很稀罕,想借去玩一玩。"

"借倒可以,要是给放跑了,你们得用三百匹马来抵偿!"

"行。"

"这事儿,你们的首领准许了吗?"

"首领还不知道。"

"那可不行,你回禀了首领再说。"

那人回去问了首领,首领答应放跑艾虎,拿马匹抵偿,那人便返回来向珠儒说:

"我们首领说就按你说的去办。"

"别看它小,本事可大着哩。当心放跑了!"珠儒说罢,将艾虎交给了来人。

那人带回艾虎,夫人逗着玩完了,又让孩子们玩,睡觉时就把它扣在锅里。谁想趁人们熟睡之机,艾虎钻出来偷偷跑回主人那里去了。

次日大早,珠儒赶到三百黎民的宿营地喊道:

"还我艾虎来!"

他们揭开锅一看,艾虎没了,便道:

"你的艾虎挖了个洞跑了!"

"我那艾虎是稀世之兽,我们有话在先,快交三百匹马来!"

双方争执了一阵儿,对方见珠儒是个小孩,好欺负,没给马匹,赶着马群便走了。

珠儒紧追不放。当他们正从两座山峰之间经过时，珠儒立刻爬上左边的山峰，顺手拿起一块峰岩，朝着对面的那座山峰抛了过去，打得那山峰来回打转，震得这边的山峰摇摇欲坠。霎时间，这两座山的岩石滚滚而下，直落在三百黎民和牲畜身上。逃，逃不掉，跑，跑不脱，打得他们人仰马翻，叫苦连天，一齐哀求道：

"珠儒呀，我们实在受不了啦，有啥话就直说吧！"

"没啥可说的，还我艾虎来！"

"你的艾虎不是跑了吗，遵照前言，给你三百匹马，我们也归顺于你，行吗？"

珠儒听后，这才制止住滚滚而下的山石，收服了这三百黎民，赶着三百匹马回了家。

痛打楚通

珠儒领上母亲，驮着帐幕回到了家乡。楚通见他们母子二人未被魔鬼吃掉，又想出了个迫害他们的鬼主意。一天，他赶到珠儒处，假惺惺地说：

"你们不想在鸟道峡谷也行，我到那里去住。眼下，这儿的牧场不够用了，你们就到恩和勒古岗住吧，那儿水草也挺肥美嘛！"

珠儒听后，仍是笑了一下，便答应了下来。

母亲哭丧着脸对珠儒说：

"我以为你是创业的好汉呢，谁想是个败家的东西！楚通在骗你，那恩和勒古岗是片不毛之地，夏天不下雨，冬天刮暴风下大雪。那鬼地方别说狩猎野兽，就连烧的牛粪、干柴也没有。与其到那儿去送死，不如在楚通的领地纺织毛品来糊口度日！"

"妈妈，你别说啦！常言道：山羊恋其伴，相互一角抵便散开，女人恋其友，彼此一口角又分手了。我们还是走吧！"说罢，珠儒领上母亲起程，到恩和勒古岗下营了。

珠儒一到这荒凉的恩和勒古岗，就引来海水，并在周围种植了各类花草树木。过了不久，草树长高了，树结了果实，这块不毛之地，一下子变成吉祥的乐园，随之珍禽异兽也来栖身了。珠儒把它命名为齐希拉玛嘎·呼拉嘎图。

一天，珠儒出外狩猎，见塔斯奈国额尔敦民可汗一支五百人的商队，到太平可汗处采办珍珠奇宝等货物，从这恩和勒古岗经过。这些人所带的物品，无所不有，他们手艺高强，种种建筑工艺，无所不能。

珠儒使用分身术，变出二十名勇士和无数只螫人的毒蜂、虻虫，赶来袭击他们。这五百人的商队，顿时乱作一团，走投无路便纷纷下跪哀告：

"你们是圣主格斯尔的化身吧！"

"是又怎么样？"

"可敬的圣主呀，不知我们犯了啥罪，你这样惩罚我们。要这些珍珠奇宝，随你的便；想收服我们做你的盟友伙伴，我们心甘情愿。"

珠儒听了他们的哀求，收回勇士和毒蜂、虻虫，把他们领到营地，便道：

"用金、银、铁、石四种材料，给我造一座像供奉观音菩萨那般美丽的宫殿好吗？"

"这有啥难的。"说罢，众人一齐动手，在海子上架起石桥，运来石料，竖起了石柱；用铁做椽子，以铅做窗框，每个窗子上嵌上一颗夜明珠，宝光射向宫殿各角；宫殿顶上镶了银片，外铺金瓦，窗楣上又镶了一颗夜明珠，然后挖了个渠，把甘露之水引入宫殿。建成这般富丽堂皇的宫殿之后，这伙商队的首领大林台·斯琴、大林台·乌仁二人找到珠儒禀报：

"这是一座风吹不歪，雨淋不透，也不需要灯火香烛照明的宫殿，不知合不合圣主的心意。"

珠儒跟着两位首领把宫殿里里外外观看了一番后道：

"建得蛮好，你们可以回去了。当你们路过吐伯特部时，楚通诺彦一定前来问讯是不是到过恩和勒古岗，你们就说到过；接着他还要打听尼索该·珠儒的死活，你们说给他，珠儒建完一座美丽的宫殿便死去了。眼下，那宫殿空着没人住。"

商队走后，珠儒从宫殿四周用虎刺树枝围了一圈栅栏。直对宫门，

留下仅供一人一马出入的口子,暗暗埋下一条五十米长的铁绊索,靠里处又竖起两根五米高的桩子,拿铁丝网连住等候。

大林台·斯琴、大林台·乌仁率领商队赶到吐伯特部时,楚通见了他们,便前去探听各处的消息。两位首领把珠儒所嘱咐的那番话,当作自己所见所闻,一五一十说给楚通诺彦。

楚通诺彦听了两人所言,说了一声"好"立刻回到家带上弓囊,跨上黑马,飞也似的驰向恩和勒古岗。珠儒见楚通奔来,便卧在那铁丝网旁边,装作死人,一动不动。

楚通奔到那栅栏入口,黑马用前腿刨地,不肯进去。楚通不知有埋伏,便一个劲地抽打黑马,黑马吃不消抽打,朝那口子一冲,猛然被铁绊索绊倒。珠儒立刻跳起来,拔出那两根桩子,展开铁丝网,把楚通连人带马捆作一团,痛打一顿之后,未解铁丝网,照着原样放走了他。

楚通被捆缚在马上赶到了家乡。人们见他这副模样,以为是中了邪便拼命去追赶,可是咋也追不上。黑马驮着楚通诺彦在荒野上一连气跑了七天七夜。后来幸遇许多猎人,大家前截后堵,重重围住,抓住黑马,这才解下铁丝网,把楚通搡下来。这位尊贵的诺彦在地上呻吟着躺了一会儿,想站起来,可怎么也起不了身。人们不解地问:

"诺彦呀,你这是怎么啦?"

楚通咬牙切齿地愤愤骂道:

"有一伙商人路过家门口,我去向他们打听珠儒的消息,他们说珠儒死了,我听信了这话就赶到恩和勒古岗,可珠儒根本就没有死,是他把我打成这个样子。这帮该死的混账商人,难道我跟他们有杀父之恨,害母之仇不成,为啥要欺骗我!"

在一旁的哲萨·希格尔听了这话,凑上去斥责道:

"你说你与这伙商人没有杀父之恨,害母之仇,那么珠儒杀了你的父亲?害了你的母亲?你为啥把他逐放到那该死的恩和勒古岗?珠儒打死了你这狠心的叔父才好呢!"

楚通被哲萨·希格尔顶得哑口无言,直到众人走了以后,家人才将他扶回了家。

阿尔伦·高娃

一天,珠儒在山野里打猎,马白音的女儿阿尔伦·高娃宰了只羊,做好肉饽饽,装入口袋里,来找珠儒。珠儒问:

"你是谁家姑娘? 找我有啥事儿?"

姑娘道:

"我是马白音的女儿,叫阿尔伦·高娃,父亲打发我来向你求一片放牧的草场。"

珠儒把姑娘领回家,将食物交给母亲后道:

"叫这位姑娘暂时住在这里。"说罢,便出去了。

过了一会儿,珠儒回来一看,姑娘睡着了。他想戏弄一下阿尔伦·高娃,就从她父亲的马群里,拣来一匹流产下来的死马驹,悄悄放入她衣襟下面后,一边摇晃她的身子,一边喊道:

"快起来,快起来!"

姑娘醒来坐起后,珠儒指着她衣襟下面那小驹道:

"好一个作孽的姑娘,你仔细瞧瞧,那是什么? 老人们常说,与契丹奴隶有了私情,生下婴儿的肢体像马腿。看你生了个啥怪物!"

"啊呦,你在说些什么呀!"姑娘说着一起身,从衣襟里掉下一个死马驹。她羞愧难容,哭丧着脸央求道:

"真是在作孽,这该怎么办好呀? 尊敬的珠儒,这事儿可千万别向人讲。你愿意,我就嫁给你吧!"

"这话当真?"

"当真!"

珠儒听罢姑娘的许诺,即刻割下马驹尾巴,围在姑娘脖颈上,当作订婚的信物。接着,他指着前面的草场说:

"叫你父亲就在那放牧吧!"

阿尔伦·高娃求得牧场,又订了亲事,便回了家。

制服却里斯通

马白音的另一个女儿希姆荪·高娃决定跟楚通的大儿子阿拉坦成婚。老白音派遣她哥哥却里斯通喇嘛和迎亲来的乞尔金老伯二人把女儿送往楚通营地。途中可巧与打猎的珠儒相遇。

珠儒迎上去对却里斯通道：

"听说你是一位以慈悲为怀的高僧。我是一个缺吃少穿的穷孩子，能不能施舍点什么呀！"

"对你这样的野种，我能给什么呢？明天楚通诺彦不是摆酒席吗，想吃喝，就到那里好啦！"

"高僧啊，你要是诚心想给，你骑的这匹马，你穿的那衣服不是现成的吗！"

"不要脸的无赖，快给我滚开！"说罢，喇嘛扬起鞭子就朝珠儒的脑袋乱抽一顿。珠儒哪肯让步，上去便把他拉下马，两人扭打起来。

乞尔金老伯急忙赶来：

"我的好珠儒，放开他吧！明天，楚通诺彦不是办喜事吗，你向别人讨一些奶食去吧！"

珠儒听从乞金老伯的劝告，放开了却里斯通喇嘛，而后愤愤地说：

"你小子瞧着，在你活着的时候，我要当着大庭广众丢你一次丑，等你死后到了阴曹地府，我还要当着阎王的面羞辱你一顿。"

次日，珠儒向人讨了一些奶食，装进口袋里，领上母亲赶到家时，正值众宾客纷纷入席，却里斯通喇嘛在首席座。楚通诺彦没给珠儒母子席位，两人只好在冰凉的土地上席地而坐。珠儒气不过，跑出去拾来一堆马粪倒在地上，将劈成三瓣的榆树枝插在上面来当桌子。楚通给宾客分肉时，也没给珠儒。珠儒见楚通诺彦啃着一只羊大腿，便讽刺道：

"肥肉如山，美酒似海，可我们只有空望着的份，却不能咽进一口。快把你们那大羊腿给我吧，叔叔！"

楚通心想，不给吧，今天是儿子大喜的日子；给他琵琶骨吧，那是富

贵荣华的预兆;给他羊后腿吧,那是子孙元气的象征……想来想去,都不能给,便怒气冲冲地说:

"河西岸有死马肉,河东岸有死牛肉,这些都恩赐给你了。还嫌少,你就去拿新娘的紫红污物和那护身符好啦!"说罢,顺手拿起一个啃完的骨头向珠儒劈面扔了过去。

珠儒跳起来,拿着那羊腿,对众人道:

"诸位,请看! 这就是楚通叔父给我的恩惠! 他不是还让我去取新娘的护身符吗,那好!"说罢,走到希姆苏·高娃跟前,把她的鲜艳的服装撕得稀巴烂,坐回了原处。

却里斯通喇嘛见珠儒这样放肆,便施展法术,从左鼻孔里放出一只蜂念了咒语,驱它去螫瞎珠儒的一只眼睛。珠儒看见后,立刻闭上一只眼,瞪着一只眼,一动不动坐着。这只蜂振慑于珠儒的神威,仅螫了一下他的嘴唇,就急忙飞了回来。喇嘛问:

"螫瞎了他眼睛没有?"

"他的眼睛一只瞎了,一只斜着,飞不进去,就螫了他的嘴唇。"

"那他还是死不了,你再去从他鼻孔钻进去,咬断他的脉管,结果他的性命!"

珠儒见蜂子返身飞来,一手捂住左鼻孔,在左鼻孔里放进一个小套子等候。当它嗡嗡地钻进鼻孔后,一拉套索就把它抓住了。珠儒捏在手里一掐那蜂子,却斯里通喇嘛立刻从椅子上栽了下去,趴在地上啃土,珠儒的手稍微一放松,喇嘛就恢复了元气,跪下去像捣蒜似的给珠儒叩头。再一掐紧,他又倒了下去,不省人事了。

新娘希姆苏·高娃见哥哥的灵魂捏在珠儒手里,便一手拿着一颗鹰头般大的宝石,一手提上一壶酒前来求情。珠儒一本正经地说:

"我们的家乡有个习俗,可汗的新娘三年不许见外人,庶民的新娘三个月不准见生汉。大家瞧瞧这位新娘,连这点规矩都不懂。看你这样,一定是目无公婆,不晓礼节的人!"他瞅了瞅捏着的那蜂子继续道:"难道这小小的虫子是你丈夫,或是你的父尊大人不成? 你为啥来给它说情!"

跟随却里斯通喇嘛来的那位驼背诉讼师也上前哀求道：

"可敬的珠儒呀，今后有谁见到什么而不让你看，就叫他瞎掉双眼；有谁听到什么而不让你知道，就叫他聋掉双耳；有谁吃着什么而不给你吃，就叫他崩掉牙齿；有谁拿着什么而不分给你，就叫他断掉双手。你拿去这些奇宝异物，带走希姆荪·高娃，只求你放开那小蜂子吧！"说罢，奉上了带去的礼品。

珠儒笑了笑，放开了蜂子。却里斯通喇嘛苏醒过来，跪下去又给珠儒磕了几个响头。众人把珠儒让到了上座，好生招待了一番。

宴席散了后，珠儒把希姆荪·高娃带回来，许配给哥哥哲萨·希格尔了。

茹格穆·高娃

却说，僧格斯鲁可汗有一个女儿，名叫茹格穆·高娃。她到了出嫁的年龄，成天为许配不上一位英雄好汉而苦苦发愁。一天，茹格穆·高娃听说灵格部有三十个神力勇士，想择其一位为丈夫，便带领三名射手、三名力士、一位谋略过人的喇嘛前往那里，召开了个比武大会。

来者不计其数，大会盛况空前。楚通诺彦得知后，也要前去参加这个大会。当他走时，珠儒赶来央求：

"叔父，把我带去吧！"

"就凭你这副蠢样儿，还想娶仙女转世的茹格穆·高娃呀，真不自量！不过，我也不去，我要到别处去。"说罢叔父扔下侄儿便走了。

当乞尔金老伯走时，珠儒又来央求：

"伯父，你就带我去吧！"

乞尔金老伯把珠儒扶上马，两人一前一后同骑一匹马，赶到比武场地。珠儒举目一望，楚通诺彦坐在首席上，好不威风。便跳下马，徒步走到楚通跟前道：

"我以为叔父真的不来呢，原来你也想娶茹格穆·高娃呀！那好，咱

们就较量较量吧！"

见人来得差不多了，茹格穆·高娃离开座位，一边走一边向围观的人们道：

"哪个能胜过我那三名射手、三名力士，我就嫁给他。或许诸位要问：你是个何等高贵的美女，竟用这般奇特的方式来选择夫婿。不妨先说知你们：当我出生时，右房顶上瑞畜飞舞，左房顶上麒麟欢跳；太阳未露头就霞光四射，不见云雾却下起了蒙蒙细雨；在尊贵的屋顶上鹦鹉叫个不停，在崇高的头顶上鹞鹄飞翔，布谷鸟蹁跹，乌梁海珍鸟啼鸣。我应了这九种灵气降生到人间。现在请诸位推举出各自的射手、力士，我们开始较量吧！"

且说，茹格穆·高娃带来的三位射手，个个箭术高明，射得既远又准确。第一个射手射出去的箭，要过煮三顿茶的工夫落下来；第二个射手射出的箭，要过煮两顿茶的工夫落下来；第三个射手射出的箭，要过煮一顿茶的工夫落下来。这还不说，他们射出箭后，在原地仰面而卧不闪开，那返回来的箭便会丝毫不差地落在他头上。

首先，灵格部的三十勇士与茹格穆·高娃的三名射手比箭法，谁也没有战胜了谁；与她的力士摔了一番跤，也没能比出个高低。站在一旁观看的珠儒有点按捺不住，跑到茹格穆·高娃带来的那位喇嘛跟前：

"我来跟他们比试摔跤行吗？"

"比你强得千倍的三十勇士都没赢得了他们，不想要你那小命了？"

"死了活该，不让你偿命，请答应我！"

喇嘛见他一个劲坚持，便道：

"那你去试一试吧！"接着，又对自己的力士道："这小伙子要跟你摔跤，请迎战吧！"

头等力士应声站起来，走到珠儒跟前。格斯尔用障目术遮住了众人的视线，显出真身，他以左脚登泰山顶，右足踩北海岸之势，雄姿勃勃，势不可挡，相继把头等力士、二等力士、三等力士，分别摔出一千伯勒、两千伯勒、三千伯勒之外。全场顿时喧哗，无不为这位少年勇士喝彩。

接着与那三个射手比箭法。他们射出的箭，果真到了中午时分才从空中落到原处。珠儒射出的箭呢,到中午了不见,眼看要黄昏了,还不见,全场人等得不耐烦,便要散去时,哲萨·希格尔走来,对大家道:

"大伙别急嘛,我弟弟尼索该·珠儒射出的箭比他们的高,当然落下来就这样慢了!"

没等哲萨·希格尔说完,珠儒指空中大喊:"我的箭来了!"一歪头,那箭刚好落在原处。珠儒的箭为啥在空中待了那么久呢?人们有所不知,这是天宫的三位仙姊接住了他的箭,并在箭上穿上许多禽兽,下来时遮住了太阳,使大地提前变得一片漆黑了。

人们夸耀一气珠儒箭法高明、武艺超群后要离去时:

"且慢!"茹格穆·高娃一手拿着七十只羊的肋骨,一手提着一坛子酒,带上鹰头那般大的宝石走来,向众人道:"我不是说过,当我背过身子的那瞬间,谁能把这七十只羊的肋骨和一坛子酒分给一万人,又将这颗宝石衔进嘴里去,我就嫁给他吗?哪个来试一试?"

众人你看我,我瞅你,谁也不敢去试。这时,巴达玛里之子巴穆·索岳尔扎站起来,喊道:

"我来试一试!"

一听这话,站在一旁的珠儒立刻施展法术,盗去他五个智计,致使巴穆·索岳尔扎的表演失败了。

茹格穆·高娃走到珠儒跟前,一见他流着大鼻涕,讨厌得扭头就走。乞尔金看到后,有点不服气,责备道:

"不管你长得多么美丽,终究是女流。我们的珠儒虽然丑陋,毕竟是堂堂男子汉。他战胜了你的三个射手,摔死了你那三个力士。你以貌取人,称得上聪慧的姑娘吗?"

茹格穆·高娃一听老人的话,觉得有道理,便把东西又拿到珠儒跟前。他夺过来那肋骨、酒和宝石后说:

"美丽的姑娘,你后大襟着火了!"

茹格穆·高娃信以为真,急忙回头去看衣襟。珠儒就在这一瞬间,立刻施法术,把七十只羊的肋骨、一坛子酒分给一万人,然后嘴里衔进那颗宝石,席地而坐。围观人们惊讶,喝彩的喝彩,也惊呆了茹格穆·高娃。

楚通诺彦没能把茹格穆·高娃弄到手,既气愤又嫉妒。可又一想,珠儒是自己的侄儿不说,又难惹,便不好说什么。

茹格穆·高娃满以为在这次比武盛会上能选中一位才貌兼备的夫婿,哪承想竟是个流着大鼻涕的丑鬼。她后悔和羞惭交加,一气之下,带上随从就逃往家乡。她生怕那珠儒追来,一边加鞭奔驰,一边叫随从朝后看着。不一会儿,珠儒果真追了上来,跃身一跳,便骑在茹格穆·高娃的马背上。随从眼见珠儒与姑娘同骑在一匹马上,便大声喊叫:

"姑娘呀,不好了,那个珠儒在你背后呢!"

茹格穆·高娃闻声,连哭带喊:

"这可糟了,我真是个不幸的女人;这些年来,我走遍天下,想选一个英俊少年为郎君。哪承想,今天竟落到这般境地!回去怎么向双亲交待!真不如死了的好。"

珠儒不理会这一切,施展起法术,扬起滚滚黄尘,弥漫了天空,犹如千军万马向前奔驰。正在登高瞭望着的茹格穆·高娃的父母,嘴里不住地嘀咕:"莫不是比烈纳可汗来娶亲?要不就是米烈纳可汗?兴许是楚通诺彦?或许是巴达玛里之子巴穆·索岳尔扎来了?"不一会儿,人马到了家门口。老两口下去仔细一瞧,女儿竟带来个满脸鼻涕的丑男孩。父亲埋怨女儿,提起马嚼子和鞭子恼恨恨地看马群去了;哥哥生妹妹的气,拿起弓箭看羊群去了;妈妈啥话也不说,老摔打东西;家奴也没好气,在厨下敲打碗盆。

到了晚间,父母一同来到茹格穆·高娃的住处,生着气责备道:

"你这作孽的姑娘,不知从哪儿弄来这么个没出息货!当心狗吃了你这英俊的郎君!狗吃了,全家可就遭殃了。"说罢,拿一口大锅扣住了珠儒。当人们睡了后,珠儒推开那锅爬了出来,赶到羊群中宰了一只羊,自己饱餐了一顿,剩下的喂了狗,又拿羊血涂了锅后,跑到野外去睡觉了。

第二天早晨,茹格穆·高娃的母亲进来一看,珠儒不见了,锅里锅外都有血。回来对女儿说:

"你那得意的夫婿叫狗吃了,这灾难你一人担当吧!"说罢,便走了。

女儿心事重重,默默地坐着。她想:"珠儒虽说外表丑,可他武艺比谁都高强,怎能叫狗吃掉呢?"茹格穆·高娃想弄出个水落石出,便走出家门,寻找珠儒去了。

正当茹格穆·高娃左寻右找时,珠儒变做一个牧马人走来,挡住了她的去路。姑娘问:

"你见过尼索该·珠儒没有?"

"不认识尼索该·珠儒这么个人。可我听图沙、通沙尔和灵格这三大部落的百姓说僧格斯鲁可汗的女儿茹格穆·高娃带走珠儒,让狗给吃了,他们个个愤恨不已,正要兴师前来杀掉这位姑娘和她的父母呢。"

茹格穆·高娃听后,信以为真,哭泣着又去找珠儒。过了一会儿,珠儒又变做一个牧羊人,拦住了茹格穆·高娃的去路。姑娘向他打听珠儒的下落时,牧羊人又将牧马人的话重述了一遍。茹格穆·高娃听到他们二人说得完全一致,既悔恨又害怕。心想:"与其再去见父母冷眼,不如跳河自尽痛快!"她抱着一死了之的决心,驱马蹬下一座高峰,正要往上跳时,珠儒立刻赶去揪住了那马的尾巴。茹格穆·高娃吃惊地回头一看是珠儒:

"可把你找到了,快上马!"

珠儒依言,跨上马骑在她背后。茹格穆·高娃嫌他脏,一个劲地弯着腰说:

"珠儒,背过脸骑好不好!"

珠儒听后,即刻跳下马,生气地说:

"高山自有路可走,非跟你同骑一匹马不成!"说着便贴着马的前蹄爬行。

"不能那样走,马会踩着你的!"

珠儒又靠近马后腿爬行。

"也不行,马会踢着你的!"茹格穆·高娃话刚落,那马跳起来,把他踢到一边。

珠儒躺在那儿装死,一动不动。茹格穆·高娃急忙跳下马,喊道:

"珠儒,快起来!"

他不吭声。茹格穆·高娃吓出一身冷汗，又大叫：

"珠儒，你快起来啊！"

"正骑倒骑都得由你！"珠儒爬起来很是不高兴。

茹格穆·高娃骑上后说：

"快上来吧！"

珠儒应声又骑在她背后，俩人骑着同一匹马回去了。

俩人到家后不久，茹格穆·高娃的舅父和舅妈赶来问道：

"我们的外甥女儿选中一位英俊的少年，还是一个没出息的蠢货，快让我们瞧瞧！"

珠儒的岳父岳母感到不安，给他炒了一碗麦子，藏在库房里，并嘱咐他，客人走之前不许出来。

"外甥女婿是个能抵挡万夫的勇士，还是一个普通庶民，咋也得让我们瞧一瞧呀！"舅父舅母仍是追问不放。

岳父说：

"是个小孩子，目前啥也看不出来。这阵儿他到邻家赴宴去了。"

岳丈的话刚落，珠儒流着黄鼻涕，上面粘着几颗麦粒走进来问：

"两位老人，找我有事吗？"

舅父舅母见外甥女婿是个这副模样，又气又恼地骂道：

"都是些没用的东西，你们这不是拿女儿的终身大事当儿戏吗！"说罢，赶着茹格穆·高娃家的马群回去了。

珠儒见赶走了岳父的马群，便道：

"快给我备马，再取来盔甲和弓箭，我去追他们！"

"瞧你那样子，还能骑马！"岳父没有理睬他。

珠儒见他们瞧不起，跑进羊圈，抓了只能骑的公山羊，骑上就去追。

不一会儿，珠儒追上茹格穆·高娃的舅父舅母，不由分说，把他们痛打了一顿，夺回马群交给了岳父。

珠儒在僧格斯鲁可汗家住了很久，一天，他找到茹格穆·高娃说：

"我得回去了。"

"回去做什么？就这儿待着吧！"茹格穆·高娃不让走。

珠儒想试探一下茹格穆·高娃是否对自己有真情实意。第一次,他借口出外打猎,不一会儿,变做楚通诺彦,大摇大摆地来到茹格穆·高娃的门前,问道:

"珠儒在家吗?"

"不在,套鼹鼠去了!"

"我是统辖灵格部的大诺彦楚通。像你这般美丽的姑娘竟嫁给了那样一个蠢货,实在可惜了。现在你只要说一句话就行,你叫我把他杀死,我就把他杀死;你叫我给他另找配偶,我就给他再娶一个;你叫我把他赶走,我就把他赶走,你呢还是嫁给我吧!"

"我能说什么呢,这是你们本家的事儿,你自己做主吧。"

"看来,你还是对我有意,这我就放心了。"说罢,骑马走了。

不一会儿,他现出珠儒的原相,回来问道:

"方才来人是谁?"

"说是本家的叔父楚通。"

"说了些啥?"

"问询问询你就走了。"

"那么老远来,不见我就走了?"

"我怎么能知道!"

"我明白你的心了!"

"我心咋啦,你明白什么?"茹格穆·高娃狠狠斥责。

"我看,以后你更要欺负我呢。"说罢,珠儒走了出去。

第二次,珠儒借口打猎出去后,变做巴达玛里之子巴穆·索岳尔扎前来,向她重述了楚通的那番话,表示诚心爱她便走了。过了一会现出原身回来,问道:

"那来人是谁?"

"说是巴达玛里之子巴穆·索岳尔扎。"

"他来干什么了?"

"又是问你呗。"

"我明白你的心思了,想把灵格部的英雄好汉都引诱来杀害我!"说

罢走开了。

第三次,珠儒用分身法,变做灵格部的三十勇士,个个披挂铠甲,威风凛凛,带领人马来到僧格斯鲁可汗门前落帐后,派一名使臣,前来问可汗道:

"我们是从灵格部来的。我们首领说,茹格穆·高娃和珠儒成婚也罢,不成婚也罢,叫你讲个明白!"

僧格斯鲁可汗一见这么多人马,就吓得惊慌失措了:"答应这桩婚事吧,不忍心把可爱的姑娘配给这样一个丑小子;拒绝这门亲事吧,又怕惹恼三十勇士,杀掉自己全家人。"他正拿不定主意时,有一个臣子想了个缓兵之计,对来使道:

"你们先回去。至于茹格穆·高娃嘛,等备齐了妆奁,我们就送去。"

使臣道:

"看不中珠儒,你们可另选夫婿。可是,既不许配给他,又要扣留他,三十勇士的箭和刀是不讲情面的。何去何从,你们自己看着办!要妄自尊大,拖延下去,当心你们的脑袋!"说罢,上马便走了。

僧格斯鲁可汗听了这番话,浑身直打哆嗦。最后无奈,把茹格穆·高娃送到灵格部,全家人也与珠儒他们住在一起了。

楚通诺彦见到这些,很不服气,又想出个诡计。一天,他准备好一套轻软甲、一顶宝盔、一口宝剑、一把万星盾,召集来众人道:

"本诺彦举办三万人的赛马大会,谁的马第一个到达终点,他不但能得到这些奖品,还可娶茹格穆·高娃为妻。"

人们纷纷赶到赛马场地,珠儒施展法术,把枣骝神驹变成一匹癞疮马骑上,尾随于众人后边赶去。僧格斯鲁可汗见他骑这样一匹马,担心地劝道:

"唉,我的珠儒呀,骑这种癞疮马能赛过谁呢? 你这不是诚心把我可爱的女儿送给别人吗! 别骑它了,骑我那匹托宝骏马吧!"

"只怕那托宝骏马驮不动呢,就骑我这匹吧"说罢,珠儒纵马驰去。

三万人马聚齐,个个整装待发。赛马令一下,三万人纷纷跨上马,争先恐后驰向前方。开始,珠儒勒住枣骝马缰绳,有意留在后边。等人们一跑远,他加鞭向前一纵,那枣骝马立刻冲到一万人前头;他勒着缰绳又向前一纵,一连气又超出了一万人;接着猛抽了几鞭,枣骝马犹如离弦的箭,不一会儿就飞驰在三万人的前头,前面有楚通诺彦的能追上黄羊的千里草驹,距它一箭之地还有阿萨米诺彦的灰青快骏马。珠儒向枣骝马道:

"放开胆子冲,把楚通和他的马一起撞倒,把他那匹马的小腿骨踩断!"那马"嘶!"一声,纵身向前一撞,楚通连人带马倒在草地上乱打滚。楚通定定神一看,是珠儒撞倒他,驰了过去,便从后面大叫:

"不要脸的东西,原来是你,快给我闪开!"

"叔父啊,快追来吧,不然茹格穆·高娃就被人夺去了!"说罢,珠儒去追阿萨米诺彦。

珠儒满以为自己的坐骑一定会赛过阿萨米诺彦的灰青快骏马,就勒了勒缰绳,纵马一追再追,可阿萨米诺彦的马老在距他一箭之地的地方跑着,咋追也追不上。珠儒急得无奈,便流着泪说:

"我的枣骝马呀,你今天究竟怎么啦?那宝甲、宝盔、宝剑和宝盾要被人夺去了,茹格穆·高娃也要成为他人的妻子了!"

"主人呀,我虽是个天宫神驹,可比起凡间马少四个关节,绒毛也不如它们。那马跑得太快,我赶不上它了。你向后宫的圣母祷告,请她老人家来保佑你吧!"

珠儒依言,就向圣母祈祷。圣母得知后,立刻唤来保阿·通重道:

"你去帮助枣骝驹,我去对付那灰青快骏马。"吩咐罢,二仙驾着祥云,来到赛马场地上空,按下云头后,保阿·通重向癞疮枣骝马吹了一口法气,它立刻恢复了七岁神翅枣骝驹的原形,咬紧嚼子,继续飞驰;圣母对准阿萨米诺彦灰青马腋下暗暗放了一支火箭,那马摇晃了四五下,就栽倒在离终点只有几步远的地方,主人阿萨米诺彦不住地叫苦、惋惜。珠儒见阿萨米已倒下,一边加鞭冲去,一边喊道:"那些奖品归我了!"他跑到终点,拿起珍贵的奖品送给了哥哥哲萨,而后自己回了家。

第二天,楚通仍不死心,召集来众人宣布了另一条比试法子。他说:

"昨天的赛马不算数。今天,大家到猎场打猎,谁最先射死一只鹿,

把它的十三节尾巴割下来,他就娶茹格穆·高娃为妻!"

众人赶往打猎场,纷纷去寻鹿。珠儒独自一人赶去,不一会儿见到一只鹿。他拉满木弓,扣上穿杨箭射去,箭正好从鹿的两眼间穿过,他奔到鹿跟前,跳下马,割下十三节尾巴,便揣在怀里。楚通诺彦猎了半天也没打住一只鹿,继续寻觅鹿时,正好与珠儒相遇。他眼瞅着那只十三节尾巴的鹿,面带笑容道:

"侄儿呀,打今儿以后,再不打你、骂你了,我像爱自己的儿子那样爱你、亲你。你就把那鹿尾巴给我吧!"

"叔父,一条鹿尾巴算不了什么,刚才我把它装入撒袋里了,这就给你取。不过你得给我一支羽箭才行。"

"一支羽箭算不了什么!"楚通摘下一支给了他。

珠儒明白他的用意,取鹿尾巴时,悄悄割下三节骨头,其余的交给了楚通。

楚通骗到鹿尾后,没有细瞧,就赶回来,大喊大叫:

"鹿,我射死了,尾巴,我割了下来,茹格穆·高娃属于我了!"

珠儒随后赶来,凑到楚通诺彦跟前,慢条斯理地说:"叔父,我看你是个骗子!"接着,他向众人诉说了自己射死了鹿,在割尾巴时,楚通来了,给他一支羽箭,央求着要走鹿尾巴的事儿,然后摘下了那支羽箭:"这就是他那支羽箭!"

"你们瞧这不要脸的东西,还想耍无赖呢!那支箭还不是你从我看管撒袋的小卒那里偷去的!"

"好,那你数数看鹿尾有几个骨节吧!"

楚通掏出来一数,少了三节骨头。

珠儒问:

"那三节骨头在哪儿?"

楚通诺彦答不上来。珠儒接着说:"知道你是个骗子,给你尾巴时,我有意留下了这三节骨头。"斥责罢,从怀里掏出来给众人看。

楚通又羞又恼,只得悄悄地溜走了。

楚通诺彦回到家里,一想起那容貌超群的茹格穆·高娃就垂涎欲滴。过了三天，他又召集来众人，宣布道：

"今天还是比打猎，可是，跟以往不同。谁能在一天之内猎获一万只鹿，把它们的肉全装进一只百叶肚里，随后，赶到敖克敦江岸开辟一个渡口，茹格穆·高娃就归于他。大家出发吧！"

许多猎手为娶到茹格穆·高娃这位美丽的姑娘，纷纷前往。见珠儒没有弓和箭，茹格穆·高娃从牧驼人、牧马人、牧羊人处取来好些给他。珠儒轻轻地一一拉了拉，全都断了，便空着手赶到了猎场，只见人们正在争先恐后地追射着狍鹿和其他野兽，他施展法术。不一会儿就猎获了一万只鹿，剃下它们的肉，装进一只鹿的百叶肚里背上，接着他割下一条鹿尾巴，拿木棍高高挑了起来，奔向敖克敦江。迷了路的一些猎人，望着那挑起的鹿尾巴，也跟着向那里奔去。

珠儒来到江岸，思谋一会儿，如何找渡口。他猛然想到一个妙法，立刻赶到山丘上抓来鹿、野骡、狍子各一只，先把鹿赶进江里，它竖起双角渡了过去；接着把野骡赶进江里，它斜着身子渡了过去；最后把狍子赶进江里后，用障目术，使楚通望见这只狍子渡过地方的水位最浅。等那狍子上了对岸后，珠儒说：

"三位诺彦，这就是渡口，请自己选择吧！"

"我从狍子的渡口渡过！"楚通抢先说。

"我从野骡的渡口渡过！"桑伦依着珠儒眼色做了选择。

珠儒见乞尔金老伯不言语，便问：

"老人家，您选哪个渡口呀？"

"孩子，你给做主吧！"

"老伯，您就从野骡渡口过江吧！"

桑伦、乞尔金和猎人们从这个渡口，一起到了江对岸。楚通诺彦满以为自己选择的渡口，一定水浅而安全，可他进去没等到江心，便被急流冲走，吓得大喊救命。珠儒闻声，拿起鞭子赶去，套住他的脖子，把他提到岸上。楚通得救了，但没有感激珠儒，还说：

"侄儿，你虽救了我的命，可叫我成为勒死狗了，今后，你叫我咋见人呀？"

珠儒一气之下，又把他扔进江里。

楚通被急流冲击着，在江里沉一下，浮一下，实在忍受不了，挣扎着大喊珠儒："侄儿呀，救命！"

珠儒无奈，又跳进江里，抓住他的辫子，连拉带揪，提上了岸。楚通仍不领情：

"侄儿，你救是救了我，可你叫我成了秃驴，这委实有损我诺彦的体面！"

珠儒一听此言，又好笑又恼怒，没搭腔又把他扔进了江。楚通诺彦被冲到江心，又急了：

"我的好侄儿呀，叔父快淹死了，来拉一把吧！"

珠儒装作没听见，不去理睬他。诺彦手下人一起上来道：

"珠儒，哪有见死不救的，快去吧！"

珠儒见众人向他求救，又跳进江里，用法术将手里的鞭子变作一口双刃剑，递给了楚通。诺彦为活命，顾不得那利刃，紧紧握住剑不放。被拉上岸一看，两只手掌的肉叫剑刃划得直流鲜血，抖着双手，哭丧着脸道：

"得救了，可两只手完了！"

"叔父，这点小伤算个啥，你不是捡了一条命吗！"说罢，不屑一顾便走了。

这时夜幕已降临，楚通诺彦和珠儒各找一处，露宿在茫茫野地。楚通见没有牛粪、没有干树枝，怎么造饭取暖呢？他无奈，打发那条通人语的狗去探听珠儒他们用啥办法造饭和取暖。珠儒靠神明预知了这事，见这条狗到来，故意对伙伴们道：

"我们明天到弓箭河下帐，那里有好多好多弓和箭，你们把随身携带的弓箭全部毁掉好啦；后天，要在鞋子河安营，那儿有许多许多鞋子，你们脱掉鞋挂在牦牛犄角上好啦。今晚，每三个人用大腿顶着一口锅，造饭，吃完再睡。"

那条狗偷听了这番话，回去后，向楚通诺彦一五一十讲了。楚通一听马上唤来手下部众，按狗偷听来的意思，向他们下了命令。众人依言，一起毁掉了弓箭,又把鞋子脱下来挂在牦牛角上,随后以三人为一伙,用大腿支起锅来想造饭,可是没有柴,便空着肚子过了一夜。

次日一早,楚通诺彦赶到珠儒处:

"侄儿在吗?"

"有事儿吗?叔父!"珠儒迎了出来。

"弓箭河在啥地方?鞋子河又在何处?"

"我从来没听说有这样两条河呀!"

"不是说弓箭河有弓箭,鞋子河有鞋吗?"

"这是谁对你讲的?"

"我那条狗啊!"

"你能和狗交谈?叔父,你可真了不起!"

楚通没话可说了。可是这样走吧,又不好意思,便顺口问了一句:

"听说你昨夜做了个梦,当真?"

其实珠儒也明白他这是无话找话顺口说出来的。便想借此话把儿,再戏弄一下楚通,说道:

"不错,昨晚真的做了个梦,梦见谁射中黑色鹿,就有不祥之兆,射死花面鹿必定大吉大利!"

楚通赶回住地后,便带领众人去狩猎。他见黑色鹿不射,专找花面鹿。不一会儿,见一只额上带霜点的大鹿跑来,楚通误认为是花面鹿,当下追了上去,拉满弓,刚要射时,那只鹿额上的霜点化没了,竟成了只黑鹿。他又到别处去找,不多久,碰上一只两角间夹着花玉点的鹿跑来。他以为这准是只花面鹿,便领上狗,驱马一起去追赶。途中正碰上珠儒,连忙喊道:

"侄儿呀,快射死它!"

"叔父,我的箭法不准,射死你的马和狗怎么办呀?"

"没关系,别让那只花面鹿跑掉了!"

"射倒可以,我这马追不上它,请你把那鹿围追过来,好吗?"

楚通依言,把那鹿围追到珠儒跟前。珠儒勒住缰绳坐稳,弯弓搭箭,"嗖"一声,箭穿过楚通的马和狗,射中了那只鹿。楚通从马身上跌下来

后,连连叫苦:

"我让你射鹿,不是叫射这马和狗啊,你这畜生!"

"早给你说过,我的箭法不好,可你非让我射不可。再说,你仔细瞧瞧这只鹿是啥模样的!"

楚通诺彦到跟前一看,是一只黑色鹿,他立刻大惊失色:

"啊呀珠儒,这可怎么是好!"

"这还有啥说的,你不是死了马和狗两条性命吗,这就是报应呗!"

楚通诺彦一向以有一匹快马,有一条通晓人语的狗而著称,这回都叫珠儒射死了。

却说茹格穆·高娃见猎人们陆续回来,赶去迎接珠儒。途中和乞尔金老伯相遇,便问:

"哪一位一天射死了一万只鹿,又去开辟敖克敦江渡口的?"

"除了咱们的希鲁·塔斯巴①,谁还有这种本事!"

茹格穆·高娃不知希鲁·塔斯巴是何人,去问楚通诺彦。他胡编说:

"还能有谁,是我家长子阿拉坦呗!"

茹格穆·高娃听了这些,疑惑不解,闷闷不乐地回了家。不一会儿,珠儒骑着一头牛,拿木棍挑着一个沾粪的百叶肚回来了。岳母要给他卸鹿肉,出去一看,啥也没有。老人一边埋怨猎人们骗了她,一边生珠儒的气,回到屋里时,见有一只百叶肚。她在嘴里嘟哝着:"这里是啥?"一提,没有提动;和老头合力才勉强提起来,往幕柱上一挂,拴柱子的绳子断了,帐幕也倒了。

"哎哟,什么东西这么沉?"

"沾着大粪的百叶肚呗!"珠儒说着,竖起幕柱,把鹿肉倒在一个结实的台座上。岳母见是肉,去搬来一口锅要煮。珠儒凑到跟前说:

"一口锅煮不下,把邻居们的锅全借来吧!"

岳母听后,打发人挖了好些灶,从四处借来了锅,锅里放满了肉,煮

---

① 有能耐的好汉,意指珠儒。

熟后,请来大伙饱餐一顿。自己觉着这肉好,不大一阵儿竟吃进了一只鹿的肉。老人消化不了,肚子胀得难受,趴在地上来回打滚。珠儒上去拿尺把长的木棍,在她肚子上朝上擀了三下,往下擀了三下后,马上上吐下泻,不一会儿便见好了。

楚通诺彦在敖克敦江吃了那么多苦头后仍不服输。回来后,又想出个拆散珠儒和茹格穆·高娃姻缘的鬼主意。几天后,他召集部众下令:

"谁能射死一只凤凰,拔下两根最美丽的翎毛,就把茹格穆·高娃许配给他!"

人们听后开始游猎,到处寻找凤凰。当珠儒赶去时,万人集聚到一座高峰之下,争先恐后地射着那峰之巅的一棵树上的凤凰,但没有一个射中的。巴达玛里之子巴穆·索岳尔扎的箭法最好,也仅仅射穿了它的巢窠。珠儒见状,便高声喝道:

"听你的叫喝,歌喉妙如笙簧,不知你那头颈如何绚烂美丽?"

凤凰听后非常高兴,就给露了露头。

"见你的头颈,美如彩虹,不知你那身躯如何夺目鲜艳?"

凤凰又一高兴,给露了露全身。

"你的身躯这般娇丽夺目,如要振翅飞舞,更不知如何婀娜多姿呢?"

凤凰不知是计,兴奋之余便离开巢窝,向空中翩翩飞去,珠儒见它起飞后,立刻张弓扣箭,一箭射掉那只凤凰,赶去拔下两根最好看的翎毛,悄悄插在茹格穆·高娃的帽子上。人们见凤凰中箭落地,一拥而上,争着拔它的翎毛。珠儒被吵吵嚷嚷的人们推来推去,在一旁扮出一副受气相装哭。茹格穆·高娃看到他这副可怜样儿,不住地伤心流泪。心想:"英雄男儿们都能拔下翎毛,给自己妻子插带,珠儒若能像他们那样,该有我好。"可是,女人们看到茹格穆·高娃头上的那两根翎毛,个个羡慕不已:"别看珠儒个儿低长得不起眼,可拔下的翎毛最美丽,我们的丈夫要成为珠儒似的箭神手,该有多好!"

游猎结束了,人们各自回了家。唯独珠儒没有回去。茹格穆·高娃垂头丧气地走回营地,拉开门,朝帐幕里一迈腿,头上有什么东西顶了一

下幕框。她觉得奇怪,摘下帽子一看,才发现上面插着那两根美丽的翎毛。心想:"珠儒不是个凡人。"便走出帐幕,找到珠儒。这时他即刻现出格斯尔的本相,跑到一个幽谷,与众神吃席。茹格穆·高娃沿着他的足迹追去。往幽谷里一瞧,格斯尔仪表堂堂地坐在众神中间。她想:"我有这样一位英俊的丈夫,该有多好!"凝视了半晌,竟身不由己,跑了进去。格斯尔见茹格穆·高娃来到身边,立刻摇身一变,又成为珠儒,端坐在那儿一动不动,不理睬她。

茹格穆·高娃怨恨满腹,跑到珠儒家,对婆母道:

"从相识到如今,我受尽了种种折磨和痛苦,愁得我白眼珠变黄,黑眼珠变白了,可你那儿子根本没心思跟我和睦相处。过这样难熬的日子,倒不如一死了之,到阴曹地府去诉说诉说自己的苦衷!"说罢,她跑了出去。老人家吓得赶紧找来珠儒:

"你媳妇说,她受尽了你的磨难,想寻死,要到阎王那儿去告你呢。你千万不能叫她死,那会败坏咱家的名誉,快去把她找回来!"

"放心吧,她不会死的,妈妈!"

珠儒出去立刻现出了格斯尔的本相,进入茹格穆·高娃的新房躺在卧榻上。茹格穆·高娃见珠儒走入自己的幕帐,便赶了回来,站在门外望着他那神勇魁伟的仪表,情不自禁地跑进去,一下子偎依在他的身上。

阿珠·莫日根

一天,格斯尔出外打猎,与女扮男装的龙王的女儿阿珠·莫日根相遇。

两人打了招呼后,便相依为伴继续去狩猎。不一会儿有七条野牛奔来,格斯尔一一射死了;继之,有九条野牛驰来,阿珠·莫日根也一个没留全射中了。

格斯尔从她的举止看出了一些破绽,总觉得这人不像个男人,便打定主意要弄出个究竟。

不一阵儿,又有一只野牛跑来,格斯尔故意没射中它,跟踪追了上去。阿珠·莫日根过来,一箭射死了这条野牛。

格斯尔赶到那条野牛跟前,把箭拔了出来,挟在自己腋下,躺在那儿一动不动装死。阿珠·莫日根走去一看,他死了,说道:"昨天斩了阿玛岱的儿子特木尔·哈岱,弄到了个沙毛马;今日运气也不错,宰了这格斯尔,他那枣骝马不也成我的了吗!"说罢,牵上格斯尔的马就走。

格斯尔见她走远,就变作一位牧羊人,赶到了她跟前道:

"喂,哲萨·希格尔得知你杀了他弟弟十方圣主格斯尔,要兴师动众来跟你拼命。"

阿珠·莫日根一听此言,立刻大惊失色,便散开盘绕藏着的头发,抓了右侧的一缕说一声"别损害父兄的尊严!"又抓了左侧的一缕,说一声"别败坏母姊的声誉!"又抓了背后的一缕,说一声"别给奴仆带来坏名声!"然后,放开手,准备去迎敌。

格斯尔知道这人是个女的,十分高兴,上去就跟她摔起跤来。开始,格斯尔被摔倒,输了一局。他哪肯罢休?起身又抓住了她的手:"男子汉摔三跤,才能比出高低,再来!"两人继续摔,这回,阿珠·莫日根的身先着了地。格斯尔将她扶起后道:

"做我的妻子,行吗?"

"行!"阿珠·莫日根答应得极为痛快。

"口渴了,咱们到湖边喝水去吧!"

"行!"阿珠·莫日根也很顺从。

两人相伴来到了湖边。格斯尔忽见水里晃动着箭影,心里嘀咕着扭头一瞧,是阿珠·莫日根在拉着弓呢!他吓了一跳:

"你想干什么?"

"别慌嘛,不是对着你,是射湖里的那些鱼,不信,仔细瞧瞧!"阿珠·莫日根调皮地笑了笑。

格斯尔朝着她指处一瞭,果真死了好些鱼,水也染成了红色。

两人喝完水后,格斯尔说热得不行,就脱掉衣服,跳进湖里去游泳。游着,游着,上了对岸,坐在那儿了。阿珠·莫日根见他不回来,等得有些不耐烦,也脱下衣服下水游玩起来。格斯尔吹了一口气,变出一股旋风,把她的衣服吹到一棵树枝上挂了起来。随后便游回来,上了岸,正去穿衣服时,阿珠·莫日根也随着上了岸,说一声"给我取衣服去!",就扑入他的怀里。

第二章
智斩魔虎

40

北方有一只山丘般大的黑魔虎。右鼻孔冒着火焰，左鼻孔喷着浓烟，能从隔日的里程望见行人，能从远离半日的路程吞掉生灵。它卧踞的地方足有一百伯勒那么大。

天堂的三位仙姊前来要格斯尔除掉它。格斯尔听后，即刻派遣使臣传来哥哥哲萨·希格尔，三十勇士和三百名先锋听令。众人到齐后，哲萨问：

"召唤我们来有啥事儿？我的圣主。"

"哲萨呀，你没听说北方出现了一只黑魔虎吗？据说它的身躯有山丘那样大，能从几十里之外吞掉行人和牲口。我从降生人间到如今，已有十五年了。这期间尽施展法术斩魔除妖。这回，我决定以我的神勇和法象，与大伙同心协力来镇伏这只魔虎。不多说了，请诸位勇士上马吧！"

格斯尔可汗说罢，骑上那神翅枣骝马，身披耀霜宝兰甲，背插闪电护背旗，头戴日月双升白宝盔，壶插三十支白翎宝扣箭，肩挎神威乌雕弓，腰挂三拖青钢锋利宝剑，而后便命令道：

"人中鹰哲萨·希格尔，你跨上那匹飞翅青骏马，披上软宝甲，戴上奇宝盔，带好三十支白翎箭，神力乌雕弓和青钢刀，紧随我后；人中雕苏米尔,你骑上那匹追风红沙马,穿上青霜铁甲,带好三十支白翎箭,神力乌雕弓和锋利纯钢剑,跟在哲萨的后面;巴达玛里之子巴穆·索岳尔扎,你骑上那匹青骏马,穿好宝兰甲,披挂整齐,紧随苏米尔向前冲;舅父伯通,你骑上那匹风速铁青马,拿好刀和弓,率领三十勇士和三百名先锋战士前进!"

十方圣主格斯尔下完令,立即带领诸位将领、勇士和战士起程,晓行夜宿,奔向北方。不一日,格斯尔从一日里程之遥望见了那只黑魔虎,便向伙伴道:

"你们看,那就是山丘般大的魔虎!"

哲萨·希格尔朝着格斯尔指着的方向举目一望,果真有个庞然大物在那里卧着,便问:

"山坡上那个冒着烟气,喷着火焰的东西就是它吗?"

"就是!"

"在哪儿? 在哪儿?"三十勇士也争着去瞭望。

别言语了,你们的眼力是不会望见的,格斯尔驰向哪里,你们就冲向哪里好啦!"哲萨说。

格斯尔加鞭催马,直奔黑魔虎;魔虎望见格斯尔神威和他的人马来势凶猛,吓得从一日的里程朝外奔逃;格斯尔带领三十勇士和战士紧追不放。魔虎一个劲地向后逃,它见跑不脱了,便回过头来,张大了嘴,从远隔半日的里程吞吸格斯尔,格斯尔急忙一闪,落在它的身后。在他们互相追逐、拼搏的那当儿,三十名勇士和三百名先锋战士相继赶来。

格斯尔想试一试三十勇士的胆识,便施展法力,纵身一跳,跃进魔虎的嘴里,两脚蹬住它的两颗下牙,头骨顶住它的上腭,胳膊肘撑住它的双腮,蹲在里面朝外瞅。

伯通见后,以为魔鬼吞掉了格斯尔,即刻吓破了胆,带领三十名勇士和三百名先锋掉头逃跑了。哲萨·希格尔发觉后,急忙喊道:

"喂! 伯通你为啥逃了?"

可是,伯通装作没听见,一口气跑回自己营地。

这时,三十勇士中只留下哲萨·希格尔、苏米尔和巴达玛里之子索岳尔扎三人。哲萨哭泣着向两位伙伴说:

"见格斯尔叫黑魔虎吞掉,没出息的伯通领着三十勇士逃跑了,这实在有损于圣主的名威! 日后那些残暴的家伙,还有那锡来河三汗,一定会嘲笑我们的! 不知你们两人有何打算?"

"我们没说的,听你的!"两人齐声回答。

"这不是吃酒席,自己要拿好主意。要拼,要逃,随你们的便!"说罢,哲萨·希格尔狠狠抽两鞭子飞翅青骏马,"嗖"地拔出青钢宝剑,朝魔鬼冲去。奔到跟前,举刀欲斩,转念一想:"不知格斯尔活着还是死了,若是活着,我这样砍下去不是伤害了他的躯体!"他又收回刀插入鞘里。上去用左手死死撮住魔虎的头,用右手紧紧抓住它的顶花皮,使出浑身力气撕下来扔向一边后,顺势又揪住它的两耳,把它的头狠狠按在地上。这时,苏米尔和巴穆·索岳尔扎相继赶到,拔剑去砍,拉弓来射那魔虎的身躯。

格斯尔见三人按的按,砍的砍,射的射,从魔虎口中喊道:

"可敬的勇士们,我知道了你们的忠诚! 要用计谋除死它,不能损坏这畜生的皮子。要知道,拿它的头皮能做一百副盔套,拿它的身皮能做一百五十件铠甲,别砍别射啦!"

"哎,我的圣主你在说些什么……"没等哲萨说完,格斯尔"嗖"地跃出虎口,左手捏住它的脖子,右手抽出水晶匕首,一下子刺断魔虎的喉咙,对哲萨道:

"你的手不是很巧吗,你可以拿这虎头皮裁做三十副盔套,拿它的身皮做三十件铠甲装,赏给咱们的三十勇士。剩下的皮子还可以奖给三百名先锋战士中最勇敢者呢!"

十方圣主格斯尔可汗就这样刺死了黑魔虎,为民除了害,带领三位勇士凯旋。途中,哲萨向他道:

"我的圣主,败类伯通看你遇了险,见死不救,领着三十勇士逃跑了,实在丢人! 咱们到家后,应该狠狠惩罚他!"

"不要这么说,我的哲萨。在我年幼出征镇伏妖魔鬼怪的时候,伯通给当过向导,他是个黑夜里连根针都不会看错的好引路人;他人又聪明,能通晓六种语言哩。谁没有错?回去后,你千万别羞辱他,有技艺和本领的总比那虚有其名的强。"

　哲萨觉得格斯尔说得有理,便不再说什么了。

第三章

固穆可汗

44

契 丹国有一位昏庸无道的可汗，名叫固穆。妃子死后，这位可汗向全国百姓下了一道十分荒唐的命令："从接到哀悼令那个时辰起，不分男女老幼，站着的要站着哭，走着的要走着哭，坐着的要坐着哭，吃着饭的端着饭碗哭！"这样，举国上下什么也不能干，都得为这位妃子致哀。文臣武将们来衙门口小声议论，有的说，妃子既然去世了，早日入殓安葬，请来喇嘛诵上七七四十九天经就行了，何必这样致哀；有的说，可汗应另立一个妃子，振作起精神，理起朝政，使全国百姓安居乐业才是；有的说，死了一个妃子全国百姓都遭了殃，这成何体统！大臣们想找一位善于辞令的人去说服可汗取消这道命令。可是，人们知道可汗是一位无道的昏君，派谁，谁也不敢去。

固穆可汗手下有七名秃头艺匠，他们是亲兄弟。老大爱管闲事，老婆怕惹事，经常管着他。一天，这位秃头工匠做完活回来，对老婆说：

"大臣们想找个能说会道的人去说服可汗撤销那道致哀的圣旨。依我看，我们这里谁也充当不了这个角色，请来十方圣主格斯尔还差不多。"

"我看你这秃子又要惹事了，人家大臣们不比你明白！别扯这些，去干你的活吧。"

这个好事的秃子,见女人极力劝阻,便心生一计,向妻子道:

"肚子饿了,快去打水做饭吧!"他为拖延去提水的时间,趁她不留意,悄悄地在水桶底子上扎了好几个小眼儿,支走了妻子,自己即刻赶到那伙大臣跟前,便问:

"去说服可汗的人找到了吗?"

"还没有呢。"

"叫我看呀,格斯尔最合适。"

"这主意倒不错。就烦你前往一趟,怎么样?"

"去是可以,可你们把我当做一位使臣,就得给我马匹,随从才行!"

"这有啥难的!"众臣马上给他准备好了这一切。

这位秃子使臣带领随员赶到了格斯尔的故乡。圣主见他来了,显出凛凛神威。秃子使臣被其神威吓得坐也不是,站也不是,竟忘记了叩头请安。格斯尔见状,忍住了笑,仍拿出一副正经的样子道:

"你是哪部派来的使臣?"

秃子还是一句话也答不上来。

"不要怕,有话照实讲来!"格斯尔收敛了神威,这个秃子才恢复了知觉,叩着头禀报:

"我是从契丹国来的。妃子去世以后,我们的可汗抱着尸体,昼夜大哭,不理朝政不说,又下了一道圣旨,全国百姓啥也不许干,都得为妃子去致哀。大臣们商议后,派我来请十方圣主格斯尔你去劝劝我们的可汗,撤销这道圣旨,让百姓们过安乐的日子。"

"难道每个可汗的妃子去世,都得我去劝解不成,真岂有此理!"

秃子艺匠哪敢作声。

格斯尔见他那副可怜样儿,笑了笑,接着道:

"你们来请了嘛,可以去一趟。不过,你们必须先送来下列贡品:有一座银山,山的阳坡上有一只羔羊在咩咩地叫;有一座金山,山里有盘磨车转动;有一座铁山,山上有条青色牦牛在跳跃;有一座铜山,山里有一条铜狗在吠叫。逮住这些兽给我送来。还要那套日的金索、套月的银索,一把虱子筋,黑羽雄鸟的鼻血、黑羽雌鸟的乳汁,黑羽雏鸟的眼泪各

一瓶,外加一块海子中的猫眼石。这些宝贝实在弄不来,就割下可汗手下那七名秃子艺匠的头送来也可以。不然,我是不会去的。"

秃子使臣一听此言,吓得退出圣主帐幕,跑回自己国家,向大臣们讲了格斯尔要这些宝贝、奇物的事儿。众臣听后,个个咂着舌,弄这些珍奇物品,谈何容易!不如割下七个秃子的头送去,倒挺省事儿。他们一商议,马上杀掉这七兄弟,割下他们的头,派两个使臣送去了。

格斯尔可汗见了七个秃子艺人的头,十分高兴,就说:

"这七颗头很有用,你们做得对!"说罢,叫手下人取来两口锅,一口锅里放满羊肉,一口锅里放入这七颗头煮了起来。

契丹国来的两位使臣,以为给他们吃人头,吓得坐立不安。过了一会儿,格斯尔却端出羊肉。让两人饱餐一顿,便道:

"你们先回去,我随后就到!"

格斯尔打发走使臣后,捞出那七颗人头,剔下了肉,削成七个骨碗。先在骨碗里酿出阿尔滋,接着拿阿尔滋酿成浩尔滋,用浩尔滋酿成希尔滋,用希尔滋又酿开色尔滋,然后高高举起来,奉献给了天宫的圣母。圣母饮毕问道:

"尼索该呀,你想回天宫了?"说着朝下望了望。

"圣母呀,我想见见你,快放下一个梯子来!"

圣母听后给放一个绳梯子。格斯尔见后忙说:

"圣母呀,想摔死你的孩子不成,快给一个铁梯子吧!"

格斯尔顺着圣母放下来的铁梯子,登上凌霄宝殿,参见了她。格斯尔请完安,便说他急需上述那些奇物珍宝,问了茹格穆·高娃,她说她父亲僧格斯鲁可汗有,我不信来了天宫。

"你说的这些宝物,除了咱们天宫,像他那样的人家是不会有的!"

"圣母,在哪儿?能不能让孩儿瞧瞧?"

"那不是!"说着拿手指了指身边锁着的箱子,并递过了一把钥匙。

格斯尔接过钥匙,打开了箱子,趁圣母不留意,找一些有用的偷偷地揣在怀里之后,锁住转过身来,向圣母告别道:

"见到您慈悲圣容,孩儿无上荣幸,现在该回去了!"

"来一趟不容易,何必这样匆忙!喝点茶,吃点肉再回去吧。"

格斯尔说了声:"谢圣母,不用啦!"就顺着梯子滑到凡间。

格斯尔走后,圣母按照习俗,嘴里嘟哝着:"一路平安,我的孩子!"便从其身后扬起了几把灰土。不一会儿,这灰土变做一片片白云布满了天空。

格斯尔回来,掏出那些偷来的珍奇宝物,兜在前襟里数了数一看,没有黑羽雄鸟的鼻血、黑羽雌鸟的乳汁、黑羽雏鸟的泪水和大海里的猫眼石。就沉思了一阵儿,在当天晚上给黑羽雄鸟托了个梦。

黑羽雄鸟天亮一醒来便向黑羽雌鸟道:

"有生以来不曾做这样好的梦。昨夜我梦见:有人说在乃兰津河岸躺着一条八年未生犊的死花乳牛,叫我飞去美餐一顿呢。你说好不好!"

"俗话说,空中飞翔的飞禽,不该捕食陆地上的血尸,奔跑在陆地上的走兽,不该到苍空去寻食。听人们讲圣主格斯尔是投胎凡间的神灵的化身,神通广大。这说不定是他设下的圈套,你不能去!"

"我飞到乃兰津河上空先看一看,有人就回来,没人落下去吃它一顿,去试一试这梦灵验不灵验有何不可!"说罢雄鸟便飞了去。

却说,格斯尔来到乃兰津河的源头,宰了一头八年未生过犊的乳牛,把肉放到河岸上,在它的胸脯上,暗暗布下一个九股铁索,旁边又挖了个洞,钻进里面抓住铁索的绳头等候。

黑羽雄鸟到乃兰津河上空来回盘旋,见果真有一条花乳牛的死尸。它向周围瞭了瞭,不见有人,便落下来吃牛的大腿,等它去吃胸脯肉时,格斯尔一拉那绳头,就势套住了那雄鸟,打破它的鼻子,灌了一瓶子血。

黑羽雌鸟见丈夫去了这半天不回来,便飞到乃兰津河上空一看,黑羽雄鸟叫人套住了,它哭泣道:

"不听劝告,非要来送死!"

格斯尔见它飞来,心中暗暗一喜,仰着头道:

"要想留下你丈夫一条命,这好说。你得把乳汁挤来一瓶,把你小雏的泪水装来一瓶,再到大海拣来一块猫眼石。有了这三件物品,我保证放它回去!"

"格斯尔可汗呀,那三样东西我一定给你送来,你千万别杀它!"雌鸟央求了一番飞去了。

黑羽雌鸟飞回去,没给雏鸟喂奶,挤出了一瓶乳汁,又弄哭小雏接了一瓶它的泪水,而后转身飞到大海,钻进水里捞到一块猫眼石,赶快飞来交给格斯尔赎回了自己的丈夫。

格斯尔可汗身带这些奇宝异物赶到契丹国。他径直走入可汗帐幕一看,固穆可汗怀里抱着那妃子的尸体还在哭哩。他凑到可汗跟前道:

"可汗陛下,你身为一国之主,这样做,实在有失威严! 你想一想,哪有活人总跟死人缠在一起的! 这对你本人,还有你的百姓都是不吉利的。她既然死了,就请喇嘛来诵诵经,做好善后事儿,尽快安葬以后你可以再娶一个新妃子,使百姓安居乐业,这才称得上一国之主的明智做法嘛!"

"哪儿来这么个莽汉,竟敢随便闯进皇宫,轻慢可汗我! 别说一年,就是十年寡人也舍不得离开她。你住嘴,快给我滚出去!"固穆可汗大怒,严厉斥责格斯尔。

格斯尔见一时劝解不通,便退出了汗帐。到了夜晚,等固穆熟睡了,他找到一条死狗又溜入宫里,把狗放到可汗龙床上,而后偷走了妃子的尸体。

次日早晨,固穆可汗醒来一看,不觉大惊:

"来人啊! 昨天那人的话真灵验。我怀里的爱妃一夜之间竟变成了一条死狗,这是不祥之兆,快把它给我扔出去!"

门卫进来拿走死狗时,禀报道:

"汗妃的尸体是格斯尔扔掉的,当时惧怕他那神威,我没敢声张。"

固穆可汗一听大发雷霆:

"好大的胆,竟敢用死狗换走妃子尸体的办法来戏弄寡人,我要折磨死他!"说罢,立刻派人抓到格斯尔并将他推进了蛇牢。

格斯尔眼见那些大大小小的蛇爬来将要咬他,就拿出装有黑羽雌鸟乳汁的瓶子揭开盖,往它们身上一洒,这些毒蛇立刻全死了。他找出一条大小合适的蛇当做枕头,又拿了一条大小合适的蛇做褥子,痛痛快快

地睡了一夜,次日大早起来唱道:

"国王把我推进蛇牢,让众蛇来吃掉我,毒蛇没能把我吃掉,反被我杀了个精光!"

守蛇牢的兵卒赶去禀报道:

"尊敬的可汗呀,那人杀死了所有的蛇,还坐在那儿唱歌呢!"

固穆可汗叫手下人把格斯尔扔进了蚂蚁狱里。他一进这狱,便拿出装有黑羽雄鸟鼻血的瓶子,揭开盖将那鼻血洒在蚂蚁的上面,蚂蚁全被毒死了;固穆可汗把格斯尔推进虱子牢里,他用虱子筋弄死了那些虱子;接着把格斯尔扔进蜂狱里想螫死他,他放出虻虫去咬死了那些毒蜂;把格斯尔投进猛兽狱里要让虎豹把他吃掉,他放出铜嘴狗把猛兽消灭得干干净净;将格斯尔扔进了暗牢里想闷死他,他取出金索和银索套来太阳和月亮,照亮了牢房;后来,他们又把格斯尔扔进大海里想淹死他,他又用猫眼石劈开海水坐在那儿;他们把格斯尔放到燃烧着的铜炉子上,周围架起四个鼓风箱,图谋把他烧死,他用一块无缝炭擦了全身后,立刻制止住烈火的袭击,接着他施展法术,喷出一股水来又把那火扑灭;那些人无计可施,便一起上去拿利剑来砍,格斯尔用只金排子打断了刽子手们的剑和斧子。办法使尽了,各狱中的禽兽也被折腾光了,还是制伏不了格斯尔,众刽子手一起来向可汗禀报:

"这人妖道极高,我们是杀不了他了,请可汗想办法吧!"

固穆可汗听后,命令道:

"那就弄些刀和枪来,摆成一个刀山枪林,把那小子抛上去,看他死不死!"说罢赶到现场亲自指挥。

格斯尔见他们搬弄刀枪,便装出一副惧怕的样子,嘴里一边嘀咕:"这回我可气数已到,死期将临了!"一边从怀里掏出一只鹦鹉,用千拖长丝绳的一头拴住它的一只腿,托在手心,爬上城墙,嘱咐道:

"你当个使臣,回吐伯特部给我传个信,就说契丹国的固穆可汗要杀我格斯尔了。让他们选出武艺比我强的三名勇士、武艺与我相当的三名勇士、武艺不及我的三名勇士飞马前来,替我报仇雪恨。攻破固穆可汗的城池,以最残忍的办法杀掉这个昏君,抢去他的百姓,掳取他所有的牲畜和财产！鹦鹉啊,鹦鹉,你快快飞去吧!"说罢,放走了那只鹦鹉。

固穆可汗及其诸臣一听,个个吓得瑟瑟发抖:"一个格斯尔都无法对付,再来九名勇士,那我们就更无葬身之地了。"便一起跪倒,向格斯尔苦苦哀求:

"可敬的格斯尔圣主呀,请把鹦鹉叫回来吧,你喜欢什么,我们就给你什么!"

"鹦鹉飞远了,无法叫回!"格斯尔绷起了脸。

"有啥旨意,请讲吧,我们一定照办!"

"你们答应把公主红娜·高娃许配给我,我就可唤回它来!"

"那就让她嫁你为妻吧。"可汗无可奈何地答应了。

格斯尔见可汗和众人都服服帖帖了,便望着空中喊了一声:"鹦鹉呀,回来吧!"拉一下那丝绳,收回了鹦鹉。

固穆可汗见了,大喜。回宫后,悄悄问女儿:

"我把你许配给格斯尔,不知你意下如何？你若是不嫁给他,他将把我们统统杀掉,最终也要抢走你的!"

"汗父面临这等杀身之祸,孩儿就嫁给他吧。"

固穆可汗听后,十分高兴,当即大摆酒宴,给两人成了婚。

他们共同生活了三年以后,格斯尔向妻子道:

"我在这里待了这么久,你汗父的朝政也治理好了,百姓也安居乐业了。现在,我该回故乡去看望家眷和勇士们了。"

红娜·高娃听了这话,十分吃惊:

"这里不是很好吗,为啥要走呢？要回去,我们一起走,我可受不了那孤单单的滋味!"

"那好,今晚咱俩到城外去住一宿,把你那玉顶青骡和我这匹枣骝马拴在一处。天亮起来后,它们俩的头要是都朝城池睡着,我就依你,不回去了;若是枣骝马头朝着故乡过的夜,我就得回去。"

两人商定后,并马赶到城郊的帐幕住下。第二天天刚亮,格斯尔一觉醒来,起身出去一看,马和骡子的头都朝着城池站着呢。他伤心地对坐骑道:

"哎,神翅枣骝马呀,你就不想念咱们的家吗? 快转过头去吧!"

枣骝马依言,即刻朝故乡调过了头。

格斯尔返回帐幕,叫醒红娜·高娃:

"天亮了,咱们快出去看看马和骡子头朝着哪个方向?"

红娜·高娃跟着格斯尔出外看了看马,再无法挽留格斯尔了,便深情地说:

"我心爱的圣主格斯尔呀,请你自己做主吧。回去后,别忘了我就行了!"

两人骑上各自的坐骑,格斯尔见红娜·高娃那依依惜别的情意,忍心不下,就把她送至城墙跟前,而后一个人驰向故乡。他快马加鞭奔呀奔,跑呀跑,在一天黎明,赶到了自己的家园。他推开帐幕的门一瞧,只见茹格穆·高娃一人冷冷清清的蜷缩在鹿皮被子里熟睡哩。格斯尔凑到她的卧榻前,叹道:

"亲爱的茹格穆·高娃呀,与其像两岁犊牛似地畏缩在杂草丛里,倒不如像一只小鹿,黎明即起,奔上高山之巅左顾右望,活泼泼地游玩!"

茹格穆·高娃闻声便起,并急忙唤醒仆人:

"亲爱的圣主格斯尔回来了,你快去烧茶。烧茶时炉灶的里层燃上金色的牛粪,外层烧上银色的牛粪。水是奶茶的母亲,要多倒一些;茶叶是奶茶的父亲,可少放一些;奶子是奶茶的娘舅,得多掺一些;盐是奶茶的外甥,少加一些;黄油是奶茶的臣佐,可少搁一些。要把茶烧得像海浪一样滚滚不停,要扬得有如众僧诵经那般喋喋不休,这样人喝起来,才好似黄雀归巢那样舒适。"

仆人听后,说道:

"夫人呀,我不理解你这吩咐。看起来你的外表长得像一个金柜,里面却像装满了筋头烂皮;我的外表虽像个驽马的皮囊,里面却像装有锦绣的绸缎。只拿一锅奶茶来欢宴招待圣主能成吗? 要派人把他那住在狮子河源头的伯父阿尔斯朗诺彦、住在象河源头的叔父扎那诺彦、他的哥哥哲萨·希格尔以及三十名勇士、三百名先锋和三大部落的百姓都请来才行。让他们带上丰盛的酒宴,来参见圣主格斯尔。"

"聪明的仆人呀,你说得有理!快骑上你那传信马,传他们快来!"

众人接到命令,备好酒宴,纷纷赶来参见格斯尔可汗。大家吃呀、喝呀、唱呀、跳呀,痛痛快快庆贺了一天,夜幕降临后才欢欢喜喜地回去。

第四章

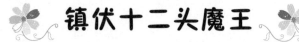

镇伏十二头魔王

楚通诡计

方圣主格斯尔可汗临去契丹国之前，把妃子阿尔伦·高娃隐藏在一个老远老远的僻静处。不知怎么回事，这事儿却被楚通诺彦发觉了。他如获至宝，马上跨上那匹黑头白尾豹花马，带上箭袋赶到阿尔伦·高娃的住地，便道：

"可爱的侄儿媳妇呀，你这一向还好吧！"

"还算可以，叔父请喝茶。"

"你不知道，格斯尔去契丹国，治理了固穆可汗的朝政，娶了红娜·高娃为妻，燕尔新婚足足是三年了；如今回来，又与茹格穆·高娃寻欢作乐，这几年你连他的影子都见不着了。你拿这副往左盼，引千人动情，朝右望，逗万人心悦的花容月貌就这样空空虚度，多可惜啊！你孤单单一人过着寂寞的生活，又有什么意思，你嫁给我吧。"

"咿呀，楚通叔父，你在说些啥呢？就是一万个楚通诺彦也比不上圣主格斯尔一人的影子。但愿苍天、人世、圣母都听到你的话！这是人说的话吗？别再胡说啦，用完茶，就去赶你的路吧！"阿尔伦·高娃生着气下了逐客令。

楚通诺彦回到家里,住了七八天,仍不死心,又去向阿尔伦·高娃求婚:

"你这样孤单寂寞地过光景太可怜了,你就嫁给我吧!"

"喂,楚通叔父,上次我说的话你忘记了?莫非至高无上的天帝之子格斯尔把我遗弃给你?圣洁无欲的玉皇之子格斯尔将我休弃给了你了吗?你认为我是那种放荡不羁的女人吗?"说罢,她出去唤来营地的仆人,拿木棍棒狠狠打了一顿楚通,夺下他的坐骑,把他赶出去让他徒步走了。

楚通诺彦用了两个月的时间走了一个月的路程,他连渴带饿,瘦得皮包骨回到了家。到家后吃肉喝酒,养了好些日子,才慢慢恢复了元气。

却说,楚通诺彦营地附近有一个"咒人禅洞",在这个洞里托梦能使你幸福,也能叫你遭殃。一天,楚通忽然想起来,抱着非要拆散格斯尔与阿尔伦·高娃的狠心到这洞里住下来托梦。他整整求了三个月的梦,可什么也没梦见,他失望地说:"我楚通的命就这么不好,这么倒霉!快饿死了,求求你,给托个梦吧!"楚通空着肚子又躺了九天。就在第十天的夜晚,"咒人禅洞"便给他托了个梦,告诉他:"你想法子结识阿尔伦·高娃手下一个牧人,叫他弄到三个坛子。一个里盛满血,一个里盛满奶酒,一个里盛满酸奶子,当她上榻后,别盖盖儿,偷偷地用绳子系在她的裙带上。等她熄灯入睡了,便派人从帐外喊:'夫人,丢牛了!'她一定要问:'丢了几条?'就回答她:'一百条。'她听后,满不在乎地说一声:'算不了什么!'便又去睡。等她睡着了,再让那人去说:'夫人,丢牛了!'她问:'丢了几条?'就回答:'一千条。'她仍会说:'算不了什么!'又去睡。过一会儿,还让那人去说:'夫人,丢牛了!'她再问:'丢了几条?'就回答:'全丢了!'她听了后,一定大喊一声:'哎呀!这下父母的奶食全断了!'急忙一起身,系在裙带上的那三坛子东西会洒下一地的。要记住,这就是拆散格斯尔和阿尔伦的妙计。"

楚通诺彦求得了梦,高兴之余,不顾肚子的饥饿,爬出洞就跑到阿尔伦·高娃的营地。只见几个牧马人正往一个洼地赶马群,数着是不是丢失了马匹。楚通诺彦走到他们跟前问:

"马儿多了还是少了？瘦了还是肥了？"

"多了怎么样，你想分一些去？少了又怎么样，你想处罚我们？瘦了怎么样，你想鞭打我们？肥了又怎么样，你想奖赏我们？这马是你的吗？难道与你有关系？"

楚通挨了一顿抢白，恼羞成怒：

"放肆！你们这是在跟谁说话？快给我滚开！"操起鞭子就打问话的这位牧马人的坐骑。

站在一旁的牧马人看不服，愤愤不平地一起上去了大喊："楚通诺彦来偷马了，快来人啊！"又举起套马杆子狠狠打了他一顿。

楚通挨了打，狼狈地逃走了。他先后几次赶到阿尔伦·高娃的驼群、牛群、羊群里，想收买那些牧人，可都遭到了同样的下场。

楚通诺彦接连挨了几次痛打，满身伤疤，疼痛难忍，便到阿尔伦·高娃羊群偷了一只羊宰掉，驮上逃进山谷里，养了几日。他身子略见恢复起来，便又在一天黄昏时分，溜到为阿尔伦·高娃看牛犊的牧童那里，不着边际地说这道那：

"依你看，放牧人中哪个最幸福，哪个最倒霉？"

"我们这些人，哪有个幸福！不管风天雨天，只能跟在小犊的屁股后头跑来跑去。人家牧马人嘛，才幸福呢，他们可以挑好马骑，有好酒喝，有好肉吃。放骆驼的、放牛的、放羊的，他们的光景也不错，说起来都比我们放犊的强。"

"可怜的孩子，别发愁。我倒有个法子让你过得比他们哪个都好，我要是能让你如愿，你拿啥来酬谢我呀？"

"像我这样的穷孩子有啥能给人呢？只要能办到的，我一定想法子去弄。"

"其时我不是叫你给啥东西，只要你帮个忙，我一定让你过上啥也不缺的好光景。"

小孩子听了楚通这番甜言蜜语，十分感激，出去宰了一只小犊，招待了他。楚通见有机可乘，便把"咒人禅洞"托梦的事儿说了出来，嘱咐小孩照着去做。

抢走夫人

小牧童依照楚通的主意,找来三个坛子,分别装满血、奶酒和酸奶子,待阿尔伦·高娃睡熟后,溜进帐幕,拴在她裙襟上出来,过了一会儿,喊道:

"夫人,丢牛了!"

"丢了几条?"

"一百条。"

阿尔伦·高娃说了声:"算不了什么!"便去睡她的觉了。

小牧童按照嘱咐又喊了第二次,夫人没去理睬。在第三次,当她一听到"牛全丢了",喊了一声:"这下奶食全断了!"急忙一起身,拴在裙襟上的那三坛子东西,一下子被拉倒,洒了一地,立刻变成毒气,飘飞到十二头魔王那儿去了。

十二头魔王一嗅到那毒气,就头痛病倒了。他心里纳闷,叫人取来占卜的红线,拉了几下后,便知道这是住在另一处宫帐的格斯尔可汗一位如花似玉的夫人,用"咒人禅洞"的法术,盛满了三坛子奶,朝他泼来所致。魔王咬牙切齿地想:"你们以为我不会这样做吗!"便取来三个坛子,如法泡制,运用妖术,向格斯尔泼去。

毒气飘飞而来,格斯尔可汗当下病倒了,整个吐伯特的百姓也传染了疾病。茹格穆·高娃心急如焚,立刻带领楚通叔父去拜见格斯尔的卜神穆阿·古优和唐布:

"不知咋回事,格斯尔圣主病倒了,百姓中也传染开疾病,请占卜一下吧!"

两位卜神占卜后,向茹格穆·高娃道:

"格斯尔可汗的另一处宫帐里,住着一位容貌美丽的夫人。有一位心术不正的亲属以图娶她为妻,没能如愿。为陷害她,便从'咒人禅洞'弄到一套妖术,诱骗夫人的牧童,向魔王泼去三样毒物。魔王病倒后,拉了占卜的红线,得知了生病的原因,便照法盛满三坛子毒物,也泼向这

里。圣主的病和部落百姓的传染病,都是由此引起的。"

坐在一旁的楚通诺彦装作没事人,不吭声。

茹格穆·高娃接着道:

"尊敬的两位卜神,想个法子为我们免除这场灾难吧!"

"这是一件不幸的事儿,只有把那位夫人赶走,才能解除这场灾难!"

茹格穆·高娃和楚通回来后,马上派人赶到阿尔伦·高娃的住地,向她传令:

"眼下圣主格斯尔病了,百姓们传染了疾病,这都是你带来的灾难。圣主命令你赶快离开这营地到他乡去住。"

"你们的话,我明白了。格斯尔可汗决不会逐放我的。这一定是茹格穆·高娃和楚通二人的主意。"

"夫人,这委实是圣主的旨意!"

"他们既然这么定了,我只好离开故土远奔他乡了。我祝愿至高无上的天帝之子格斯尔可汗早日康复。眼下,受点冤屈,这算不了啥,只要我们有缘分,相信圣主一定会去接我的。使臣,回去向茹格穆·高娃和楚通诺彦禀报吧!"

阿尔伦·高娃召集来仆人和放牧人道:

"要记住,我走后,你们就像我在家那样好好饲养牲畜,料理家园!"说罢,他向人们散发了一些东西,挥泪而去。

家奴和牧人们痛哭流涕跟随着她,送了一程又一程。阿尔伦·高娃擦着泪劝阻又劝阻,人们仍不忍心离去,便道:

"尊贵的夫人啊,你为啥扔下大家独自而去?要相信,我们与你有福共享,有难同当,为了你,我们就是去死,也心甘情愿啊!"

"你们都跟着去,也减轻不了圣主格斯尔的病痛。请大家还是回去吧!"阿尔伦·高娃劝罢,又散给了他们一些金银而后毅然辞去。

阿尔伦·高娃是一位慈祥而不幸的夫人,不论走到哪儿,都会受到人们的拥戴。她来到了一个白色的地方,这里的生灵一色是白的。有一位白兔使者前来迎接她,大摆宴席款待她,给她穿了一身白色服装,又赠给她一匹白马,然后送走了她;她来到一个花白色的地方,有一位鹊雀使者前来迎接,盛情招待一番后,送走了她;她来到一个黄色的地方,一个狐狸使者迎接她,设宴款待了一番后将她送走了;来到一个蓝色的地方,一个狼使者迎接她,拿好肉好酒招待后将她送走。接着她到了一个黑色的地方,这里的一切全是黑的,有如进入了个漫无边际的黑色漠海。没走多远,忽然从一匹骟马才能跑完的路程之外刮来一阵热风,"这是怎么回事?"阿尔伦·高娃不时着怕;又从四岁马才能跑完的里程之外刮来呼呼的冷风,阿尔伦·高娃被吹得悠悠晃晃,心里便觉惊慌。正当她心里默默地向圣主格斯尔祈祷着向前赶路时,从一岁马驹就能跑完里程之外,十二头魔王上唇顶天、下唇着地向她奔来。

阿尔伦·高娃见此情景无法躲,呼叫又无人搭救,一狠心,索性走到魔王面前道:

"昨夜我在茫茫荒野里,梦见玉皇大帝把我从一个黑暗的地方带到了天堂,莫非你就是那玉帝?今日早晨我徒步走到海滨,海里忽然跳出了一条鳌鱼,向我扑来,莫非你是那条鳌鱼的化身龙王?叫我如何来辨认呢?自离开格斯尔的故乡,东跑西奔,穿过荒漠,翻越高山,一心想投奔十二头魔王。不知你是不是那位大王?如果你就是他,我情愿给你做个挤奶的仆人或打扫灰尘的奴婢!"

魔王听后,哈哈大笑,伸手抱起阿尔伦·高娃道:

"好! 我的心肝,你不要怕,我不会吃掉你的。听人们讲格斯尔有你这样一位漂亮的夫人,我早就想娶你,只因格斯尔那小子英雄无比神通广大,没敢妄动。今日你自己投奔而来,这真是天赐良缘。你也许当个挤奶佣人,也许做一位压寨夫人。好,快快上马咱们走吧。"

魔王回去后,吃掉了它原先那三位美貌夫人,娶阿尔伦·高娃为妻。从此,圣主格斯尔的疾病痊愈,吐伯特部百姓也过起了安居乐业的光景。

可汗出征

格斯尔可汗康复后,对妃子茹格穆·高娃讲:

"我去治理固穆可汗的朝政,在那里待了三年,回来在你这里又病了很久。现在,该去看望一下阿尔伦·高娃了。"说罢,令人去牵神翅枣骝马。

茹格穆·高娃上前阻拦道:

"威镇十方的圣主格斯尔啊,听说阿尔伦·高娃背叛你,逃往他乡了,到哪去找她?"

"你怎么知道她背叛了?不行,我得去看一看!"

茹格穆·高娃见拦不住,便派人叫来楚通诺彦。两人商议后,由楚通出面来劝阻:

"我的圣主呀,实话告诉你吧,阿尔伦·高娃听说你到了契丹国,就变了心,跑到十二头魔王那里去了。我看呀,侄儿你还是别去看望她啦!"

"要是她忘掉夫妻恩情,私奔魔王,我就宰了她;若是魔王的诡计,骗走了她,我就杀了那魔王,将夫人领回来。你们别在阻拦我啦!"

"眼下阿尔伦·高娃一定在魔王那里。我跟他较量过多次,知道如何去对付,要去,就叫我去吧!"楚通的胆量还真不小哩。

"叔父,这魔王十分厉害,还是我自己去为好。"

"没事儿,我去一定能打败他。"

"那好,这回就烦劳叔父了。"说罢,格斯尔可汗大摆酒席,招待了一番,便催楚通诺彦赶紧起程。

楚通诺彦披挂盔甲,腰挎刀剑,说是去讨伐魔王,却径直回了家。过了三四日,他向全部落百姓通告自己病势沉重,就不见人了。

格斯尔可汗听说楚通病了,准备自己出征时,楚通夫人跑来说:

"你叔父去世了,快去安葬吧!"

格斯尔可汗听了婶母的话,当即赶到楚通的营地,走进他帐幕时,只见楚通诺彦躺在卧榻上,瞪着一只眼,闭着一只眼,张开左手,握紧右拳,伸直左腿,弯曲右腿,挺在那里装死。他见状有些好笑:

"看来,我叔父真的死了。听人说,人死时瞪一只眼,那是不祥之兆!"说罢,抓起一把土就朝他眼睛扬去。楚通急忙闭上那只眼,依旧装死。

"张开一只手死,是向他的子孙两代乞讨东西,那更不吉利!"说着,去合拢他的手。楚通又悄悄地握紧了那只手。

"弯曲着一条腿死,对后代人也是不幸的!"说完,去扳直他的腿。楚通赶忙自己伸展了那条腿。

"叔父啊,我把你的灵魂送到天宫后,再去找阿尔伦·高娃!"

格斯尔见楚通还在装死,就把他吊在一棵树上,拾来一些干柴堆在那树下想要点燃。楚通一看不好,急忙挣脱绳子跳了下来,准备溜走。格斯尔上去一把拉住他:

"叔父不是死了吗!听老人们讲,死了的人,身子着火后,筋肉一收缩,尸体就会站起来。你还没沾着火的边儿,咋就跳下来了?还是试一试吧!"说罢,格斯尔拿起一根燃烧着的树枝,戳了他几下。

"好烫呀,好烫,你叔父没有死,我的侄儿!"楚通大叫起来。

"叔父,到这里去试一试!"格斯尔又把他推进那火堆里。楚通诺彦须发烧掉了,手脚烫焦了,跳出火堆,一再求饶。

格斯尔生气地道:

"叔父,你这是何苦呢?"

"那十二头魔王厉害得很,我怕你去了吃亏,才想出这个法子阻拦你的。"

"你这办法可真妙呵!"说罢,格斯尔回了家,又要准备起程。

不一会儿,有几位喇嘛和教师前来劝阻。格斯尔可汗拒绝道:

"常言说,上等喇嘛来家,能给超度亡灵,中等喇嘛来家,能给诵诵佛经;下等喇嘛来家,只知吃肉,要钱财。你们的所为,有如拴着的犊牛绕着桩子打转,叫人什么也不去干,这怎么行!奉劝诸位快快回去,严守清规,好生修行!"

喇嘛们走了之后,又有几位官吏和诉讼师来劝阻。格斯尔可汗道:

"别再说啦,我走后,你们要治理好朝政,执行好法律,让百姓过好日子!"

接着三十勇士和三百名先锋一起来阻拦。格斯尔较为温和地说:

"我的主意已定,你们再劝也没有用。我走后,说不定哪个方向的敌人来袭击我们的部落。你们要修整盔甲、剑枪、严加提防!"

见这些人轮番来劝阻都无济于事,茹格穆·高娃夫人就亲自来了。格斯尔采取先发制人的方式,对夫人道:

"据说你是九天玄女的化身,真若是那样,就请你施展法术,让旱地汲出清水,叫枯干的树枝结出鲜果来吧,那样我就不走了。"

听了格斯尔的话后,茹格穆·高娃口里念动真言,不一阵儿,果真从旱地汲出了清水,枯干的树枝结出了鲜果。格斯尔可汗见自己输了,就住了下来。

过了三年,圣主格斯尔说啥也要出征。茹格穆·高娃夫人见再阻拦也无用了,便把途中吃的圣洁食物装入圣主行囊里,把枣骝马吃的糖果葡萄挂在它脖子上,然后便道:

"神翅枣骝马,你不服侍主人镇伏妖魔,我就烫掉你的鬃毛;格斯尔,你不好好施展枣骝马的本领,回来后,我要割掉你的拇指!"

圣主格斯尔上马起程了。茹格穆·高娃把他们送出很远很远后,才依依不舍地转回帐幕。

途中遭遇

圣主格斯尔驱使神翅枣骝马,翻越高山,穿过荒漠,奔了许久,也未寻找到那十二头魔王。一天,他登上一座高峰,勒住缰绳,向三位胜慧神姊祷告:

"三位仙姊呀,小弟为夺回爱妃,在寻找魔王,但不知他在何方?请你们给尼索该指出一条明路吧!"

天宫的三位仙姊听到后,其中的一位变作一只青莺飞来,落到枣骝马头前,说道:

"亲爱的尼索该,再往前走一段路程,就会碰到十二头魔王的化身——一只野鹿。它的长相跟一般的野鹿不一样,右角顶着天空,左角触着地面。舌头一伸,能把绿原上的青草舐个精光;口嘴一张,就把山泉流水喝得干

『第四章』镇伏十二头魔王

枯。这头猛兽够厉害的,你千万小心!"

格斯尔说了声"牢记仙姊的话!"便驱马去寻找。走了不一会儿,忽然见一只野鹿一步就窜出了十里,他从其后面加鞭纵身一跳,只窜出七里,没能追上。便从三道梁之遥射出了三十支白翎箭,可惜一支也没有射中。格斯尔见放跑了野兽,箭也飞得无踪无影,便驰向射出的地方去寻箭,可是老半天也没有找到。正当他边哭边寻时,先前变作一只青莺的那位仙姊飞至他马前道:

"尼索该,你是女人吗,为啥哭鼻子?男子汉大丈夫要有勇有谋,遇事须冷静!箭我给捡来了。"说罢,扔出三十支白翎箭,又给了他一些吃的和喂马的大麦,便飞走了。

格斯尔跳下马,把箭插入箭壶,吃了圣品,喂饱了枣骝马,继续追那猛兽。沿着它的足迹追着,追着,不觉天色已晚。他跳下坐骑,把枣骝马拴在一棵树上,自己拿衣襟包住头,头朝东北露宿在野地。到了半夜,那野鹿跑来伸出舌头,把枣骝马的鬃毛和三十支白翎箭和箭翎舐了个精光。神翅枣骝马发觉后,大喊道:

"你给我滚开!我叫醒格斯尔可汗,他会宰了你!"

"别海口说大话了,明天我叫你们追不成!"言罢,魔鹿蹲在格斯尔头上拉了一堆粪后跑了。

次日早晨,格斯尔可汗醒来一看,不觉大惊。他一把掀开那鹿粪,鹿粪立刻布满了整个大川;又一瞧,枣骝马的鬃毛也被舐光,成了癫疮枣骝驹,三十支白翎箭的翎毛也不见了,都成了秃尾箭。他十分伤心,哭泣着又向诸天神祷告:

"诸位神尊在上,我格斯尔遭受着这般灾难,你们为啥不来保佑!"

那位变作一只青莺的仙姊又飞来道:

"你动不动就哭,真没出息!常言道,女人爱嫉妒,男人好争胜,悬崖不坍,一定会变成岩峰。男儿不畏艰险,势必成为铁心硬汉!我带来一小口袋麦子,枣骝马吃了会长出鬃和尾巴。你吃的圣洁食品在你怀里。你那三十支的白翎箭也修好了,看看怎么样?"说罢,仙姊飞走。

格斯尔一看箭,比原先强多了,把它们插入箭壶,自己吃了圣品。又从早晨到中午拿大麦喂了三遍枣骝马，马长出了鬃毛和尾巴。他跨上坐骑，继续去追那魔鹿。

途中，格斯尔可汗向枣骝马道：

"追不上那鹿，我割掉你四只蹄子，背上鞍和嚼子回去！"

枣骝马也不示弱：

"圣主呀，你说得有理。当我追上那猛兽时，你要对准它前额射去。射不中，我把你摔下去踢进尘埃里，去见你的三位仙姊！"

"好！你说得也有理。"格斯尔举起神鞭，朝它的左大腿猛抽了三下。枣骝马挨了鞭子，生了气，四蹄驾起神轮旋风，立刻驮着主人腾空而起，在空中拼命飞奔。格斯尔驾驭不住，慌忙喊道：

"枣骝马呀，你也不是那空中追捕灰鹤的海青鹰，为啥要在空中飞驰呢？还是落到陆地去追那猛兽吧！"

枣骝马虽然依了主人之言，降到陆地飞跑，可气还没有消下来。它把大地踏了好大好大的坑，扬起缕缕尘埃。格斯尔可汗又道：

"枣骝马呀，难道你是个掏洞的土拨鼠，为啥把地皮都踏破了？咱们快去追魔鹿吧！"

枣骝马这才加速飞奔，跑呀跑，一口气追上了那猛兽。格斯尔又加了一鞭，赶到魔鹿的前头，拉满乌雕弓"嗖"的一声，箭从鹿的前额射进，由它的左腮穿过。圣主格斯尔射死魔鹿，放慢马步继续赶路时，三位仙姊从天而降，便道：

"走不远，就进了魔王的境地。那里非常肮脏，我们不能跟你去了。再走一会儿，会有一条由妖魔变成的大河挡住你的去路。河里乱石滚滚，急流奔腾，还有很多人马在嘶叫。到那里后，你先念动咒语：'古噜、古噜、索格！'而后拿神鞭子朝河里指点三下，便可以渡过那条妖河。再往前走，又有妖魔变的两座山峰在那一胀一缩着。从它们中间经过，一不留神，你会连人带马被挤死的。如何走过，自己去想法子吧。以后还遇到什么，要见机行事。"嘱咐完，便回了天宫。

格斯尔可汗送走了仙姊们，继续朝前赶路。不一会儿，果真有一条河横在眼前。他按照神姊的话，口里念完咒语，拿鞭子朝它指点三下后，

就安全地过了河。

离这条河不远,耸立着两座山峰。他心想:"这就是由妖魔变成的两座山峰了。"便心生一计,让枣骝马变为一匹癞疮马,自己摇身一变,成为一个瘦子赶到两峰跟前,欺骗道:

"瞧这两座山峰多么美丽壮观呀,它们这一胀一缩是由于见到了骑着癞疮马远道而来的我太瘦呢,还是原来就有这样的习惯呢? 我们家乡也有那么两座山峰,它们从一天或半天的里程突然一靠拢,就能挤死许多人,那真够吓人的。与其叫你们挤死,不如绕过你们走吧。"说罢,调转了马头。

妖峰听后,真以为这人着怕不敢走过来,就又分开到相距一日的里程等着。格斯尔可汗就在那一瞬间,拨过马头猛抽了几鞭,一下子穿了过去;两峰见他驱马奔来,立刻互相一挤,迟了,它们彼此相撞,立刻撞了个粉碎。

格斯尔继续赶路,途中见了魔王的一个放驼人,正拿一块骆驼般大的石头砸弹子,于是自己也弄到一块牛那般大的石头砸成弹子,走到他跟前问:

"喂,朋友,你是做啥的?"

"给大王放骆驼。"

"原来是一家人,我是给大王放牛的。咱们抛石头玩玩好吗?"

"可以。"

"你打上身,还是打下身?"格斯尔问。

"我来打上身。"放驼人拿起一块石头朝格斯尔上身打过去。格斯尔立刻一变,成为珠儒那么小的矮子,石头从他头顶飞了过去。

"喂,朋友,这回该轮我了!"说罢,格斯尔操起石头装出打他的下身,抛出去后,却中了他的胸膛。放驼人立刻倒下,格斯尔奔去按其在地上问:

"快说,魔王城在哪儿? 路怎么走? 魔王平素肯在哪儿打猎?"

"魔王城离这儿不远了,你走走就能看到了,可路不好走。走一会儿,有一道摩天岭,由天堂的一些孩子们给把守;再往前走有一道人间黄色岭,由世间的人来驻守;魔王城的这边还有一道魔鬼黑色岭,由魔王的小妖们防守。别的事儿,去问天堂的孩子们吧。"

格斯尔问完了就杀掉了他,继续赶自己的路。奔到摩天岭,天堂的孩子们哭哭啼啼跑来喊叫:

"啊呀,这里从不会来生人的,哪怕是来一个,魔王也不会饶我们的,你是哪一位呀?"

"孩子们,不要怕。我是威镇十方的圣主格斯尔可汗。听说你们是天堂的孩子,咋就到了这儿?"

"我们一时贪玩跑到了凡间,十二头魔王见后,就抓来了我们。眼下,他怕你来进犯,派我们替他防守这摩天岭。"

"我来除掉这十二头魔王,让你们回天堂好不好。可你们拿啥来报答我呀,孩子们!"

"圣主的大恩大德,我们永世不忘,有事儿,就请讲吧!"孩子们一起上去给他叩头。

"去魔王城,怎么走?"

孩子们将放驼人的话又说了一遍后,其中一个接着道:

"那魔鬼黑色岭又高又大,长着茂密的树林和无数的岩峰,岭上笼罩着蒙蒙的黑色烟雾,谁都别想翻越过去。"

"那你们怎么越过的呀?"

"拿这面火光宝镜照着跑过来的。"说着拿出一个镜子给他看。

"借给我用一用行吗?"

"行。"孩子们把镜子递给了格斯尔后,接着说:"翻越那妖岭时,用它一照,立刻会发出万道金光,你就顺着光走下去就行啦!"

"谢谢你们了!"格斯尔要上马时,有一个孩子上去拦住道:

"圣主,还有话呢。"

"请讲。"

"这妖岭前头,有三座高山,它们中间的峡谷里,住着个身高一尺的小人。他用一条红线卜卦,灵验得很,你可求他卜上一卦。他说'凶',你就别轻举妄动;他说'吉',你就放心地往前赶路吧!"

格斯尔告别了孩子们,赶到凡人驻守的黄色岭,按照孩子说给的那些话叙述了一番后,驻守的人们放他走了过去。格斯尔驱马驰到魔王黑色岭,勒住缰绳,朝前望上去,这道岭果然不寻常。怪石屏立、树木丛生,上面还笼罩着茫茫烟雾。他坐在枣骝马上向诸天神祷告:

"天神们在上,请速派来神龙给降下拳头般大的冰雹吧!"

不一会儿,果真神龙嚎吼,雷雨大作,下起拳头般大的冰雹来。格斯尔趁这当儿,加鞭驱马,手举火光宝镜,翻过了这道岭。他勒住缰绳,扭头望了望那些小妖。只见他们被雹子打得个个闭上眼睛,抱着头,躺在地上一动不动。格斯尔翻身下马。捡了一些卵石揣在怀里赶去,朝他们每人头上砸下一块,顺顺当当结果了他们的性命。

随后,他让枣骝马变做一匹癞疮马,自己变成一个貌不出众的寻觅者,嘴里嚷着:"人们说,你拿一条小红线就能算出烤肉是哪个滋味,我才不信呢!"说着,他走进那三座高山之间的峡谷。不一会儿,果真见一个尺把高的小人在那儿站着。走到小人跟前,格斯尔翻身下马便问:

"我丢了牲口,请你给卜卜看,是该到有骟驼强盗住着的那条白河去找,还是到有黄儿马强盗住着的那条黄河,或是到有黑儿马强盗住着的那条黑河去找呢? 究竟到哪里去找为好?"

这个尺把高的人,从红线中抽出一条瞧了瞧说:

"白河源头是佛门之路,不能去;黄河那里是凡间之路,也不能去;往黑河源头走,你会遇上魔王,在那里虽会受些磨难,但最后你能成就预期大事。"

格斯尔听后,跳上马就要起程,小人拉住他道:

"等一等,还有一卦没给你看呢!"接着他上下打量一番格斯尔:

"我看你呀,一定是那位威镇十方圣主格斯尔可汗,猜得不错吧! 你方才不信红线卦的灵验,还辱骂我在撒谎骗人哩。"

"刚才委实有些冒昧,说话粗鲁。请神灵卜者,万万不要介意。"格斯尔急忙跳下马来谢罪。

"我不会生你气的。我告诉你,去魔王城的路上,还有一棵权权丫丫的树。它是十二头魔王的一个化身,凶得很。从它下面经过,可千万要当心!"

　　格斯尔可汗辞别了神灵卜卦矮人,牢牢记着他的那番叮咛继续向前赶路。走不多远,果然见路旁有一棵杈杈丫丫的树。他把枣骝马送到天宫,自己变做一个乞丐,将三拖长青钢剑变成一根拐杖,将盔甲变成两袋食品扛在肩上,把水晶匕首藏在袖里,拄着拐杖踉踉跄跄地走到那树底下,坐下来去刨树根。这时,树的一根枝突然变成一个人,举起宝剑就砍了下来。格斯尔闪身躲过剑,装出十分害怕的模样,仰着头叫苦:

　　"哎呀,这是咋回事儿? 我来时明明就是一棵树,怎么一瞬间竟有了人? 我是个浪迹人间的乞丐,见得多,听得也广。听人们讲,玉皇大帝有棵神树,它见了仇人就斩死,遇上穷人则大发慈悲,施舍一些物品,还给指出一条生路。咱们无冤无仇,你要是那棵树的话,就不该斩我呀! 要不你就是魔王的神树? 那我就无法知道你的习性了。实话告诉你吧。我来这儿只是想挖几个土豆,充充饥罢了。"

　　树上的人听后,恢复了原状,便说:

　　"你这番话好动听。好吧,就在我的荫凉下挖土豆吃吧!"

　　格斯尔佯装挖土豆,趁它不留意,却掏空了它的根基,偷偷拿出水晶匕首割断了它的根,猛然起身,说了声:"你完了!"就把树推倒,用火烧成了灰。

刺探底细

　　却说,十二头魔王叫格斯尔圣主接连杀死自己几个化身后,忽然感到头痛。他为清爽清爽身子跑进大海里躺了一会儿,不知不觉竟给睡着了。这时,格斯尔变做一只紫雕飞来,抓了一下他的右眼便飞走了。魔王惊醒后起身去追赶,见那个紫雕飞到对面的一个山冈上,变做尺把高的小孩玩耍,待他一到,又变成紫雕飞入海里了。魔王没能追上,回到家里,便对阿尔伦·高娃叫苦:

　　"有生以来,我从来没有吃过这样的苦头;不知咋回事,打猎时突然觉得头痛,到海里洗身子又叫那紫雕抓了一下眼睛。我追上去,使出所

有招数,也没能逮住它。气得我肚皮鼓胀,心脏直跳,毛发飞散,四肢无力。真该死,谁在作孽?莫不是格斯尔可汗来了?玉皇大帝驾到了?龙王出海了?阿修罗帝降凡了?谁知是哪个凶神来作祟?"

阿尔伦·高娃一听,暗暗又惊又喜。心想这一定是圣主来了。面容上显出若无其事的样子,欺骗他:

"我的好夫君,十方圣主格斯尔没有那么多化身,再说他是佛尊下凡,不会变成禽兽的。我看啊,兴许阿修罗天尊下来折磨你呢。"

次日一早,魔王又去打猎,圣主格斯尔骑着枣骝马赶到魔王城下,只见这座城池,建得无比高大,十分坚固。他绕城转了几回,也没有找到城门,便吩咐神翅枣骝马:

"你要驮着我跳过这城墙,要像抛一块金髀骨①那样轻轻地落在城里。要是不能带我进城,就砍断你那四只蹄子,背上你的鞍和嚼子独自回家;你跳进了城,我若摔下来,就让魔王的狗吃掉我!"

"神勇的圣主啊,别说这泄气的话。你说一声是,我决不会喊不,依你的话办就是了。"

格斯尔奔出城外三十里处,又调过马头,左手抓紧马鬃,两腿夹紧马肚,抽了三下坐骑,朝着那城池奔去。到了离城一箭之地,他勒住缰绳,喊了声"冲啊!"猛一纵马,只见那神翅枣骝马四蹄腾空,从城墙上飞越而过,像一只金髀骨,驮着格斯尔轻轻稳稳地落在城里。

格斯尔可汗进得城来,将枣骝马放回天空,自己摇身一变,变成一个叫花子,登上城楼,不住地赞美它:

"哈!多么美丽的城呀!我是个走遍天下的叫花子,哪里没去过!到过天堂,进过龙宫,都没有这般壮观。听说格斯尔可汗有座雄伟壮丽的城,魔王的城也十分高大坚固。莫非我流来浪去,如今来到了那两个城中的一个?我真想见一见这座城的可汗和妃子,不知他们多么幸福哩!"

他拄着拐杖,嘴里嘟哝着什么,走下城楼,又向阿尔伦·高娃的住处

---

① 是取出羊的髀骨,灌以金属来抛掷的游戏物,蒙语称"嘎什哈。"

赶去。到了跟前,举目一望,嘿! 好不雄伟,是一座红顶白色天幕,宫门左右侧还卧着两岁牛那样大的两只蜘蛛。这俩蜘蛛是魔王不在家时,用来看管阿尔伦·高娃的魔王化身。

阿尔伦·高娃从宫里听到圣主格斯尔的声音,不顾一切跑了出来。那两只蜘蛛扑去正要吞掉她时,叫花子急忙举起拐杖,上去各打了一下子就要了它们的命。随后,格斯尔变出同样两只蜘蛛放在原处。阿尔伦·高娃急忙奔上去,紧紧抱住格斯尔放声大哭:

"我的神勇圣主呀,我可见到你了。你从哪儿来的呀?"

"亲爱的,要懂事儿! 这是啥地方,这样哭泣,让魔王听见了咋办?"

阿尔伦·高娃依言止住哭,放开了手。圣主上下打量了一番夫人,因道:

"你右腮上擦了胭脂,右半身子打扮得如花似玉,可左腮上涂上锅灰,左半身子穿戴得破烂不堪,这是何意?"

"右半身装饰得这般艳丽,是象征着神勇的格斯尔可汗快来擒拿凶恶的魔王,并将其亲属子孙斩尽杀绝;左半身穿戴得这般丑陋是预示着魔王的穷途末日即将来临。昨晚,魔王回来一说眼睛让紫雕抓了一下,我就知道是你来了。今早起床后就有意打扮成这副模样。说实话,这些日子真把人想苦了。"

"这以后再谈,快讲讲魔王到底有啥本领和妖法?"

阿尔伦·高娃沉思了一阵儿道:

"我的圣主,这十二头魔王凶得很。我看,你不是他的对手,不如回去带来三十勇士和三百名先锋,与这厮较量为好。"

"你这是啥话,作为威镇十方的圣主,坐视这魔王显淫威,霸占自己心爱的妃子而不顾,我有啥脸去见世人! 魔王胜了,让他继续霸占你;我胜了,就把你带回家去。快谈谈魔王的底细吧!"

"这孽障的底细,我知道的不多。我一来,他就把我关在这座宫殿里,看管得相当严。他每天一早,骑上那头青骡子出外打猎,阳婆①西下

---

① 指太阳。

时，驮着汉达罕①和鹿回来。那青骡子可不是一般的畜生，它一发觉城内有敌人，就打响鼻，啃嚼子，四只蹄子刨着奔来。他还有名叫敖尔伦、索尔伦的两匹青马，一见青骡子那般跑来，也从棚中窜出来，到处寻找敌人。他有个红线卦，卜得也相当灵。想想看，魔王回来，你在哪儿藏身呢？"

"一会儿，咱们挖个坑，我躲进坑里就行啦。今晚，你无论如何刺探清他的底细。好啦，这就来挖坑吧。"

两人挖了个土拖长的深坑，格斯尔钻进去后，上面压了块白石板，石板上铺了一块写有玛尼经六字的布，撒上一层土，土上盖了一些杂草和鸟雀的羽毛，拉上了红红绿绿的绳子。

傍晚，魔王驮着鹿和汉达罕赶来。那头青骡子一到城门便打响鼻，啃着嚼子，高举四蹄刨着地奔开了。敖尔伦、索尔伦两匹青马闻声，也冲出棚圈到处去寻找敌人。魔王一见这情形，便知道有敌人来了，于是暴性大发：

"这一定是奸诈女人的花招，狡猾夫人的诡计。我嗅到了一股蜣螂味，莫非真来了敌人？快给我取卜卦红线来！"

"哎哟！你说这是奸诈女人的花招、狡猾妻子的诡计，这是啥意思？我究竟干了些啥坏事？"阿尔伦·高娃装出一副埋怨的样子。

"别多嘴，快去取卜卦红线！记住，拿来时，不许从女人胯下和狗头下经过，要顺着西墙轻轻走来递给我。"

阿尔伦·高娃故意违犯这些忌讳，把红线递给了他。魔王坐在骡子上卜卦一看，立刻大为吃惊：

"不好了，格斯尔来了。这阵儿，藏在一个深坑里，坑上面还压着一块石板和一层土呢！"

"哎哟！大王你在说什么，谁藏了格斯尔？上有苍天，下有绿野，叫他们来评评理！"阿尔伦·高娃愤愤不平。

此时，格斯尔变做一只鸟，从空中叫道：

---

① 形如鹿，兴安岭多产此兽。

"魔王,你冤枉好人!"

魔王哈哈大笑:"奇怪,奇怪,真奇怪!"说罢,又卜了一卦。卜出格斯尔死有一年了,如今被埋在地里,拿石板压着,上面有一层土,土上长出了好些青草。离埋格斯尔尸体的坑不远处,形成了个海子,岸上集聚了许多乌鸦和鹊雀,叽叽喳喳地嘲笑着他。魔王见两次卜的不一样,便疑疑惑惑地滚下青骡子,令手下人取来刺针,一刺牙,当下就刺死了两三个人。又吩咐:"给我拿吃的来!"

阿尔伦·高娃炒了些死人手指端来给了他。

晚上,阿尔伦·高娃钻进魔王的被窝,娇滴滴地偎依在他身旁道:

"你真狠心,打猎一回来,就把我痛骂一顿。我不喜欢你,能来找你吗?你这个宫殿连个门也没有,那个可恶的格斯尔找上门来,叫我到哪儿去寻你?"

"不,不!不能对你讲这些。常言道:不可把木棍当作树,不可把麻雀当作鸟,不可把女人当作朋友。"

"你接来了我,吃掉了那三位夫人。眼下,是不是又找到了个新的,想吃我呀?让凶恶的格斯尔来吧,杀了我更省心,谁叫我的命运这么不好!"阿尔伦·高娃说罢,调过了身子。

魔王哈哈大笑,便道:

"别生我的气,我的心肝儿,转过脸来,靠近一点儿。"说着把阿尔伦·高娃搂进怀里,掏出两个金戒指给了她:"想出去,把一个戒指放在鼻尖上,城门就自动开了;回来进城时把另一个戒指套在小指上,门也会开。还有,我通常都是说反话,说是往南走,其实朝北去。"接着将自己经常走的路、去处、习惯等一一告知了夫人。

"好夫君,只要你相信我就放心了。可格斯尔那家伙神通广大,本领高强,一旦他来了,大王拿什么办法去对付呀?"

"不是吹牛,他真要来,老子不费弹指之力就能宰了他。实话告诉你吧,我的化身多得很。城南面有个三色海子,海子这边有五道苇林。海子和苇林之间,有黑白两条牤牛在那儿顶架。黑牤牛是我的化身,早晨它胜我,中午我胜它,若是宰了黑牤牛,我就少了一个化身。北面有座城,住着我的三位姐姐。平素她们分别待在三棵红树的顶梢上,杀了她们我的力气要减退一些。东面有个海子,里面有三只鹿在游玩,中午天气一热,它们从海子里游出来卧在海岸上。有谁一箭射中这三只鹿,剖开中间那一只的肚子,取出个金匣子踹碎,折断里面的一根铜针,我的化身就会损失一个。西面有座城,那里住着我的一位神姊。她藏着一坛子蜣螂,从来就不叫我看。说那是我的命根子,杀了神姊,处置那坛子蜣螂后,我才会死去。这些都是我的神机魔法。"说罢,魔王就要睡觉。

阿尔伦·高娃拉着他的手,佯装责备的样子道:

"你可太傻了,谁叫你竹桶倒豆子全说来着!人家只想知道你们俩哪个神通大罢了。别再说啦,叫别人偷听去了可了不得呀!"

"放心吧,我的夫人。别说一个,就是来了十个格斯尔也奈何不了我。你不知道,我睡了之后,从右鼻孔钻出一条金鱼,在右肩上玩耍,由左鼻孔爬出一条金鱼,在左肩上游戏,它们也是我的灵魂。还有一位能念咒的喇嘛哥哥、一位母夜叉母亲、一个橡子女儿,他们也会变成我的模样去厮杀的。若是杀掉了他们三个,我才到末日。你说,格斯尔哪有这么大本事?"

阿尔伦·高娃搂着他的脖子假装亲昵地说:

"我的夫君呀,知道你有这么多神通和法力,我就放心了。有了你这样的丈夫,我真幸运。"

魔王听了,哈哈大笑:

"我的心肝,不错,不错!"说完,便打起呼噜来。

处死魔王

天亮,魔王起身,说是朝南走,便往北去打猎了。阿尔伦·高娃叫醒格斯尔,交给了那两只金戒指,把魔王的底细全告诉他了。

"这就好了!"格斯尔唤回枣骝马骑上后,鼻尖上放了一只金戒指,出得城门,直奔三色海子和苇林而去。到了跟前果然见有两条牤牛在顶

架,那只白牤牛前两腿弯曲,大有招架不住之势。格斯尔拉满弓,"嗖"的一箭,射穿黑牤牛的心窝,立刻赶到跟前,用三米青钢箭,把它砍成数断。又放了一把火,烧掉苇子,飞也似的跑到城门,赶紧带上另一只金戒指,进城后,那城门又关上了。后面赶来的三色海子没能追上,只好退回去了。

格斯尔见到阿尔伦·高娃,谈了一阵子宰牤牛、烧苇子的事儿,两人痛痛快快玩了一番,格斯尔又钻进坑里。

晚上,魔王一回来就抱着头叫喊:

"哎哟,哎哟! 疼死我了!

"亲爱的夫君,你的头怎么啦? 吃东西了没有?"

"东西是吃了,可头老是嗡嗡响,晕得不行。"魔王难受得无心逗玩妃子,一上榻就睡着了。

第二天清早,魔王说往北走,便到南面去打猎了。格斯尔钻出深坑,赶到北面那座城,只见魔王的三位姐姐坐在三棵红树梢上,正说说笑笑呢。他变成一位美男子,戏耍着走至树下,唱道:

"三位美丽的姑娘,不知姓甚名啥? 听说玉帝有三位仙女,龙王有三位公主,魔王也有三位姐姐,你们是哪一家的呀? 你们又不是乌鸦鹊雀,干吗老待在树上? 下来看看我的戏耍,听听我的歌唱该有多好!"

"可不是吗,我们又不是飞禽,老待在树上做什么!"说罢,三人下来观看美男子的戏耍。便问:

"喂,小伙子,你从哪里来,叫啥名字?"

"我吗,是从西方永乐世界来的,当我上路时,有位黑帽高僧给了我一百零八条彩符①,你们愿意戴不?"

"哎哟,高僧给的彩符当然愿意戴了,请拿来吧!"

"你们想戴在脚上还是脖颈上?"

"戴在脖颈上呗。"

"请过来吧,我来给你们戴!"

---

① 是高僧用各种彩绸结成的灵符,赐给信徒们借以辟邪。

等三人凑到跟前，格斯尔从怀里掏出三条弓弦套住她们狠狠一拉弦头，当下就结果了她们的性命。接着拿一把火烧掉了三棵红树，翻身上马回到了魔王城，爬进坑里藏了起来。

晚上，魔王回到家里，又大叫头痛。阿尔伦·高娃佯装关切：

"大王，身子不舒服吗，是不是没吃上东西？明天别去打猎了，好吗？"

"你放心，我身子骨结实着呢，这点小病奈何不了我的。"说完，魔王又去睡觉了。

第三天，天一亮，魔王裹好头，带着阿尔伦·高娃夫人走进一座很大很大的金屋，里面堆着许多死尸；又到了一座装饰得十分漂亮的银屋，那里放满了牛肉、鱼肉和野味；最后进入一座木板房子，这里堆放着好些金银财宝。看罢这三个屋子的东西，便道：

"想吃的话，这些肉我一天就能吃完，可没有一点积蓄不行！我的病没事儿。"说罢，朝东去打猎了。

格斯尔得知他又出外打猎，从坑里钻了出来，直奔西面那座城而去。走到半路，有一只母鹿迎面跑来。他拉满弓，"嗖"的一下，箭从它的前额射进去，穿到尾椎露出了个头儿。母鹿带着箭拼命逃走，格斯尔紧紧追去。母鹿逃进城，死死关住了九层石门。格斯尔赶到，拿两把钢斧砍破城门，进得城里，只见那只母鹿竟变成一位白发苍苍的老太婆，上牙顶着天，下牙抵着地，两个乳房垂到地面坐在那里，活像一条狗哼哼不休。

格斯尔变成一位美男子走到她跟前问：

"老婆婆，你这是怎么啦？"

"我常常漫游世间，觅食生灵。今天，碰上一个人，正要去吃他，不成想，叫他一箭射中了。"她摸了摸臀部处露出的箭头，接着道："这不是！拉了箭羽，拽了箭杆，都没拔出它。哎，鲜血流个不止，命在旦夕，小伙子呀，给我拔出来好吗？"

"老婆婆呀，这箭兴许是玉帝的，说不定还是阿修罗天尊的，我不能给你拔呀！"

"小伙子，你给拔出这箭，我就嫁给你！"

"哎哟,姐姐你在说些啥呀,你好生瞧瞧我是谁?"

"我不认识你!"

"姐姐呀,我是你那魔王弟弟。"

"你的容貌何时变得这般漂亮了?"

"娶来格斯尔的妃子做妻子,一下子就变成这副模样了。"

"这箭,是不是你射的?"

"就是。"

"为啥要射姐姐?"

"听人们讲我的灵魂是一坛子蜣螂,放在你这里,可你一直不让我看。一气之下,今天就射了姐姐一箭。"

"咳!你懂个啥。我是怕你把它拿到外面惹出事儿来,就放在这里了。你看,这不是吗!"说着将那坛子给滚了过来。

格斯尔接过坛子道:

"谢谢姐姐了。给你拔箭,靠近一点吧!"他凑上去,佯装拔箭趁妖婆不留意,操起箭杆把她挑死,将那藏有魔王灵魂的坛子扔到附近一座矮房里,一把火烧个干净。格斯尔又返回魔王城躲入地坑。

晚上十二头魔王一到家,便打着滚大叫头痛。折腾了一阵子,昏昏沉沉地睡着了,夫人却没有上榻。不一会儿,果真从他右鼻孔钻出一条金鱼,爬到他右肩游玩;从左鼻孔钻出一条金鱼,爬到他左肩上戏耍。阿尔伦·高娃装来两袋子炭末,悄悄放在魔王身边,唤出了格斯尔。格斯尔赶忙动手磨他的大钢剑,魔王被惊醒,拿起一袋子炭末添入口里:

"嘎吱,嘎吱的,什么东西在响?"

"你又在做梦吧?是不是想吃东西了?"

"我问你,那是啥家伙的响声?"

"纺线时不留神弄断了线,锤子掉进锅里了。"

"是吗?你给我试试看!"

魔王听到阿尔伦·高娃纺线发出的声音与方才的响声一样,便不再说什么,又放心地睡着了。

格斯尔接着给剑开刃,魔王被惊醒后,又抓起身边的另一袋子炭末

吞了下去,问:

"又是什么东西在响?"

"我拉了一下天窗的坠绳。"

"再拉拉看!"

阿尔伦·高娃去拉了拉坠绳,声音与刚才的响声一样,魔王再次安心地睡着了。格斯尔可汗磨好斧子和剑,走进宫里,递给阿尔伦·高娃两把炭说:

"砍倒后,你把这炭塞进他伤口里!"说罢,他左右两斧砍断魔王的双肩,又斩死了那两条金鱼;阿尔伦·高娃按照圣主的嘱咐往他的伤口塞进了炭末。

"威镇十方的神勇圣主呀,请饶了我吧!我们原本没怨仇,我没有入侵你的领地,你的爱妃是自己跑来的。你想要,我还给你。今天,咱们俩不妨结拜成兄弟,哪里有仇敌,一同去征服他。冬天这里暖和,咱们同住在这儿;夏天你那里凉爽,我们一起到那打猎,你说,这该有多好。"

格斯尔圣主听了这一席话,信以为真,便收起了大钢斧子。这时三位仙姊从空中喊道:

"喂!尼索该呀,别信他那鬼话。不一会儿,他的躯体要变成生铁,到那时,你想杀他,就迟了。还不动手,等什么?"

格斯尔听了仙姊的话,举起钢斧去砍他的脖子,发出铿锵之声,没砍断;朝他的腋下劈下去,还是劈不动;格斯尔使出浑身力气,再照他的小肚子砍去,这才劈开了。他拉出魔王的肠肠肚肚后,果真从其腹部里流出了一地铁水,接着又一斧,砍下了最后一颗头。

格斯尔除掉了这个作恶多端的十二头魔王后,又变成魔王的模样,骑上那头青骡子,立刻赶到喇嘛哥哥的住处。进得屋里,格斯尔佯装叩头受戒,趁老喇嘛闭上双眼诵经之机,上去一剑劈开了他的肚子,只念了"叭哒①"便断了气。

随后,格斯尔赶到了魔王的女儿嘎尔苏那里。他从七层城墙之外,

---

① 是咒语中的字。

喊道：

"嘎尔苏在家吗？"

"是谁呀？"

"是你父王！"

"请父王等一等，女儿这就去开门！"嘎尔苏迎了出来。

"女儿呀，这段时间还好吗？伸出手来，叫爸爸亲亲！"格斯尔抓住她的手说："快开城门吧！"

城门开了后，格斯尔装出吻她的样子，一刀斩断了她的手。

"爸爸，你这是要干什么？"嘎尔苏捂住那只手哭叫不停。

格斯尔立刻现出原相，把她摁倒在地。嘎尔苏哀求道：

"饶我一命吧！爸爸给了我一万匹白马，里面有一匹白骏马，你可牵去；从格斯尔那里抢来了一万匹黑马，其中有一匹墨黑骏马，你可骑去。求求你，放开我吧！"

"废话！杀不杀你，这些马群还不是属于我的了吗！"

"我做你的女儿，行不行？"

"这话当真？"

"只要不杀我，怎么也行。"

"那好，告诉我，到你祖母家怎么走？"

嘎尔苏为了活命说出祖母的住处和去时的路。格斯尔一斧砍死她，又变成嘎尔苏的模样，赶到魔王母亲的住处，便问：

"奶奶，不好了，听说格斯尔来了。快告诉孩儿，那根铜针和那块金印在哪儿？"

老妖婆以为来人是自己的孙女儿，指了指存藏铜针和金印的地方，拿起一个铁皮梳子，嘴里嘟哝着："咕噜，拉嘎沙！咕噜，拉嘎沙！"去给孙女儿准备吃的。这当儿，格斯尔取出铜针和金印便逃走了。老妖婆回来一看孙女儿不见了，就知道上了当，起身追去。格斯尔眼见她赶来，摔碎金印折断铜针，妖婆马上跌了下去，一命呜呼了。

圣主格斯尔就这样除掉了十二头魔王及其诸多化身，救出爱妃阿尔伦·高娃，在魔王城黄金塔旁边，两人过起了美满的日子。

第五章
讨平锡来河

乌鸦使臣

话说,锡来河部有三大可汗。他们是亲兄弟,老大为白帐可汗,老二为黄帐可汗,老三为黑帐可汗,白帐可汗夫人查干额尔和生有一子,名叫金光。一天,三汗举行会盟,商量为这位太子选一个绝代佳人做妃子的事儿。可是派遣人马去选择吧,既不能跋涉山水、又不能飞升天宫,便决定驯养一些能飞善跑的禽兽作为派往各方选妃的使臣。他们把白喜鹊用兔子肉喂饱,派往天宫,去察看玉帝姑娘的姿容;把口齿伶俐的鹦鹉用小虫喂饱,派往契丹国,去探视其公主的容颜;将羽毛绚丽的孔雀拿鲜果喂肥,派往巴拉布汗部,察视其女儿的姿色;将狐狸拿皮筋喂壮,派向印度国,去探察可汗公主的容貌;将乌鸦用零乱食物喂好,派往灵格部,去瞧瞧其公主的人品如何。

去天堂的白喜鹊一直没有回来。口齿伶俐的鹦鹉飞回来禀报:

"契丹国王有一位公主,名叫红娜·高娃。格斯尔可汗为固穆国王治理朝政有功,便娶她为妻,一起住了三年回去了。如今,这位公主仍住在父王处,有几分姿色。"

孔雀飞了回来禀报:

"巴拉布可汗的公主,长相蛮漂亮,由于不懂咱们这里的语言,只怕与太子相处在一起,不会和睦融洽。"

狐狸也跑回来禀报:

"印度国的公主姿容不错,只是年纪过小。我去察看时,她还趴在地上数着黑白豆子玩耍呢。"

乌鸦走了四年才飞了回来。它路经黑帐可汗的幕帐叫了一声,经过黄帐可汗的幕帐叫了一声,最后飞到白帐可汗的幕帐上空来回盘旋着道:

"奉旨去往远方的乌鸦使臣,我回来了。可汗你听不听我的回禀呀!"

白帐可汗一听它的话有来头,立即派人叫来两个弟弟,召集起全部人马,来迎接这位使臣。由于乌鸦飞遍天涯。走遍人间,翎毛折断了,足爪蹭光了,嘴尖磨秃了。三汗及其众人见了,都为它这种不辞辛苦,远途跋涉的精神所感动,个个赞叹不止。他们为了慰劳这位使臣,给宰了个羊,便道:

"忠实的乌鸦啊! 你落在这羊肉上,一边吃一边讲吧!"

"不,不,不,我不去吃你们的羊肉!"

人们以为乌鸦嫌一只羊少,又给杀了一匹骒马,让它下来享用。

"我不是说食物少了。为了你们的事情,我飞来飞去,翅膀飞得折断了,嘴尖啄得挫光了,足爪也磨秃了。"乌鸦还是不落下来。

黑帐可汗希曼比儒扎,见它这般吐诉苦衷,觉得十分可怜,便给杀了一个八岁小孩,叫它下来吃。

乌鸦仍在空中盘旋着道:

"不吃你们的食物,让我来向三位可汗禀报这次的所见所闻吧。我首先飞到天空,探知了玉帝有三个美丽的姑娘。你们向他提亲,他不肯将女儿嫁到凡间的;去抢吧,玉帝神通广大,又有天兵天将相助,恐怕也不是那么容易的。"

人们拿来个架子,让它落在上面讲。乌鸦不屑一顾,继续道:

"下界龙王有三位姿容绝世的公主,阿修罗天尊也有容貌艳丽的三名姑娘。可是,龙王力大威盛,阿修罗天尊人凶心狠,他们的势力与玉皇差不多。想娶他们的姑娘做妃子,我看也是不行的。"

大伙又给取来银架,让它落下来。乌鸦没有落下来,接着说:

"我到了灵格部,见格斯尔可汗有个爱妃,叫茹格穆·高娃,父亲是僧格斯鲁可汗。别说她有多么美丽了,她站在那儿,只见那轻盈窈窕的体态,好比锦缎裹着的嫩绿松枝迎风摇曳;当她坐下去,那娴雅端庄的神姿,有如能容纳五百人众的洁白幕帐;她右肩上飞舞着一只金丝鸟,左肩上回翔着一只银丝鸟;她漫步在炎炎的夕阳里,娇嫩得将要融化,她停立于东升的皓月下,酥润得将要凝脂。这位美人住着的幕帐也不寻常,外罩锦缎,内挂绣幛,由金银柱子支撑着,用丝线打成的绦绳永不会折断。帐内摆着一座玲珑白玉塔、金字甘珠尔和丹珠尔佛经①,那如意宝珠不时放射着亮光。不论天堂的仙女、阿修罗天尊的娘娘,还是龙宫的公主,都无法与这位茹格穆·高娃妃子相比。据说,她丈夫格斯尔可汗为夺回另一位妃子阿尔伦·高娃,去征讨十二头魔王,眼下还没有回来。"

三大可汗和众人一听,个个垂涎三尺。他们拿来一个木架子,让乌鸦落下来。可它仍飞旋在空中不肯下来,白帐可汗大怒:

"不识抬举的东西,你成了天上的神鸟了吗,为啥不落下来? 要知道,你只不过是我训养成的一只乌鸦罢了!"说完,拿起箭就要射。乌鸦一看,吓得战战兢兢,马上落到一个灰堆上,被人们逮住了。

黑帐可汗上去又问:

"你讲的,全是真的吗?"

"那还有假!"

白帐可汗见它落下来,也息怒平静了,因道:

"它讲的要全是真的,茹格穆·高娃该是多么漂亮呀;这些话若是假的,也称得上巧嘴利舌的乌鸦了,要奖赏它才是!"

---

① 即《大藏经》。

83

第五章 讨平锡来河

魔鹰侦探

锡来河三汗对乌鸦的话似信非信，为弄个明白，还得去一趟。若是派人去，走得慢，不知何时才能返回。经商议，决定把三汗的元神合为一体，变做一只巨鹰前往窥探格斯尔的宫帐。这样，白帐可汗的元神——白煞神，变成巨鹰的白色头部和脑部；黄帐可汗的元神——黄煞神变作巨鹰的黄色身躯；黑帐可汗的元神——黑煞神变为巨鹰的黑色尾部，飞往灵格部。

在一天的清早，这只巨鹰落到格斯尔可汗那能容下五百人众的银色帐幕的天窗。它压得帐幕咯吱咯吱直响，从未断过的丝绦绷断了两根，没有弯曲过的金银柱子也弯了起来，来回不停地摇晃。

茹格穆·高娃大吃一惊，跑到守卫可汗宫帐的猛虎将处，又哭又喊：

"哎哟！我的猛虎将，大祸临头了，你还在睡大觉呢。男儿贪睡耽搁行程和狩猎，女子贪睡误掉家务和针线活；大树一倒蚂蚁必来掏空它做巢窝呀！莫不是那魔王害死了圣主格斯尔，变做一只巨鹰，抢我茹格穆·高娃来了？杀害哲萨·希格尔和三十勇士来了？这只巨鹰非同一般，大得很，你上好乌雕弓，扣上白翎金箭，快去看看吧！"

猛虎将听了后，即刻披挂整齐，跑出来一看这只巨鹰，也吓得力软心虚，神力乌雕弓脱了手，白翎金箭离去落了地。茹格穆·高娃见他这副模样，越发着了慌，流着泪说：

"哎呀！封你为猛虎将的人，实在是个蠢货。身为大丈夫，竟怕一只飞禽，真丢人，快把弓箭拿来吧！"

猛虎将挨了一顿骂，如梦方醒："叫女人去射它，格斯尔可汗知道了，该怎么说？他亲同手足的哥哥哲萨，还有三十勇士知道了，会耻笑我这个所谓的猛虎将。"想罢，他重新提起勇气，握紧弓把，扣好箭。茹格穆·高娃从一旁助威道："对准脖颈骨狠狠地射！"猛虎将按照夫人说的瞄着"嗖"的一箭，不成想，没能射中脖颈，只射断了它的一只翅膀。巨鹰抖抖身子，若无其事地飞上天空，来回盘旋着看了茹格穆·高娃三眼，茹格穆

·高娃也朝它望了三下。

巨鹰飞去后,茹格穆·高娃和猛虎将二人把射落的羽毛堆起一看,好家伙,足有三十个驴驮子。

三汗发兵

这只巨鹰飞回锡来河部,向白帐可汗道:

"神勇乌鸦讲的千真万确,我不再重复了。眼下,格斯尔的营地,由他的哥哥哲萨·希格尔和三十勇士看管着,他本人还没有回来。"

白帐可汗得悉这一准确的消息后,即刻遣使唤来两个弟弟,召集手下部众,发出号令:

"除了十三岁以下的孩童之外,全体百姓不分男女、不分僧俗,一律出征。违令者,格杀勿论!"

二弟黄帐可汗上前劝阻:

"汗兄呀,据说格斯尔是裹着人皮降生凡间的神仙,他那三十勇士,又个个勇骁善战,我们恐怕不是他们的对手。依我之见,不发兵为好。"

"瞧这胆小鬼!你就装作瞎了眼患了病的人,躺在家里好啦,我一人带兵出征!"白帐可汗臭骂了一顿,把他撵走了。

小弟黑帐可汗希曼比儒扎也来阻拦:

"亲爱的汗兄呀,格斯尔是玉皇大帝的儿子,他的哲萨兄、三十勇士都是天神的化身,个个有万夫不敌之勇。别说从格斯尔怀里抢来茹格穆·高娃了,就是三十勇士的妻子也休想夺他一个。依我看,不如派出这些兵卒,分头到其他汗国去选美;实在选不出来,就从自己大臣、贵族的女儿中找到个中意的,选进宫来,打扮的与茹格穆·高娃一模一样,再用茹格穆·高娃这个名字去称呼她,那不是一样的吗!"

白帐可汗一听,又大发雷霆:

"你装作聋子,患了恶疾的病人待在家里好啦!"

小弟黑帐可汗挨了一通骂，怕人讥笑为胆小鬼，便匆匆离去了。

次日，白帐可汗召齐人马，正要出发时，小弟黑帐可汗希曼比儒扎，手捧斟满了酒的金杯，又来劝酒：

"汗兄，我不是那种胆小的懦夫，你带兵征战，我一定跟去冲锋陷阵。可要知道，我们是天帝的娇子，本应自足于眼下的荣华富贵，而你非要跟行霸于天下的格斯尔去决一雌雄，这无疑是去送死！我们是上天的男儿，理应安份治理好家园，而你非要与世间圣主格斯尔去抗衡，到头来定要一败涂地！这还不说，你又以这些老人、小孩、妇女、僧俗、奴仆去充当士兵，一旦让哲萨·希格尔和三十勇士觉察出来，发兵来袭击，我们将遭到像乃兰查河源头的花鸭被苍鹰攫死那样的厄运。兵不在少，而在于精，请汗兄三思！"

白帐可汗听了弟弟的话，沉思了半晌，便道：

86

"你今天说得有些道理！"说罢，他令部将精选出三百三十万兵马，浩浩荡荡向灵格部进发。

哲萨出阵

却说，哲萨·希格尔住在查尔查干那河上游的古尔班·图拉盖，其营地远离格斯尔可汗的宫帐。茹格穆·高娃不知那只巨鹰飞来是吉是凶，便拿上一只翎毛，与猛虎将二人，日夜兼程，一天的大清早，进入哲萨的营地。

正在查尔查干那河饮马群的哲萨·希格尔，打老远望见他们二人赶来，甚为惊讶：

"好久不见的茹格穆·高娃，为何这样早就来了？荣萨，快给我抓来飞翅青骏马！"

荣萨闻言，立即牵来他坐骑，备好鞍子。哲萨·希格尔拍马前去，从老远喊道：

"喂！茹格穆·高娃，手里拿的是根棍子，还是只翎毛？"

"哲萨兄！是巨鹰的一只翎毛！"

"哦,明白了,我能预知未来,这事儿,你不说,我也能猜它个八九不离十。"说着,哲萨奔到她跟前:"这只鹰的头是啥样子?"

"白色的。"

"身子呢?"

"黄色的。"

"尾巴和腿呢?"

"黑色的。"

"你们不知道,这是锡来河三汗的元神变做一只巨鹰,来刺探圣主在不在家,瞧你茹格穆·高娃长相的。那魔鹰看清楚后,回去向三汗回禀了格斯尔不在。他们趁这个机会,为抢去格茹穆·高娃婚配给金光太子,眼下正以几百万之众发兵前来。几天前,有只丑恶的乌鸦在这里来回盘旋,因别的事儿没能射死,便宜了它。这事儿,都是那只可恶的乌鸦给引起的。他们前来进犯也没什么可怕的,有我哲萨、三十勇上还有三大部落的百姓在,还怕打不退他们! 兵来将挡,水来土掩,茹格穆·高娃你不必害怕。把它拿去叫楚通叔父看一看。"说罢,把翎毛交给了他们。

茹格穆·高娃和猛虎将二人返身赶到楚通诺彦处,将巨鹰飞来的事儿说了一番后,告知了哲萨就这事所持的主意。楚通诺彦看了看翎毛,便道:

"哲萨之见是有一定道理的。可我想,锡来河部与我们一向没有仇恨,这只因茹格穆·高娃一人才兴师来犯。依我之见,茹格穆·高娃你先到黄河岛藏在杂草丛里,要不就到博如套海草原躲进草棚里。为迷惑敌人,可在放牧马群地方放牛群;放牧牛群地方放马群;放牧骆驼群的地方放羊群;放牧羊群的地方放骆驼群。再找一个女奴,打扮成你的模样,当他们来时叫她躺在你的卧榻上,一看不是你,他们自然要回去的。"

茹格穆·高娃拿不定主意,领上猛虎将又赶到哲萨那里,向他说知道了楚通的意思。

"听听,这家伙说的还像人话不! 他说锡来河三汗跟我们没有仇恨,那他们发兵干什么? 当时,你们俩为啥不顶他几句?"哲萨十分生气。

猛虎将道:

"心慌意乱的,哪顾得上斥责他。快说说咱们怎么办吧!"

"楚通那家伙不可信,他是个敌人没有来,号称英雄好汉,自吹自擂;敌人真的来了,就胆怯得像耗子见了猫逃掉的孬种。咱们可不能像他。见到猛虎奔来,要跟它拼;野熊扑来,要与它斗;大象袭来,要和它较量;凶狮冲来,要跟它厮杀;敌军来犯,更要去拼力格斗。他们像一条黑花毒蛇张着嘴扑来,我们要像一只大鹏去周旋;他们像一只老虎咆哮着袭来,我们要像一只铜鬃神狮去迎战。怕什么!"哲萨·希格尔主意已定,接着喊:

"传令兵!"

"嘛!"

"速去传我的命令,叫三十勇士、三百名先锋、三大部落的百姓,有马的骑马,没马的徒步,沿着查尔查干那河而上,到格斯尔可汗的营地——乌兰·朱鲁可草地集齐,准备迎敌!"

哲萨·希格尔披挂整齐,与茹格穆·高娃和猛虎将二人率领自己营地的人马,也即刻起了程。当他们三人赶到格斯尔营地时,三十勇士、三百名先锋和百姓们相继赶来。他望了望黑压一片人马,便问:

"人马到齐了没有?"

苏米尔道:

"集齐了。"

茹格穆·高娃抽签下发令箭,要催令大军进发,哲萨上前拦住,便道:

"你和大队人马守好家园,防备敌人突然袭击。我先去探一探锡来河三汗究竟有多少人马。"接着面向三十勇士:"人中鹰苏米尔,你披挂耀霜铁叶甲,插带三十支白翎箭和乌雕弓,腰挎利刃青钢刀,骑上追风红沙马;小英雄安春,你披上黑铁百叶甲,插好三十支白翎箭,带上神力弓,手握纯钢剑,跨上风速灰白马跟我来!"说罢,领着二勇士就起程了。

三人纵马驰去,登上一座沙丘,举目眺望,只见尘土漫天飞扬,野兽遍地奔跑。哲萨说:"看来,锡来河大军真的杀来了!"他们又登上一座高峰,从一日里程之遥一望,三汗大队人马沿着黄河而上,其三百名前哨部队已逼近了半日的里程。苏米尔见敌军刀枪映日，锦旗蔽空，急忙喊道：

"这支人马像是天空的繁星落到了人间，又似人间的红花绿叶长在天空，这么多的敌军，我们何时才能杀完呀？"

小英雄安春反驳道：

"哎，苏米尔，你这是什么话？你怎么知道锡来河的人马比咱们的多？你什么时候见过人间的百花长在天空，又什么时候见过天空的群星落到了人间？别瞎扯啦！俗话说，男子汉出外打猎不能不打扮，妇道人出席酒宴不可不修饰。要明白，这是他们在虚张声势哩！"

苏米尔听了后，觉得有理：

"安春，你说的对，我多嘴了。白帐可汗的大军虽像烧滚的奶茶般沸腾，咱们的哲萨就是一把杓子去把它舀干；黄帐可汗的兵卒要像野火般燃烧而来，我苏米尔就是个打火能手去把它扑灭；黑帐可汗的人马有如洪水般涌来，咱们的小安春就是个排水力士让它流个干涸。好啦，咱仨一起冲上去！"

哲萨用手指点着前面敌阵，作了部署：

"两位说得对。咱们先杀净这三百名哨兵，再去夺来一群马。随后，你二人从这边杀开一条血路，占领那个阵角，待我呐喊冲进去后，咱们会师去击溃那大队人马。若是敌军被杀得乱了阵，你二人就追杀从这边逃窜的敌军，我去追击从那边逃跑的敌人。"

三人按照所定计谋，依次奔入敌阵一看，不见人，只有三百匹马散在山冈上吃草。左边一个小土丘上堆着一块石头，上面支着一副空盔甲。三人赶着马群往回走时，黑帐可汗希曼比儒扎骑着白帐可汗的白龙驹追来。他怕这匹马烈性发作，踏风腾空，把他驮到上空摔死，在马的四条腿上各拴一个砧铁，手里拿着一只砧铁，不住地打着白龙驹。哲萨发觉后，对两位伙伴说：

"后面有人追来，来文的文对，来武的武挡，由我来对付他。你二人赶着马群先走！"说罢，迎了上去。

希曼比儒扎明知故问：

"你们赶着好多马匹，不知是从何方而来，朋友？"

　　"我们是给圣主格斯尔放牛羊的牧人,前些时,丢了一千五百条牛。顺着踪迹找去,谁知叫你们三百名哨兵给赶走了。请交出来吧!"

　　"你们怎么丢了这么多牛?"

　　"老兄,不瞒你说,是这么回事儿:我们的圣主格斯尔,不久前除掉了十二头魔王,夺回了爱妃阿尔伦·高娃。凯旋后,摆设丰如海潮、广似原野的大宴,犒劳放牧人和打柴拾粪的穷人。我们高兴了,多喝了几杯,没留心,就让牛群跑丢了。"

　　希曼比儒扎听后,二话没说,径直返回军营,向二位兄长说知了哲萨的那番话。白帐可汗一听格斯尔已回来,立刻吓得心惊肉跳:

　　"好,马群就让他们抢去吧,咱们赶紧退兵回国!"

　　黑帐可汗气不打一处来,大骂道:

　　"你装做瞎了眼,患了病的人,自己先回去吧!当初,劝你不听,非发兵不可;这会儿,一听格斯尔回来了,就吓破了胆,真没出息!你们等着,我去唤回那银合八骏马再做道理!"希曼比儒扎一人驱马登上一个土丘,高声喝道:

　　"神驹呀!奉天帝之命,降生到人间的主人黑帐可汗在呼唤,你为什么像獐鹿那样一去不复返?受天神之恩,托生到凡间的主人希曼比儒扎在呼叫,你们为什么像饿鹿那般一走不回转?"

　　哲萨三人赶来的马群中那银合八骏马,听到主人的呼唤,即刻竖起耳朵,一齐嘶叫起来,其他马匹见了,也随着嘶鸣不止。哲萨指着那八骏马道:

　　"你二人知道不,这银合八骏马通晓人语,主人从远处呼唤他们回去呢,当心别叫跑了!"

　　苏米尔、安春怕马跑掉了,便往一个黄草坡围拢去,那银合八骏马变做八只獐狍朝外逃窜。三人见后,张弓搭箭一一射死了。随后,马群开始惊散,也奔跑起来。他们一狠心,将马群赶回到黄河岸边的一个悬崖上,赶下去统统摔死于河水之中,像懊丧的饿狼,又登上一个山冈眺望。

　　却说,希曼比儒扎不见骏马回来,便赶回军营,向白帐可汗道:

　　"方才赶走马群的,不是放牧人,倒像是格斯尔的三位勇士。说不定，他们把马全弄死了呢。"

"弟弟呀，真是那样的话，咱们快退兵回国吧！"

"我看你呀，真是个堵塞了九孔，一窍不通的人。这人马是我带来的吗？作为男子汉，与其见敌逃阵受辱，倒不如与敌拼死荣耀呢！"

那时，哲萨·希格尔在山冈上也去试探苏米尔和安春两人的胆识，便道：

"其他勇士没有来，就咱们三人怎么去对付那么多人马！不如回去的好。"

一听此言，小安春抢先道：

"不能回去！咱们不趁这机会，振兴圣主格斯尔三十勇士的威风，更待何时！身为大丈夫，只知荣华富贵，一味给妻儿们增添麻烦，那是没有出息的。咱们痛饮这鲜红的血茶，分头去杀敌立功才是！"

苏米尔接着说：

"安春的话有理。哲萨，你去攻打白帐可汗，我去袭击黄帐可汗，小安春，你去迎战黑帐可汗。咱们杀个痛快再回去！"

哲萨听了两位伙伴的话，十分满意，便道：

"两位真不愧为英雄啊！好吧，就依你们说得去办。苏米尔，你去摆个香案！"

苏米尔依言给摆了个香案。哲萨三人跪下去，祈祷道：

"玉皇大帝，圣母娘娘，三位神姊在上，人世间的圣主格斯尔不曾掠抢别人怀里妻子。可锡来河三汗为夺取他的爱妃茹格穆·高娃，竟聚集几百万之众来侵犯我们的灵格部。我们三人忍无可忍，为保卫自己家园，誓死与他们决一死战。诸天神呀，若是恩准这一举动，请遣下众神来保佑我们，派来千万名天兵天将为我们助威！祈求四大天神，从四面八方降下一场法雨，施放一次大雾吧！"哲萨祷告完，便嘱咐两位伙伴：

"我进攻白帐可汗，斩死一万人，割下他们的首级；苏米尔，你猛冲黄帐可汗，射死一万人，割下他们的拇指；安春，你袭击黑帐可汗，砍死一万人，割下他们的右耳。咱们就以这首级、拇指和耳朵为标记论功。"

接着，又向三个坐骑道：

"马儿呀，你们跑下坡路时，要像海青鹰那般飞驰；跑上坡路时，有如香獐那样迅速；跑在平地时，好似狐狸一样敏捷！"

三匹马听了后，伸了三次腰，摇了三下尾，抖了三回鬃，来表示接受了主人的嘱咐。

三人重新整整鞍子，又为各自的马扣上两道攀胸，两条肚带，飞身上马，一齐奔驰而去。苏米尔好像想起了什么，大声喊：

"喂！咱们在那儿会齐！"

"苏米尔呀！别说这些了。要明白，咱们单枪匹马，轻骑直入，没有妻儿家眷的累赘，一会儿就能会面的……"没等安春说完，忽见千军万马，从半云半雾的空中降下冲入敌阵，杀得锡来河三汗人仰马翻，叫苦连天。哲萨三人趁机驰入敌阵，有如猛虎扑袭般斩杀了一气后会了面。在返回途中，他们又赶走了前哨兵的三百匹马。

三大可汗，夜间受到轰轰雷劈般的重击，饿虎扑食般的侵袭，个个惊慌失措，晕头转向了。天亮后，他们去察看战场，伤亡惨重，死尸遍野。

待他们归拢完死亡士兵,已到了中午。眼见如此惨状,白帐可汗流着泪叫苦:

"昨夜袭击的敌人,说是他大队人马吧,地上不曾留下奔跑的足迹;说他是强盗吧,不会有这么多人马;说他是只身一人吧,却有千军万马之势。这到底是啥兆头呀?"

"你真是个十足的大傻瓜。为什么人家圣人能神机妙算,预知未来,你懂吗? 这算啥,一会儿,格斯尔的三十勇士杀来,咱们的人马还要遭到板斧砍林一般的噩运呢! 现在你去追,追不上了,去杀,也杀不成了。别哭鼻子了,快去安葬死亡将士的尸体吧!"说罢,黑帐可汗希曼比儒扎就回去了。

却说,哲萨三人袭击获胜,高高兴兴地往回赶路。途中,苏米尔向两个伙伴说:

"咱们之间都知道了谁杀了多少人,带去这些人头、手指、耳朵有啥用? 快扔掉吧!"

"你说是累赘,扔掉它们,这可不行。咱们把这些人头、手指、耳朵驮在那三百匹马上非带回不可。你有所不知,我的苏米尔,带回去,可激发在家三十勇士的士气,让他们效仿我们去杀敌;还可以叫龟缩不前的楚通诺彦瞧一瞧我们三人的本领呢!"

三人赶回营地,苏米尔、安春卸下人头、手指、耳朵。楚通一看,吓得向后缩了缩:

"孩子呀,这是啥东西?"

"楚通叔父,你的眼睛不好使了吗? 连个人头、手指、耳朵都认不出来了? 当初,敌军进犯我部时,你说咱们与锡来河三汗无仇,叫茹格穆·高娃躲进草棚里,不叫发兵迎敌。叔父,格斯尔可汗不在,你身为首领,这难道是大丈夫所为吗!"哲萨说罢,从三百匹马中选出两匹最好的,奉献给茹格穆·高娃、阿珠·莫日根两位妃子,三十勇士每人分给一匹,余下的送给了没有坐骑的士兵,唯独没给楚通一人。

班珠尔出阵

茹格穆·高娃唤来众勇士道：

"这回谁出战，抽签来决定吧！"

哲萨上前阻拦：

"别抽签啦，由我来点名吧。"他面向众勇士喊道："安伯里之子班珠尔听令出发！"

"嗻！"一声，班珠尔领旨，披上黑铁甲，插好三十支白翎箭，带上乌雕弓，腰挎钢刀，飞身跨上黑骏马，来到哲萨跟前，问道：

"哲萨呀，按你的做法去袭击敌人，还是让我见机行事？"

"我的办法慢了一些。你要像海青鹰猛扑落在乃兰查河源头的白纹水鸭那般扫荡敌军，速去速归！"

班珠尔辞别众勇士驱马奔去。他登上沙丘，望见半日里程之遥的敌军后，向格斯尔的神灵祷告了一番，便催马下山，飞也似的冲进白帐可汗的阵地。班珠尔一鼓作气，冲破了九层重围，斩倒九杆军旗，刺断九个大纛，砍死九名火头军，抢来敌人九群马，就往回赶。

次日一早，白帐可汗派使唤来两个弟弟。哭丧着脸道：

"昨夜，又有一个孽障袭击了我，你们看，怎么办好？"黑帐可汗说：

"我们全知道了，别哭鼻子啦，快派人去追捕那贼才是上策！"

"你说派哪一位好汉去呀？"

"叫莫日根之子六指去追赶那厮！"

将六指宣到帐前，白帐可汗赏给他一匹青骏马，并嘱咐道：

"追上那贼后，按照我讲的问罪，夺回马群就行啦！"

六指领旨，走至青骏马跟前，为压住它那烈性，驮上两袋砂土骑上，沿着班珠尔的踪迹追去。他登上那座沙丘一看，班珠尔正在丘下围拢好马群歇息呢，六指催马前去，厉声骂道：

"好个强盗！你以为我们锡来河没人啦,快还我马群来！不准你抛弃马驹,赶走骒马;不准你杀肥宰瘦的;不准你留下老弱瘸腿,带走强壮的;不准你剪断马匹的一根鬃毛！告诉你小子,我们的白帐可汗有偷天换日的神通,我六指拿一把弓同时射出六支箭,可我们从来不伤害出家受戒的人。你这厮,不还我马群还等什么!"

班珠尔也不示弱:

"愚蠢的六指,你给我滚回去吧！难道这群马为送给你小子赶到这里的？你说你们可汗有神通,我们圣主格斯尔可汗就没有！我不想跟这野种多啰唆。"说罢,赶着马群便走。

那时,正有三只苍鹰在班珠尔头上飞旋。六指见了后,冲他喊道:

"班珠尔！你小子有种的话,回头瞅着。那三只苍鹰,前头飞着的是母亲,后面飞着的是父亲,中间那一只是它们的儿子。我一箭射中它,若落在你头上,就是你的替身;落在我的头上,算是我的替身!"说着一射,中间的那一只中了箭,可好掉在班珠尔跟前。班珠尔十分生气:

"你这浑蛋,竟向飞禽逞英雄,真没出息。你刚才说,受过戒了,可又为什么杀害生灵呢？不用问,你小子在怕我。好啦,看我的!"他朝北指了指,继续道:"你瞅着,北面那三座山上跑着许多鹿。西山上的有当母亲的福相,东山上的有做父亲的命运,不能射它们。我要射中间那座山的鹿,还有射时,箭头不是对准鹿,而是那山麓,那时,乱石崩裂,会砸死很多鹿的。"说完,班珠尔拉满弓搭上箭,心中暗暗祈祷:"心爱的弓呀,你的上弰是鹿角制成的,下弰是狍角做成的,弓胎是黑色生皮缠好的,弓把是白色海螺雕出来的。请圣主格斯尔的十方佛尊保护上弰,四海龙王守护下弰,四大天王守护弓胎,碧兰彩虹之神保护弓弦,由英雄班珠尔我握着弓把,愿这支箭像流星似的飞去中的!"拉满弓一箭射塌了那座山丘,霎时间,乱石滚滚,东山的鹿往西奔,西山的鹿朝东跑,班珠尔的箭变做一股旋风,卷起尘土,飞向空中。

在一旁观看的六指,大惊失色,吓得双手紧握马鬃,身子不由自主的来回摇晃了几下。班珠尔见他那模样,不屑一顾笑了笑便走了。六指追上去说：

"好汉，请你等一等。仙士不跟圣人斗，将相不与帝王争。我不是来跟你比武斗法的，就把马群还给我吧！"

"赶来了，哪有还回之理！"

"喂，班珠尔，俗话说孔雀显尾毛，好汉重名誉。要不，就把那白骏驹和锦毛马还给我吧！"

"射死苍鹰时，是何等的威武，这会儿，又来哀求要两匹马，这也是你的本事吗？宰了你吧，没人去向锡来河三汗说知我的胆识和神威了。想做个朋友，这好说，你骑的那匹青骏马与哲萨的风翅青骏马，毛色一样，正好是一对。你给留下它，除了那两匹，我还给九匹马，你看如何？"

"哎呀，青骏马给了你，回去我怎么交待？"

"若是我杀了你，那匹马也不就成了我的吗？"

"好汉，请息怒，给你就是了。"说罢，六指把青骏马给了他。班珠尔也依言，如数还给他马匹。

六指回去向三汗回禀了班珠尔射塌山丘的事儿，他们个个大惊失色：

"一个勇士一箭竟能射塌一座山丘，若是三十勇士一起来，我们会全军覆灭哩！"

班珠尔赶回来，把青骏马送给了哲萨，依照先例，赶来的马匹分给三十勇士、三百名先锋等人，楚通诺彦还是啥也没给。

火红眼①出阵

班珠尔回来后，哲萨·希格尔下令：

"苏木的儿子火红眼出阵！"

---

① 乌兰尼都的汉语译意。

火红眼身披一副锁眼儿白甲,腰挎青钢剑,跳上斑斓红马前来领旨。哲萨道:

"你要像海青鹰攫捕落在黄河源头的鹨鹩鸭那般打败敌人回来!"

火红眼听后,催马驰去,爬上一座土丘看准目标,加鞭冲进黄帐可汗军营,火速抢了一群马赶上就回。当他走了不一会儿,洪格尔之子希玛珠,从后面追来。火红眼不予理睬,赶着马群继续朝前奔。希玛珠喊道:

"强盗,你不能走! 咱们较量一下箭法,我胜了,马群还给我;你胜了,赶去马群!"

火红眼勒住缰绳,问道:

"咋个比法? 你说吧。"

"你以英雄的姿态招箭,我以神箭手的手法去射;要不我以英雄的身姿招箭,你拿神箭手的本领去射,由你先选择,怎么样?"

"你小子以为我怕你这厮吗? 我站好,你先射吧!"

希玛珠听后,十分高兴,满心想一箭结果他性命,扣上箭,拉满弓,瞄准对方正要射出时,火红眼张开磨盘般大嘴,滚动饭碗般大的眼珠,喊一声"来吧!"后,便放声大笑,声如雷鸣,震动山野。希玛珠眼瞅他那姿态,耳闻这一笑声,即刻惊慌失措,一下子失去了准头,射去的箭,竟从他头顶擦了过去。火红眼道:

"这回轮我的了。你小子再往后站一些,不然一箭射死,谁去向你们可汗报告我的神勇呢! 你不要怕,中了箭也不会死的!"说罢,"嗖"的一箭,希玛珠立刻中箭倒下。他忍痛挣扎起来,骑上马摇摇晃晃地揪住马鬃赶回,没等回禀完与火红眼比箭之事,喊了声:"作孽的箭毒发作了!"便昏倒下去,一命呜呼了。

火红眼赶回马群,分给了众人,唯独没给楚通。

安春出阵

哲萨·希格尔抽签一看,这次落到八十高龄的老人乞尔金名下。十五岁的小英安春不忍心,走上去道:

"怎么能让年过八旬的老爹出阵呢,我替他老人家去吧!"

安春征得同意后披挂整齐,跨上风速灰白马,准备起程。那时,蒙拉可汗的女儿孟古勒金·高娃与安春新婚不久。妻子前来劝阻:

"亲爱的郎君,我是个新出阁的女流,本应不该管这事儿。可我离开娘家时,做了个噩梦,很不吉利。这次,你就别去啦!"

安春听了媳妇劝告,不打算出阵了。可楚通诺彦又跑来:

"孩子呀,身为大丈夫,哪有听女人之言的!那样,人们耻笑你是胆小鬼的,快去吧!"

安春听了楚通诺彦话觉得也对,便又翻身上马要走时,妻子流着泪嘱咐:

"亲爱的夫君,这次出战得胜回来就行啦,别再去逞能行吗!"

"别再啰唆啦!"说罢,安春驱马驰去,登上那沙丘,观察好敌人阵地,也像火红眼一样,径直冲入黑帐可汗军营大杀了一阵,返回沙丘。黑帐可汗派出的一员猛将,奈拉哈之子阿拉木珠追上来,两人也比了箭法。当阿拉木珠拉弓扣箭,正瞄准要发箭,安春急忙向格斯尔神灵一祷告,忽然刮起一阵旋风,吹得射来的箭从他头顶溜了过去。安春喊道:

"你小子站好,这回轮我射了!"他想,我是个小孩子,管他名誉不名誉的呢,"嗖"的一下射倒阿拉本珠,赶到跟前,捡起他甲胄,牵上他的马就走。赶至半路又一想,只杀这一个人,赶着这么一点马匹回去,三十名勇士一定耻笑我;其他人也会说,不敢与敌人主力厮杀,只斩了一个人就回来了。他调转马兵,闯入图尔根·比儒瓦的军营,一连气斩了一万个兵卒,割下他们的辫子拴在追风灰白马尾巴上,赶着他九群马便走。图尔根·比儒瓦追到沙丘上,大骂:

"你这强盗小子,好不讲理。想厮杀,想较量,找锡来河三汗他们去,凭啥要闯入我的军营?睁开你狗眼好生瞧瞧老子是谁?还不留下我马群等什么?"

"混蛋,你给我住嘴!别仗着是巴拉布可汗的儿子,就妄自尊大。你也睁开那狗眼瞅瞅爷爷是谁?圣主格斯尔哪点亏待你了,你为啥要去投靠锡来河三汗?上一次,哲萨·苏米尔我们三人要是知道你叛变了,早

就砍掉你那狗头了！"

两人正在抢白时，忽然安春头上飞过三只鸿雁。图尔根·比儒瓦骗他道：

"小蟊贼，你瞅着，我一箭射去，射死中间的不说，叫前头的那只撞死于箭头，让后头那只碰死在箭翎。"

"好，老子倒要瞧瞧你这厮有多大本事！"

比儒瓦佯装射雁，趁安春仰头朝空中瞭望的那一刹那，一箭射穿了他的肋骨。安春中箭跌倒后又爬了起来，解下九拖长白绸巾扎紧腋窝，止住了血，骂道：

"你这混蛋，这叫啥做法？告诉你，我安春不是一箭就能射死的。你不怕死，盔缨上插一根芨芨草，草梢上穿一粒羊粪蛋，到远处站好。你小子瞅着，老子要射断盔缨和羊粪蛋中间的那根芨芨草。"

图尔根·比儒瓦信以为真，依着安春所说做了准备，走到远处面朝后站好。安春心想："你骗了人我干吗要讲道义！"拉满弓，"嗖"的一箭射死了他，跑去砍下首级，拴在马脖子上，赶着比儒瓦的马群就走。赶到那座沙丘时，血流得止不住，又加上口渴，心发慌，头发晕，身子不由自主地左右摇晃起来。当他向右边倒去，灰白马竖起右侧鬃扶住；向左边倒去，马又竖起左侧鬃毛来扶；当他向前倾倒下去时，马儿要仰起头来去扶，可是没有扶住，小安春就势跌了下去。不一会儿，跑出两只饿狼要吃他的肉，飞来两只乌鸦想啄他的眼珠。追风灰白马叉开四条腿，守护主人，流着泪道：

"在碧兰天空中自由飞翔的海青鹰，莫非你坠入了竹笼？在大海里任意游戏的鳌鱼，莫非你陷入了丝网？在世间随意奔驰的圣主格斯尔的小安春，莫不是被妖魔所陷害？三十勇士啊，你们有如胡琴的旋律，修竹的枝节那般和谐；三十匹神驹，我们又好似飞禽的翅膀，走兽的关节骨肉相连；天之骄子安春啊，莫非让罪恶的敌人杀死了？奉从玉帝之命降生人间的小英雄，难道被凡庸的匹夫害了命？我要是叫狼吃了你这躯体，谁还能称赞我是追风灰白神驹！"狼从后面扑来，它踢开；从前头冲来，它就咬。

不一会儿,安春恢复些知觉。他躺在马的胯下,瞅着那两只乌鸦说:
"乌鸦啊,你们吃我的肉可以。可是吃之前,飞去告知哲萨和三十勇士们一声。说我安春冲入敌阵杀得落花流水,又抓来了他们的儿女。当他赶到沙丘时,因口渴昏倒了,有性命之危。让他们快拿些水来!乌鸦呀,要记住,向懂鸟语的伯通去说这些话。"

两只乌鸦见他这般苦苦哀求,同情之心油然而生,立刻起身,飞至哲萨他们上空来回盘旋,呱呱地直叫。伯通止住众人的吵嚷,仔细听了听,嘴上虽说:"这两只东西没有说啥,"却暗暗流着泪跑去了。

哲萨赶去拉住他:

"伯通,这是怎么回事儿?"

"大丈夫的胸襟能容纳戴盔的武将,女人家腹里可容下有发有骨的婴儿。你们听了可别着慌。安春伤势严重,它们是前来报信儿的。"

哲萨、茹格穆·高娃和伯通没把实情告知大家,声称给安春去送水,立刻起身前往。走出不远,茹格穆·高娃打发伯通去叫洪根大夫。洪根却以"今年东行不吉利!"为理由没有来。茹格穆·高娃听了伯通的回禀大怒:

"你们瞧瞧这蠢东西,还像个人不!见格斯尔可汗不在,就小看起我来了。侍从,你去传我的命令,他不去,我就斩了他!"

侍从硬把洪根大夫拉了来,一行四人沿着沙丘边呼喊边寻找。这时,忽见远处有一个高大的影子卷起漫天尘土跑来跑去。茹格穆·高娃仔细望了望后,大惊道:

"哎呀!这不是圣主那匹神翅枣骝马吗?它怎么也来了?"说着带领几人奔到跟前一看,只见许多马匹像是被人围好一样,直直地站在安春的周围。追风灰白马流着泪向他们点了点头。哲萨等人见了也不由自主地掉了泪。原来格斯尔的枣骝马听到安春灰白马的哭声,跑来圈好这群马,守围了安春。

洪根大夫往安春的两肋里撒了药,他慢慢苏醒过来,向哲萨他们说知了如何征战锡来河三汗的情形。大家坐在草地上,正说笑不止时,忽然飞来六支箭,一支射中安春、一支射中伯通,一支射中洪根大夫,其余

三支分别射倒了他们三人的坐骑。茹格穆·高娃急忙站起来：

"哎哟！哲萨，这是怎么回事？"说着又哭开了。

"茹格穆·高娃，别哭了。这不过是敌人小小的伎俩罢了。"哲萨安慰完，拔出他们身上的箭，伤口里撒上洪根大夫的药后，飞身上马，登上高峰一望，原来是锡来河三汗部将，莫日根之子六指躲在暗地里，拉满一张弓，扣上六支箭，同时射伤了三人三匹马的。哲萨驰到他跟前：

"你这厮不是莫日根之子六指吗，上次向安伯里之子班珠尔叩着头送给马匹的事儿，你忘啦？"

"那是不假的。可你们的一个小毛孩子又来偷袭我们军营，抢走了马匹，我不得不报仇呀！"

"跟你讲理没有！"说罢，一箭将他射下了马。可是，他的灵魂藏在他那六指里，没能击中要害，六指又爬了起来，又拉弓搭箭欲射时，哲萨一眼发现他的命根子，急速赶去一剑砍断了那拉着弓的六指。可怜的六指这才跌倒咽了气。哲萨扒下他的甲胄，捡起六根指头，牵上他的坐骑回来时，茹格穆·高娃仍坐在那里哭呢。

"哎呀，你总是这样哭哭啼啼，谁去医治他们？"哲萨配好洪根大夫的起死回生药，向格斯尔的神灵祷告：

"圣主呀，请招回他们三人的游魂，让他们的箭伤比羽毛还轻微，愿这药的效率来得比箭还要迅速！"随后，他把药撒在三人的伤口上。过了阵儿，三人腹中咕噜作响，便活了过来。洪根大夫苏醒后，自己吃了一服，给他们两人各吃了一服药，三人完全康复了。接着，洪根大夫拔出马匹身上的箭，把六指的拇指肉掺进药里，往它们伤口上一抹，三匹马也渐渐复苏过来了。

茹格穆·高娃、伯通二人赶着马群，哲萨、安春、洪根轮番射玩着图尔根·比儒瓦的头颅，说说笑笑返回营地。照惯例，把掠获来的马匹分给了大家。还是没给楚通诺彦。

102

楚通叛变

这 次大战结束后,锡来河三汗撤回本营,将三部人马合在一处安营下寨,以防来犯的敌人。

楚通诺彦见别人都杀了敌将,掠来马匹,立了战功,也想显一显身手。他披上生皮甲,背上蚂蚁式箭壶,挎上菜刀形的一口钢剑,骑着那匹黑头白尾黄斑马,鬼头鬼脑地赶到锡来河三汗营地,趁其不备,偷偷地赶出一群马就往回走。他正洋洋得意,自言自语:"谁敢说我楚通不是个好汉!哲萨你小子瞧着,回去后,连一匹马都不给你!"顺着一个沙丘朝前赶路时,白帐可汗的部将,吸血雕黑脸大臣追将上来,大喝:

"强盗,你给我站住!"

楚通诺彦一见有人追来,即刻吓得屁滚尿流,丢开马群,撒开马就逃。当黑脸大臣追上来时,他带着弓箭急忙钻进附近一个旱獭洞里。黑

103

第五章 讨平锡来河

"你小子，逃不掉了，快出来！"

"马群，不是还给你了吗，就饶了我吧！"

"把弓箭递过来！"

楚通乖乖递出箭壶、弓箭，自己仍钻在里面不出来。

"不出来，就拿烟熏你！"黑脸大臣用前襟兜来些牛粪，正要点燃，楚通在洞里苦苦哀求：

"你别杀我，我帮你把茹格穆·高娃弄到手。"说着，楚通从洞里爬了出来。

黑脸大臣二话没说，将他倒绑双手，连同马群一起赶来，交给了三位可汗。楚通走至三汗跟前，叩头如捣蒜，一个劲地求着饶命。白帐可汗起身给他解绑，并道：

"请坐吧！"

希曼比儒扎眼见楚通这副卑躬卑屈的模样，强忍住鄙夷之感，说道：

"阶下跪着的犯人，座上挺胸的可汗，两人虽是初次相见，可真够客气的呢！楚通，不必怕，有话只管说好啦！"

"眼下，格斯尔去征讨魔王还没有回来。他的哥哥哲萨和三十勇士在看守着家园。只要按我的主意行事，你们抢来茹格穆·高娃还是容易的。"

"有何妙计，请讲。"

"还给我坐骑、弓箭，再给一些老弱马匹。我赶它们回去，如此这般一说，保管格斯尔的大军和三十勇士解甲归俚。那时，你们赶去，不费吹灰之力，便把茹格穆·高娃弄到手。"

三汗一听此言，心中大喜，以上宾款待了一番，把楚通所要的全给了后，打发他起程了。

楚通走了一程子又返回来，央求道：

"我和格斯尔一直在争夺着领地。你们征服灵格部后，能不能将领地送给我？"

白帐可汗道：

"我们要茹格穆·高娃就行了,别的全归你好啦!"

楚通又叩了几个响头谢恩,满心欢喜地辞去。

楚通诺彦一回来,哲萨等诸位勇士赶去问:

"楚通诺彦,你究竟到哪儿去了,为啥走了这么久呀?"

"锡来河三汗损兵折将,慌忙逃跑了。我跟踪追击,没能追成,只好赶来些他们丢掉的老弱马匹。你们小瞧我,不叫我出阵,这次不也成功了吗!我虽无能,也是你们的亲骨肉啊!"

"楚通叔父,你不是外人,敌人真的逃回去啦?"

"哪还有假,不信你派人去看一看嘛!"

"敌人既然撤兵了,集聚这么多人马防守也没用了。快传我的命令:将领、勇士、先锋和兵卒尽快解散,回去看管各自的家园!"

茹格穆·高娃立即上前劝阻:

"哲萨呀,咱们不能轻易相信他的话。格斯尔可汗时常讲'楚通这人貌比丝绵软,嘴比蜂蜜甜,肚子里却藏着一把刀。内部机密大事,由哲萨和茹格穆·高娃两人商量着办,外边无关小事才能让他知道。要时时提防他那胆小又好惹事,做了坏事还来骗人的毛病。'还是等一等再解散这些人马吧。"

"他这人爱说谎话,这倒是真的。可他不至于卖身投靠敌人吧!我看,他说得有理。"说罢,哲萨走了。诸勇士也各回各家了。

决一死战

众勇士散去后,茹格穆·高娃唤来卫士阿拉嘎之子阿日根,流着泪嘱咐道:

"你快去侦察一下,锡来河大兵撤了没有?"

阿日根辞别夫人,走出不远便见锡来河三汗人马如同潮水般涌来。他握紧手中剑,喊了声:"人生总不免有一死,哪有见了敌人逃跑之理!"便飞马冲进敌营,一口气斩了一千多兵率,最后自己也中了箭,死于敌阵。

茹格穆·高娃见大军杀来,急忙将身边格斯尔可汗那把宝磁青钢剑藏在腰间,奔出宫帐时,格斯尔的另一位妃子阿珠·莫日根也在张弓截射敌军的前哨部队。她跑到阿珠·莫日根身旁说:

"十方圣主格斯尔不在,哲萨和三十勇士散去了,只有我们俩跟他们拼了。"说着拿起格斯尔可汗的一个大箭壶,插入一千零四十支箭,递给了阿珠·莫日根。

阿珠·莫日根身边多了个人,胆子更大起来,狠狠阻击敌人。白帐可汗的太子金光,怕给茹格穆·高娃如花似玉的脸颊上落下尘土,只带来四十个轻骑勇士先赶到。阿珠·莫日根上前问道:

"你们是前来迎接茹格穆·高娃妃子的吗?"

"就是。"

"那好,你们不怕死,就以十人为一行站成四队。"

金光太子见左右没有别的勇士,根本没把她们两人放在眼里,就依了阿珠·莫日根的话,吩咐人马站成四行十人的阵势,坐在马上喊道:

"站好了,你想怎么?"

阿珠·莫日根没去答话,拉满弓一下子射出四支箭,射穿那四十个兵卒不说,其中的一支,穿过最后一人的腰部,把金光太子也给射下了马。阿珠·莫日根立即赶去,跨上金光太子的那匹金座兔鹘马,迎头冲进敌军,杀得锡来河大军四处逃窜。三汗眼见这阵势,不禁疑惑:

"莫非楚通这小子欺骗了我们,从哪儿来的这样一位强骁勇士?"

白帐可汗派出三弟希曼比儒扎、吸血雕黑脸大臣、自己的女婿索龙胥可汗之子满楚克·珠拉、黄帐可汗驸马巴尔布之子米拉·公楚克、黑帐可汗驸马敖拉部可汗之子孟萨·图斯格尔等五员大将,收留回逃散的人马,整顿好阵容,重新杀了过去。阿珠·莫日根越战越猛,迎上来的用刀砍,远处的拿箭射,一口气斩杀了一万一千个敌军。当她杀得气头上时,一摸箭袋空了,一瞧刀卷刃了,又不见来助战的伙伴,她叹了口气,只身一人逃入了深山老林。

锡来河大军见阿珠·莫日根逃了,便喊声大起:"活抓茹格穆·高娃!"一齐冲来。茹格穆·高娃抖擞精神,由东到西横扫一阵,斩了一万敌军;从西到东冲击一气,杀了一万人马。南北两面敌军又夹攻上来,步步逼近。这时,茹格穆·高娃已经精疲力竭,无奈施展法术,变做一只母野鸡飞上天空。三汗哪肯放过,白帐可汗的神灵白煞神,变成一只白鹞鹰,黄帐可汗的神灵黄煞神变成一只黄鹞鹰,黑帐可汗的神灵变一只黑鹞鹰,相继飞上去追赶她。茹格穆·高娃计穷力尽,最后落在草地上变为六百名尼姑去打坐。三汗无法辨认哪位是茹格穆·高娃,便放出了白龙神驹。这匹马径直跑去,一口咬住茹格穆·高娃的衣襟,用前蹄去刨地。茹格穆·高娃知道无计脱身,就现出了原相束手被擒。锡来河三汗冲进她帐幕,把格斯尔可汗的玲珑白塔、如意珠、十三座奇宝寺、金字甘珠尔经和丹珠尔经等宝物拿的拿,烧的烧,毁个精光。

茹格穆·高娃目睹这一切,泣不成声,叫来一名仆人,拔下一根自己的睫毛交给后,嘱咐道:

"我的格斯尔一向性情暴躁,他回来看见这般凄惨景况,会晕倒的。那时,你用它刺他的鼻孔。"她又接下一小勺泪水递过去说:"把这灌进他嘴里就行啦。"

茹格穆·高娃交待完这些,流着泪辞别了故土。

却说守卫格斯尔营帐的猛虎将,在饯行哲萨的酒宴上喝得醉醺醺,睡了一觉跑来一看,茹格穆·高娃夫人不见了;一问仆人,说是让锡来河三汗抢走了。他海之莫及,操起刀和箭,立刻追去。猛虎将匹马单枪冲进锡来河大军,横冲直撞斩了五万人马,终因口渴昏倒,被敌军所害。

回到家园的勇士们得知茹格穆·高娃被抢走,相继赶去追杀锡来河大军。英俊的男儿莫日根·希亚,为圣主格斯尔报效忠心追去,杀了五千敌军,冲出了重围。安布里之子班珠尔单人匹马闯入敌阵,也像猛虎将一样厮杀时,吸血雕黑脸大臣一箭射倒他的坐骑黑色锦毛马。他徒步继续冲锋,斩了一千个敌军,最后口渴晕倒,中箭身亡。索木之子火红眼,张着磨盘大嘴,瞪着碗口大的红眼,冲入敌阵,奋勇斩杀之机,巴尔布之子米拉·公楚克,一箭射死其坐骑,他像班珠尔那样徒步奋战,斩了一千五百人,也因口渴昏倒死去。人中雕苏米尔一人冲进去,拼力猛杀时,索龙嘎可汗之子满楚克·珠拉,射伤了他的追风红沙马。他徒步斩了一

千敌军后阵亡。安巴通之子铁木尔·哈岱,冲了进去,一连气杀了五万人马中箭倒了下去。大塔岳、小塔岳、大鼓风手、小鼓风手、孤儿塔岳和荣萨等六位勇士驰进敌营,合力拼杀时,图尔根·比儒瓦之子察干芒来,带领无数兵马前来把他们团团围住,激战了一气,终因寡不敌众,全部阵亡。巴达玛里之子巴穆·索岳尔扎只身闯进去,与五万敌军鏖战时,毛那可汗之子孟萨·图斯格尔射死了他的骑乘。他徒步斩了两千个敌兵中箭身亡。小英雄安春冲进去,一口气杀了四万人,马被射死后,徒步又斩了三千敌人死于疆场。通晓鸟语的伯通也去袭击敌人,砍死四千个兵卒倒了下去。其余诸勇士争先恐后地冲入敌阵,有的斩了两百,有的射死三百敌军相继就义。

格斯尔可汗还有一位神将,叫豪勒其。该将战法奇特,步行交战,像绒球一般滚进敌阵,能燃起大火烧杀敌军;骑马迎战,举起他那宝葫芦,敲上三下,便能放出火药般的熊熊烈火,呛得上马喘不过气来。他赶来,跳下马滚进了敌营,烧死了千把个敌军。三汗大军想把他包围起来射死,由于烟火熏燎,一步也不能靠近。豪勒其用这种办法滚入敌营中心,把敌人杀得焦头烂额,最后也因力竭口干丧命于敌营。

哲萨·希格尔回到营地未来得及喝一口茶,传马随后赶来,报知锡来河大军抢走茹格穆·高娃,三十勇士全部英勇阵亡的事儿。他一听这一不幸的消息,当下翻身上马去追赶锡来河人马。途中,正好与追击敌人的乞尔金老伯相遇。两人相依为伴,顺着锡来河大军踪迹,驱马追去。沿途看到敌军的死尸,哲萨·希格尔不由自主地感叹:

"老伯呀,从格斯尔的乌兰吉勒格草地到黄河岸,真像无数羊群遭到了野狼的袭击一样,我们的三十勇士把锡来河人马杀得死尸满山遍野。"

走了一会儿,哲萨想起阵亡的伙伴们,胸中又燃起了怒火:

"老伯,你就从这儿朝前走着,我去看一看锡来河三汗还有多少人马。"说罢,他驱马从这个山峰奔上那个山峰,又从那个山峰登上另一座山峰举目四下望了望,一边挥泪,一边怀念格斯尔:

"圣洁的皇天之子,威名赫赫的十方圣主格斯尔呀,你那尊奉玉帝旨意带领而来的,像山巅之上咆哮的黑斑猛虎,似沧海之中奔腾的硕大蛟龙般的三十勇士,从世间人海里选来的爱妃茹格穆·高娃,由十五岁起就随你转战南北的小英雄安春,你那最亲爱的哥哥哲萨·希格尔我们一起向你哭诉,圣主你为啥一去不复返!莫不是十二头魔王杀害了你?还是阿尔伦·高娃使你流连忘返?"

远在敌营中的茹格穆·高娃,遥遥听知哲萨的祷告,便呼叫他:

"人中鹰哲萨·希格尔啊!树断根犹存,人死子孙在。根在不愁长枝结果,有子孙就会继承前辈的业绩。你设法救活三十勇士!眼下,敌人兵强马壮,非常猖獗。若是硬拼,凶多吉少。找回格斯尔,再来报仇雪恨!"

哲萨听了她的呼唤,很不高兴:

"茹格穆·高娃,你好没出息!说话之间竟变了心。格斯尔来问我:'哲萨,大业如何'。我该做何回答?人终不免一死的,这回,我非与锡来河三汗决一死战不可!"

哲萨没听茹格穆·高娃的劝告,追上乞尔金老伯说:

"锡来河人马还有几十万。"

"哲萨呀,羔羊肉趁热才能吃,男子汉年轻时方能创业。我是一个临近死期的人,不中用了。"乞尔金老爹说着,领着哲萨登上一个高峰,四下望了望,接着说:"我就像那扑向灯火的飞蛾,惨遭霜露的田禾,不知什么时候就死了。我倒在哪里,你就埋在那里好啦。你找回十方圣主格斯尔,两人同去讨伐锡来河为好!"

"老伯,你胆怯啦?求你别再啰唆了,快走吧!"哲萨·希格尔"嗖"地抽出纯钢青锋剑,在虎皮石上霍霍地磨了几下,带着乞尔金老伯,穿出希棱峡谷,跨过黄河渡口。由东北方冲进锡来河三汗军营,横扫直击,好似走入无人之地,斩得敌人有如割断的庄稼,遍地都是尸体。黄河里浮死尸,河水染成红流。二人三进三出,一连气斩了七万敌兵,向西冲去,又枭首了一万。这时,乞尔金老爹唤住了她。哲萨问:

"做什么?"

"孩子呀,你瞧!背后追来了五六员猛将。"

哲萨扭头一看,黑帐可汗希曼比儒扎飞马赶来。仇人相遇,分外眼红。两将正欲催马交战,可他们的坐骑咋也不肯冲进。原来哲萨的飞翅青骏马与希曼比儒扎的白龙驹是由姊妹所生,互相认识。哲萨见马不肯冲,青锋剑砍不上对方,便将剑倒到左手,砍断希曼比儒扎的弓弦,调转马头就走。在突围的途中,他又斩死了一万人。这一气,哲萨前前后后一共斩死九万多敌军,不免精疲力竭,口干舌燥,便奔到黄河喝了几口血水。不成想,立刻中毒昏倒于河岸。希曼比儒扎趁机追去,一刀欢下他首级,交给手下人报功去了。

故乡书信

茹格穆·高娃见到哲萨的头颅后,抱头捶胸,痛苦万分。她哀求锡来河三汗,要来哲萨的头,抱在怀里,落泪不止。三汗见她对属臣这样悲悼,不禁大怒,喝令军士夺回来那颗头,扔出帐外。

茹格穆·高娃想施展法术,使哲萨借尸复活,到死亡敌军将士堆里弄到一具不带伤的尸体,寻了半天也没有找到。她不得已,抓来一只大雕,将哲萨的灵魂放入它的躯体放走了;随后,从兵卒手里讨来一些箭杆,赶到黄河岸,烧葬了哲萨的尸体。返回来,她在哲萨的一支箭杆上刻写:"圣主格斯尔呀,你若真被魔王所害,那就万事皆休,我无言可讲;假如还活在世上,请你保佑我们吧!从小作为你妻子的茹格穆·高娃追随你南征北战的哲萨·希格尔和三十勇士,还有你那十三座宝寺、玲珑白塔、如意珠、金字甘珠尔经和丹珠尔经,所有这一切,你都弃之不顾了吗?你的三十勇士战死了,爱妃茹格穆·高娃被敌人抢来了!圣主呀,快来报仇雪恨吧!"接着吹了口神风,送走了那箭。

这支箭,乘着神风,飞到魔王城,恰好落进了格斯尔的箭筒里。格斯尔听到响声:

"好奇怪,箭筒为啥铿锵作响?阿尔伦·高娃你递过来,我瞧瞧。"

阿尔伦·高娃送来箭筒,格斯尔接过来一眼便认出了那支箭,惊道:

"这不是哲萨的箭吗!箭杆上还刻着字哩。"看完那些字,他接着说:

"哦!对啦,家里还有茹格穆·高娃夫人,哲萨·希格尔和三十勇士,我竟给忘了。目前,他们遭到了敌人侵害。箭呀,谁人杀害了我的部众,你飞去就射穿他的心窝!"说罢,格斯尔吹了口神风送走了它。

箭飞回来,钉在白帐可汗妃子额尔和夫人的心窝,夫人即刻丧了命。三汗的部将和军士们纷纷议论,有的说这是上界天神的,有的说是中界阿修罗天尊的,有的说是下界龙王的,又有的说是格斯尔可汗射来的。弄得人心惶惶,不知咋办为好。茹格穆·高娃听到后,知道了心爱的格斯尔还活在人世,心里暗暗高兴。她又偷偷取走那箭,刻上:"我住在黄河岸边,再等九个月,你不来救我,我只好屈从白帐可汗,做他的夫人了。"又吹起神风,把箭送走了。

箭飞来又落进那箭筒里。格斯尔可汗听到响声,催阿尔伦·高娃:

"给我取箭筒来!"接过一看,还是那支箭。因叹道:"我为啥糊涂了呢? 这些事儿,为啥全忘了? 箭呀,谁害了我的亲族和百姓,飞去钉在他的胸膛上!"说罢,他用法力吹走了箭。

阿尔伦·高娃发觉格斯尔开始想起亲人故友,怀念家乡,又端来一盘迷魂糕说:

"圣主,快吃东西吧!"

格斯尔吃下去后,又忘记了一切。

却说,白帐可汗正坐在一个黑色卧牛石上喝茶,他听到那支箭呼呼飞来,当即吓得面如土色,合掌祷告道:"神威的格斯尔圣主呀,我在这里祭奠你,就饶我一命吧!"说着迎着箭撒了一碗奶茶。箭没有落到白帐可汗身上,而穿进那块卧牛石露出箭扣,来回晃动。众将士见了,急忙跑来抓住箭扣去拔,没能拔出来;握住箭翎来拽,也没有拽出来。众人十分惊讶:

"这究竟从哪儿飞来的箭?"

"可能是圣主格斯尔射来的!"白帐可汗说罢,立刻领上黑帐可汗和黄帐可汗躲避到别处了。

待众人走后,茹格穆·高娃赶来道:

"你是神勇格斯尔射来的,那就蹦出来落在我坎肩上。不是的话……"没等她说完,箭即刻蹦出来,真的落到她坎肩上。茹格穆·高娃

双手捧着箭,伤心地说:"圣主呀! 我给你捎去了两次信,可你为啥不来救我!"

一天,格斯尔可汗登上城楼,观看四处景致。这时,一位老太婆牵着一条乳牛,由城墙下走过。格斯尔可汗叫住她:

"喂! 老婆婆,看这头乳牛犄角弯曲了,怕是老了吧!"

"说它老了,只说对了一半,它也糊涂了。格斯尔乍来时,它是个犊牛,如今已经九年了,你说怎么不老呢!"

格斯尔一听这话,猛然想起:"我在这儿莫非待九年了? 好奇怪,怎么啥也想不起来了?"他走下城楼回了宫。阿尔伦·高娃见他心事重重,给吃了几块迷魂糕,又使他忘记了一切。

次日,格斯尔又登上城楼观山景时,从西面飞来只乌鸦落在身旁。他问:

"可怜的乌鸦呀! 我看你是在觅食一些粪便或者死尸呢!"

"格斯尔可汗,你说得有理。城东那座塔是我的故居,先前飞到城西去觅食,这会儿吃饱了要飞回故居过夜。我不像你只贪图享乐,就忘了故乡。难道你的爱妃茹格穆·高娃在这里吗? 你那亲爱的哥哥哲萨·希格尔,小英雄安春和三十勇士全阵亡了,还有心耻笑别人呢!"说罢飞去了。

"哎呀! 乌鸦说得对,故乡和这些人我全忘了!"说着跑回宫时,阿尔伦·高娃又给吃了迷魂糕,让他忘记了一切。

第三天,当格斯尔可汗登上城楼时,有一只狐狸跑来。他问:

"瞧你这可怜样儿,想是要抢一些兽类的筋皮吃吧?"

狐狸也照着乌鸦的话,数落了一气走了。

"我为啥把往事全忘记了,莫非糊涂了?"格斯尔自言自语赶回宫,吃了阿尔伦·高娃的迷魂糕,将回想起来事儿又忘记了。

却说,乞尔金老伯、桑伦老爹和哲萨的儿子莱楚布、英俊男儿莫日根·希亚四人,一天,登上一座高峰,怀念起圣主格斯尔,叹息不止。这时,格斯尔的胜慧三位仙姊变做三只仙鹤飞来,盘旋在空中嘎嘎地哀鸣。莫日根·希亚仰着头道:

"你们听，它们听到我们的哭声在哀鸣呢，叫声还那么悲切，说不定是个神鹤哩！"

"你们是从哪里飞来的神鹤呀？请落下来吧！"莱楚布也随和着赞叹了一声。

三只仙鹤听了二人的话，落在四人前面，一动不动默默地站着，问它们话也不作答，莫日根觉得有来头，便拿出笔和纸张，将锡来河大军入侵，楚通如何叛变，茹格穆·高娃夫人被抢走，三十勇士英勇战死的经过一一写好包住，拴在一只仙鹤的脖领上：

"不知圣主格斯尔是死是活。他要是还活着，请你们设法把这封信交给他，圣主见后就会明白的！"嘱咐完，送走了仙鹤。

阿尔伦·高娃知道格斯尔不时思念故土，便形影不离跟在其后。当三只仙鹤飞至时，他们二人正坐在城楼上观景。它们想："要是让阿尔伦·高娃看到书信，一定设法儿不叫格斯尔回故乡。"就施用法术，降下一场有冰雹的冷雨。阿尔伦·高娃怕淋着，转身回了宫。格斯尔吞下一块雹粒又吐了出来。仙鹤趁这工夫，落将下来，长鸣一声。格斯尔听后，不觉惊奇：

"这鹤的叫声好熟悉，莫不是从家乡飞来的？"她把鹤叫到跟前问话，仙鹤扔下书信，立刻翩然飞去。格斯尔看罢书信，大喊一声：

"我可怜的哥哥哲萨、三十勇士和茹格穆·高娃，你们的命好苦呀！"便放声大哭。

烧死女妖

却说，阿尔伦·高娃生怕神翅枣骝马说破她迷恋格斯尔不让回故乡的隐情，事先拿麦谷骗来它，套上铁笼头，用铁绊子绊好，关进一个大马厩里了。这会儿，神翅枣骝马听主人的哭声，一下子踢开铁绊子，挣断铁笼头，闯破厩门，奔到格斯尔跟前，流着泪道：

"圣主呀，你为啥要厌弃你那亲爱的哥哥哲萨、三十勇士？为啥丢弃自己拿奇宝修建的城池？迷恋这阿尔伦·高娃就不回去了？"说完便走了。

格斯尔听了它的话更觉羞愧难容：

"枣骝马，你说得有理，快回来！"

可是枣骝马装作没听见，一溜烟跑到别处藏了起来。

格斯尔没有去理睬坐骑，径直走进宫，大怒道：

"你这狡猾的女人，害得我好苦呀！把我的耀霜宝顶盔、奇宝迭叶黑甲和弓箭等器械给藏到哪里了？快拿出来！"

"哎呀，我的圣主，你为啥也和魔王一样骂我是个狡猾女人呢？当初，你变做一个瘦小凡人，骑着癞疮马来时，我不是协助你降伏了那妖魔？这会儿，你又来骂我，真没想到！"阿尔伦·高娃蛮大的怨气。

圣主格斯尔没去理睬她，拿起神嚼子出来去召唤神翅枣骝马，可它躲着说啥也不出来。无奈，格斯尔可汗向三位仙姊祈祷说：

"神姊呀！请给找回枣骝马吧！"

三位仙姊踏着祥云赶来道：

"枣骝马生了你的气，这会儿它不会来的。你骑上魔王那头青骡子先走，途中它跟一群野骡一起来找你，到时抓住它就是了！"

格斯尔可汗回头去牵来那头青骡子，焚香合掌向诸天神祷告后，放了一把火烧毁了魔王城。这时，阿尔伦·高娃才把藏着的弓箭器械和盔甲交了出来。格斯尔可汗瞧了瞧，叹道：

"我在这里确实待九年了，不看这盔甲、兵器全生了锈！"说罢，他用马粪擦亮它们，施展法术，把大大小小妖魔灵魂装入两个口袋里，驮在魔王银灰马上，带上阿尔伦·高娃，向故乡赶去。

走至半路，碰上一群野骡子。格斯尔可汗对夫人说：

"在魔王城闲待了九年。这会儿我去射射野骡，伸展一下臂力，松一松筋骨。"

他驱马驰进野骡群，纵横追射时，老有个影子跟着他。格斯尔深觉奇怪，回头一看，原来是神翅枣骝马，便大声喊道：

"你还不跑过来，我就射断你那四只蹄子！"

神翅枣骝马见主人在叫它，即刻跑过来，头搭在青骡脖子上，流着泪道：

"在茹格穆·高娃那里时，她用绸缎缝做鞍垫，使我耀眼夺目；拿貂皮做好鞍鞯，温暖我的脊背；以丝绒织成肚带，叫我胸膛绵软；用黄金铸造带铲，装饰得我光彩而体面；拿貂皮遮盖背梁，防止我寒日受冻；拴在阴凉地方，逼去夏日的酷热；还有用大麦来喂我，甘泉水来饮我；又因我是畜类，时常放到芳草牧场让我饱餐一顿。谁承想，你这阿尔伦·高娃竟忍心关进牢厩，使我受尽了磨难！"

"枣骝马呀，委屈你了。"格斯尔圣主用大麦喂了三遍，骑上它继续赶路。

走了不一会儿，见一座白色长帐幕，帐门口站着一位美丽的女人。她和颜悦色地迎上来：

"圣主格斯尔，请你到家里用些茶再走吧！"

格斯尔见这个女人有点异样，向阿尔伦·高娃说：

"你先走，我进去看一看就去！"

格斯尔走进帐幕后，这女人用长角的黑蜣螂拉上一个犁杖，转眼之间犁出一小块土地，接着种上大麦，打下麦粒炒好，做了两个饽饽，一个有印记，一个没印记。她把带印记的放在格斯尔面前，把那没印记的摆在自己座位前便走了出去。这时，神姊变做一只青莺，落在天窗上叫道：

"喂！尼索该，她是魔王的姑妈。这妖婆往那有印记的饽饽里掺进了毒药，要害你哩！"

格斯尔听了此言，趁她没回来，立刻将两个饽饽倒了个儿。女妖走进来，见格斯尔还没吃，拿起三拖长的黑拐杖，催他快吃。格斯尔拿起前面的饽饽咬了一口道：

"你也吃呀！"

妖婆毫不介意，拿起饽饽一口吃下去，举起黑拐杖，嘴里念叨着："苏格、苏格，咕噜！"朝格斯尔的头鼓了三下。格斯尔也依照她的办法，念完咒语，在她头上还了三棍子，妖婆立刻变成了一头驴。格斯尔将她牵至阿尔伦·高娃跟前，又去拾来一些干柴燃烧着，就把驴推了进去。这头驴在烈火里，一会儿变成女人哀号，一会儿又变成毛驴嘶叫，不一阵被烧死了。

亲人重逢

圣主格斯尔除掉魔王的姑妈,继续赶路,不久便踏进了故乡的土地。当他走至乌鲁木草原,有一顶银白色长帐幕映入眼帘。朝着帐幕走去,见一个小孩迎了出来。格斯尔问:

"喂!小孩,这是谁家的?"

"是格斯尔可汗妃子阿珠·莫日根的。"

"你母亲呢?"

"正在跟一个黑铁汉比试作战呢。有时母亲赢,有时他胜。"

格斯尔心想,见到阿珠·莫日根一定会被她缠住误事,便说:

"孩子呀,你母亲问我朝哪边去啦,就说往西走了。"说罢,他直奔东方而去。

阿珠·莫日根在帐里听了这话,压不住心头怨恨,扣上箭跑出来一

看,人不见了,问孩子:

"那人呢?"

"朝西走了。"

她往西仰头望了望,什么也没瞭见;朝东一望,却见十三岗顶上露着那奇宝盔的缨子。阿珠·莫日根一气之下,射断了格斯尔的盔缨。格斯尔自言自语道:"你就怨恨我吧!"顺手捡起盔缨继续赶路。

阿珠·莫日根转过身来:"你父亲无情也罢了,这小娃娃也太狠心了!"说罢,一箭射死了小孩。

不一日,格斯尔到了自己的营地。他忙去向舅父们打听敌人掠劫的情形,可老人没有认出是格斯尔。圣主格斯尔见不肯透揭实情,便奔去赶上他们的马群就走。一个叫戈瓦·塔布苏的舅舅举着一把铲子追来一看,是格斯尔,不禁大怒:

"原来是你这败家子!锡来河三汗杀了你哲萨哥哥和小英雄安春,斩了你三十勇士和三百名先锋,霸占了你的茹格穆·高娃妃子,抢走了你的所有财产和牲畜,这些你都不去问,有脸来赶我们的马群!"

"叔父楚通诺彦在不在?"

"别提那小子啦,他叛变投敌了,叫你父亲桑伦做了他的牧奴,快看看你那可怜的老父去吧!"

格斯尔可汗听了这一切,还给了马群,赶到楚通营地一看,好家伙,他搬来格斯尔那顶容纳五百人众的银白色宫帐,搭在都城南面,供自己居住。格斯尔压住心头怒火,到巴拉嘎河源头选好一块驻地,施展法术,放出那两个口袋里的妖魔灵魂,变出漫山遍野的牲畜,又让他们搭起三四顶大帐幕,正中造了一顶有红窗格的银白色宫帐,作为总帐幕。弄完这一切,圣主想视察一下故居,便催马赶到自己营地。见到城池成了废墟,十三座奇宝寺没了,财产所剩无几,即刻百感交集昏倒了。这时,受茹格穆·高娃之托的那个仆人急忙奔来,拿出夫人留下的睫毛刺了刺格斯尔的鼻孔,嘴里又灌进那勺泪水。不一阵儿,圣主大叫一声"哎哟!"便苏醒过来。他谢了谢那个仆人,并把他带去做了侍从。

却说,楚通诺彦瞭见巴拉嘎河源头的那一群群牲畜、一顶顶白色帐

幕,唤来桑伦老头,嘱咐道:

"那条河源头,是谁放牧着那么多牲畜?你去告诉他们,这是我的领地,住几天,就得交纳几天的牲口,少一只也不行。懂了吗,快去吧!"

桑伦老爹遵照楚通诺彦的旨意,带了弓箭,骑上马,赶到那里看了看,因想道:"自从格斯尔走后,这里从来没见有这般富丽的宫帐。这到底是谁家的呢?"

格斯尔从帐幕里瞭见桑伦赶来,急忙向阿尔伦·高娃说:

"快戴上帽子,咱们老爹来了。老人家认出我,一闹进来,会让楚通知道的。你把老爹请进帐里,让他用些茶,听听说些啥,先打发走。"交待完,格斯尔上了卧榻,放下了帐幔。

老头赶到帐前说:

"你们是哪儿来的?楚通诺彦叫你们赶快搬走呢!不走,就按住的天数讨要牲畜。"

阿尔伦·高娃化了装迎出来道:

"老人家,先进帐里坐一坐吧。你们诺彦说得对,我们不敢在这儿久住。这阵儿,丈夫出外打猎去了,他一回来,我们就搬走。"

桑伦绊住豹花马,手扶弯剑走进了帐幕。阿尔伦·高娃给铺了块地毯,拿大角碗满满盛上一碗奶茶递给了老人。老人家接来茶,瞅了瞅这碗便笑了一笑;喝完茶递回碗又哭了一哭。阿尔伦·高娃拿木盘盛上条羊前腿端来。老人没带刀子,就用弯剑来切,可咋也切不动。格斯尔从幔内瞅见父亲的这副可怜样儿,觉着十分难过,便从幔缝递出水晶匕首。老人接过匕首,又笑了一笑;割下肉吃了几块,还去剩下的肉时,不由自主地掉下了眼泪。阿尔伦·高娃不解地问:

"老爹爹,常言道:见人笑要询问,听人哭须解劝。刚才,给倒茶你笑了,喝完茶又哭了;吃肉时,见了匕首你笑了,吃完肉又哭了。这是为啥?"

"孩子呀,你问得有理。圣主格斯尔是我儿子,他为夺回阿尔伦·高娃到十二头魔王城,一去就是九年,原以为他死了呢。适才见了他那喝茶的碗,晓得他回来了,就笑啦;可见碗不见人,又伤心地哭了。后来见他那把匕首,心想格斯尔还活在人世,便笑了;可物在人不在,难过地又哭了。"

阿尔伦·高娃没等老人家说完早哭成了泪人。格斯尔也实在忍受不住,跳下榻抱住老爹痛哭一场后,道:

"爹爹,我们不是女流,这么哭有啥用呢?楚通那小子知道就坏事了。"格斯尔放开父亲,安慰了一番,取来一条牛大腿,接着说:"爹爹,回去后啥也别讲。把这拿去,和母亲二人熬一顿汤喝吧。"他递过去牛大腿后,施展法术使桑伦老头忘去方才发生的事儿。

老头子,一路上恍恍忽忽,格斯尔回来了还是没有回来?这是幻觉还是做梦?唉,说他没回来,别说牛大腿了,就是一个羊蹄子也没人给我们!桑伦迷迷糊糊赶回家,放下牛大腿,眼见这种穷日子,越想越生气,于是,他抽出弯剑,闯进楚通诺彦的宫帐就破口大骂起来:

"你这坏蛋,自以为是领主常常欺侮别人。我看你和叶莱的好景不长啦,收起你那臭架子吧!"

楚通诺彦一听,大发雷霆:

"这老鬼,是不是疯了?"马上叫来三个人开始打桑伦。

桑伦被打得吃不消了,便扯了个谎:

"哎哟,哎哟,别打啦!我照你的旨意,去赶走那条河源头上的人,路上射死了几只野兽。心里一高兴就有些失礼了。"

楚通半信半疑:

"就算你说得有理!"说罢,推出帐外,扔到粪堆上。

人们入睡后,桑伦悄悄赶回了家。半夜,格斯尔的母亲格格莎·阿木尔吉勒问老头子:

"自格斯尔走后,咱们事事不如意,今天你又挨了打。咳,啥时才能见到天日呢?"

"你这糊涂虫,发愁顶啥用?你不知道,我今天碰了件高兴事儿。"

"当真?快说给我听听!"

"老婆子,有个吉兆,咱们不久就有好日子过了。"

"我以为说啥呢,像咱们这样的穷光蛋能有啥吉兆?别骗人啦。"

"今天去撵那伙人回来时,路上听人讲格斯尔没有死,他不久就回来除掉楚通那小子,让咱们过起幸福的日子。这话千万不能声张。"

格格莎·阿木尔吉勒老人,听了老头的话,悲喜交集,一夜没有睡成觉。

次日,格斯尔可汗变做一个云游四方的乞丐喇嘛,领上两名徒弟,牵着一头毛驴,驮些吃的赶到楚通住地。楚通诺彦从帐门望见后,唤来一个仆人道:

"去问一问那喇嘛模样的人,是从哪里来的!"

仆人出去问:

"喇嘛,你们从何方而来?"

"我们是周游各方的穷喇嘛,世间的国王、可汗我都见过。如今是从极乐世界而来。"

"都到过哪些国都和部落?"

"我无处不去,无所不知。有话便问,没有就走了。"

仆人回去禀报后,楚通诺彦和颜悦色地道:

"看来,这是个很善于言谈的喇嘛,就把他带进来吧!"

喇嘛随着仆人进了帐。楚通诺彦问道:

"你到过十二头魔王的城吗?"

"到过。"

"格斯尔去征讨魔王,不知他们谁胜谁负了?"

"魔王胜了。听说格斯尔死去有几年了。从那时起,魔王威风大振,上嘴唇撑着天,下嘴唇触着地,逞凶于人间呢。"

"听了你的话,我真痛快。尊敬的喇嘛,快坐上来吧。"楚通诺彦让出了座位。

可是,楚通的老婆、格斯尔的婶母叶莱听了,擦着眼泪说:

"宁肯叫大千世界遭殃,也不能让玉帝之子格斯尔可汗死去,我们灵格部不能没有圣主呀!"

楚通一听,就发起火来:

"看这贱骨头,你对格斯尔就那么忠诚!"骂罢,打了老婆。

喇嘛上前拦住他的手说：

"唉，格斯尔不是你侄儿吗，为什么这样恨他？"

楚通诺彦听了喇嘛的劝阻，放开了老婆，对仆人说：

"准备些礼品，送给这位善于言谈的喇嘛。"接着又设宴招待了他。

楚通有一条心爱的狗。席间，他叫来那条狗，央求道：

"喇嘛，给我这条狗起个名字吧。"

格斯尔瞧了瞧狗：

"这样一条好狗，为啥连个名字都没有？"

"叫人们起过，都不合我的心意。你就给起一个吧。"

"那好，就叫它先咬主人头，后吃自己头的'嘎尔扎'好啦。"

楚通诺彦一听大怒：

"好不懂事的乞丐！刚才还说吉利话，这会儿怎么诅咒起人啦？快给我轰出去！"

"诺彦，别动火。你不撵，我也会走的。实话告诉你吧，格斯尔没有死，他正要来斩你头呢，要当心！"喇嘛说完起身告辞了。

楚通听了更是暴跳如雷，从其背后大叫：

"你们瞧这混张东西，越发不像话了……"喇嘛走出很远了，他还跺着脚骂呢。

喇嘛走至城门，遇见了一个流着泪、哼着悲凄歌子，赶着八只山羊的小孩。问他：

"你这孩子，哭不是个哭，唱不像个唱，是谁家的呀？"

"自打离开哲萨父亲和格斯尔叔父，给楚通诺彦当了佣人以后，就没见有人这样问过我。你是谁呀？"

"我先问的，你就先回答吧。"

"我是哲萨·希格尔的儿子。圣主格斯尔去征讨魔王后，锡来河三汗发兵来抢茹格穆·高娃妃子。我父亲带领勇士们，斩杀了无数敌兵，掳获了许多良马，打退了敌军。这时，楚通叔父叛变投敌，把牲畜、金银财宝全都送给了敌人。父亲和三十勇士先后阵亡，这一切，真是一言难尽啊！我说的就是这些。这回，你说吧？"

"我是个周游四海的乞丐喇嘛。只听别人讲魔王打败了格斯尔,别的事儿就不清楚了。"

孩子听后,边哭边说:

"谁想到父亲身亡后,格斯尔叔父又遇难了。你说,我该怎么办呀?去找敌人报仇吧,年纪尚小;拿这般尊贵的身子去给别人当奴隶吧,真是没脸见人。不行,长大后,一定去找锡来河三汗拼个死活!"

喇嘛听了孩子的话,心里异常难过,也跟着落下了泪:

"孩子呀,你这坚定的意志,实在叫人敬佩。"说罢就要走。

"喇嘛,请等一等!"

"有事吗?"

"常言道:'为人生命最可贵,保护它须有计谋'。眼下,我还得当这个佣人,看人家眼色委屈过日子,等长大了再说。"他从荷包里掏出几块奶干,接着说:"放牧这七八只羊,赚了一些奶干,送给你几块。我求求你,超度一下父亲和叔父的亡灵吧!"

喇嘛接过奶干,鼓励他说:

"人贫志不穷,孤儿更应有抱负。小孩,我告诉你,格斯尔可汗是不会死的。他镇伏了凶恶的魔王,收拾了狡黠的楚通后,一定让你们过上幸福的光景。你说,眼下去与敌人拼杀,年纪小不济事儿,日后去杀敌报仇,又觉得惭愧。看得出,你是个有勇有谋的孩子。"说罢,把楚通给的礼物送给了他。

格斯尔出了城,又见了自己母亲。老人家光着上身,肩上搭着衣服,背一个背架,拾着牛粪,边哭边唱走来。他装作不知问道:

"老婆婆,你是谁家的呀?"

老婆婆瞅了瞅喇嘛,先是笑了笑,后又哭了一哭。喇嘛问道:

"常言说,见人笑要询问,听人哭需解劝。你方才拾粪时,唱一阵,哭一阵;见了我又笑又哭,这是啥意思?"

"你问得有理。圣主格斯尔是我的亲生儿子,他有变幻莫测的法术。可是,无论怎么变,他额上的那颗朱痣、那四十五颗雪白的牙齿是永远变不了的。碰上你,见你额上的痣和白牙,以为你是他的化身,心里高兴,

就笑了;可又一想,他未必就变做这副模样的喇嘛回来,便转喜为悲哭了。"

格斯尔听了母亲这番话,实在忍受不住,马上叫来神翅枣骝马,显出原身,披挂整齐,对母亲道:

"母亲,你还没见过我是如何冲锋陷阵,与敌人厮杀呢。这会儿,你登上这城楼,看看孩儿的拼杀吧!"说罢,将母亲拥抱三次,飞身上马奔驰而去。

母亲高兴得哭了一阵儿,笑了一阵儿,站又不是,坐又不是。

严惩叛徒

格斯尔可汗施展法术,以千军万马之势从西北面杀将过来。楚通诺彦望见了,大惊:

"不好了,怎么一下子有这么多人马杀来了!"吓得魂不附体,赶紧跑进帐幕,对老婆说:"这一定是那个作孽的喇嘛干的。我藏在哪儿,千万别告诉他!"说罢,一头钻进了锅灶里。

格斯尔可汗赶到帐前,收回人马,喊道:

"楚通叔父、婶母在家吗?你们尼索该斩了魔王回来见你们了,快出来呀!"

"侄儿呀,你叔父埋伏在灶里头,正与锅底交战呢!"

楚通爬出来埋怨一气老婆,又钻进卧榻底下。

"叔父,婶母,莫非生了侄儿气啦,为啥不出来呀?"格斯尔从帐外又喊叫。

"侄儿,你叔父钻进了榻底下,要与床铺作战了。"

"老婆子,你行行好吧!"楚通爬出来又钻进鞍缰里。

"我真的想你们二老,快出来呀!"格斯尔继续喊他们。

"你叔父想在鞍鞯上截住敌人,埋伏在鞍缰里了。"

楚通诺彦爬出来:

"你是成心跟我过不去呢!"见帐幕西角放着三条口袋,他立刻钻进了中间那一条,让老婆扎住口子。"

格斯尔让楚通出尽了丑态,便施展法术,嘴里一念动真言,霎时间,从南面飘来绵羊般大的朵朵白云,从北面刮来牛那般大的块块黑云,两相撞击在一起,雷电交加,立刻降下了冰雹大雨。格斯尔那顶容纳五百人众的白色长帐幕,被大风刮到阿尔伦·高娃宫帐门外落了下来。她迎出去拿一根金柱子支起了它。装有楚通的那条口袋也随帐幕而来,滚到神翅枣骝马蹄下。格斯尔见后,翻身下马说:

"这下可好了。叔父婶母他们给这些粮食,足够我尼索该吃九年!"

他骑在口袋上,摸了一摸:"鼓得这么圆,里头是啥啦?"用锥子扎了扎大腿,口袋里的人抽动了几下。格斯尔又扎了一下,楚通疼得受不了,在口袋里乱滚。格斯尔又拿水晶把的匕首朝他腰部一通,鲜血流了一地,楚通大叫饶命:

"别捅啦! 我是你叔父楚通。"

"我以为是粮食呢,原来是叔父! 我问你,哲萨是不是你侄儿,茹格穆·高娃是不是你侄儿媳妇? 三十勇士是不是你的部将? 为啥出卖了他们! 今天怎么惩罚你,也解不了我心头之恨!"

听到格斯尔"嗖"地拔出九拖青钢剑,楚通吓得"啊呀!"一声,爬出口袋撒腿就逃。格斯尔骑上枣骝马追上去嘴里大喊:"这里有贼了,快来逮住他!"手拿鞭子不住地抽打他。楚通跌倒,爬起来又跑,见有一个野兽洞,一头钻了进去。格斯尔赶去翻身下马,拾来些树枝点着熏起来。

却说,乞尔金老伯见天上无云突然降下冰雹大雨,心想肯定是格斯尔可汗回来了,便骑上黄象马赶去。他从老远望见一个人在一个洞口弄着什么,再仔细一看,不由地喊了起来:"就是我的圣主,就是我的圣主!"说着拼命奔到格斯尔跟前,格斯尔扶下老人,两人抱在一起痛哭一气后,老伯问:

"你在熏啥?"

"狐狸。"

"我知道了,不是狐狸,肯定是那该死的楚通。这家伙是可杀,可他毕竟是咱们的亲骨肉啊! 你就留下他这一条命吧。"老伯接着去吆喝楚通快出来。

格斯尔嘱咐枣骝马：

"他出来后，你要吞进他九次，拉出他九回。末了那一次，要慢慢地拉出来！"

楚通一爬出来，枣骝马上去吞了又拉，拉了又吞整整九吞九拉，最后被弄得奄奄一息，摇摇晃晃，走不动路了。

格斯尔惩罚完楚通，让婶母带上楚通的一半家产，到自己宫帐旁边来住。楚通的那一半家产给了自己父母。从魔王处带来的财产全部让给了乞尔金老爹，把哲萨的孩子接回自己家又安顿好那些老弱孤寡。于是大家又过起了安乐的日子来。

出征锡来河

格斯尔披挂整齐，去征讨锡来河三汗，哲萨的儿子小莱楚布跑来：

"圣主，我也去！"

"你的仇就是我的仇。孩子，你年纪小，这仇我替你报吧，就别去啦。"

格斯尔可汗辞别亲人，催马登上一座山峰，拉满奇宝弓，搭上一支箭道：

"箭啊，去射死锡来河三汗的哨兵后落到黄河彼岸上，日后，我去捡起你；要不就飞进敌人的城池里，我也会找到你。"说罢，射了出去。

却说，锡来河有三名奇特功能的勇士：一个是能从三个月里程之遥看清东西的神眼手；一个是能摔倒与他交战所有对手的神力手；一个是能抓住一闪而过东西的神掌手。一天，三人在黄河岸上放哨，神眼手一眼望见那支箭飞来，便道：

"你们看，不知是一只大鹏鸟还是一只乌鸦，爪子里攥着一根铁从远处飞来。"

那两位瞭了瞭，啥也没望见：

"朝哪个方向来?"

"正朝着我们,还很快呢"。神眼手为弄清楚再一望:"不好,那家伙不是大鹏,也不是乌鸦,是支箭。"扭头对神掌手说:"你快抓住它!"

"这好说,让它朝我来吧,不会放过它的。"

神眼手道:

"不行,我们三人分开,说不定落在谁的身上。不如神掌手,你站在前头,神力手从背后抱住你,我再抱住神力手,这样,那箭不得不从神掌手前面飞来,那时,你一伸手不就抓住了它吗!"

依了神眼手的话,三人一个抱着一个去等候。不一会儿,那箭飞到他们跟前。神掌手伸手一抓,这支箭立刻带着三人腾空而起,飞进黄河的无底深潭,把他们淹死后,钉在河彼岸去等候主人。

格斯尔横穿黄草甸,渡过黄河,一眼便瞭见了那支箭。他心想,箭一定射死了敌人。赶去捡起来插入箭壶,继续赶路。当他一爬上胡苏冷敖宝,就听见"格斯尔!"的喊声,他左右看了看,啥也没有,深觉奇怪:"没有人烟,没有鹰犬,谁在喊我呢?"没走多远,一又有人叫:"格斯尔,等一等!"格斯尔迎声望去,有一只鹰胸人腰的大雕飞来落在他鞍鞒上,哭泣着说:

"圣主呀,我是你哥哥哲萨·希格尔。"接着把锡来河大军入侵,自己被害的经过吐诉了一遍。格斯尔听了,立刻号啕大哭,大地为之震动,万物为此悲伤。圣主擦着泪道:

"哲萨·希格尔,你死得好悲壮,好冤屈呀! 回去后,找个尸体让你借尸还魂。想回天堂也行,我送你去!"

"这都好说,报仇要紧。要记住,锡来河有几十个勇士,个个都十分凶猛,你要用计谋对付他们。杀死后,把他们灵魂扔进地狱底层。还求你一件事,给我剜来白帐可汗弟弟希曼比儒扎的心,以泄我心头之恨!"

"我一定牢记你的嘱咐。"说罢,格斯尔驰去射死许多野兽,堆在一处,对哲萨说:

"我走了。回来之前,你就拿它们来充饥吧!"

却玛森·高娃

锡来河部有一眼叫作乞布兰其的灵泉。三位可汗的公主和姑娘们经常从这眼泉打水洗澡。一天,格斯尔可汗赶到通往这眼灵泉的路上,变做一个年近百岁的乞丐喇嘛,仰面躺在路当中。

这天,白帐可汗的公主查森·高娃领着五百名随从说说笑笑去泉上提水,见路上躺着个老喇嘛,便好奇地问:

"喇嘛,你从何方而来?"

喇嘛躺着一动不动地说:

"我是个周游四方的老喇嘛。如今年岁大了,躺下去坐不起来,站起来又坐不下去了。"

女随从们毫无怜悯之心,一窝蜂似地拥上去抢他的东西,掏他的水果,从他身上迈过提着水桶走了。

黄帐可汗的公主索曼·高娃带上许多使女来,也以先前样子来侮辱了一顿老喇嘛,提着桶子回去了。

接着,黑帐可汗的公主、却荣艺匠的养女却玛森·高娃,领着五百名随从和一个井奴,提着玻璃体黄金底儿的桶子戏耍着走来。她们扔着玩的水果还不时蹦进那喇嘛嘴里。井奴怒斥道:

"你给我滚开!"

喇嘛哀求:

"我是一个躺下去就站不起来,站起来又坐不下去的老年人。你们是些善良的孩子,我可为你们洗礼。"

却玛森·高娃叫来井奴问:

"他为啥不起来?是从哪里来的?"

"是个周游各处的乞丐喇嘛,年岁大的动弹不了。他说,是善良的孩子,别抠出他嘴里的水果,要合掌磕头,接受他的洗礼。"

却玛森·高娃听了有些狐疑,自己走去,问道:

"喇嘛,你都去过哪些国都,如今从什么地方来?"

"世上的国王我都见过。这回到极乐世界去,顺便想见见锡来河三位可汗。我是一个临近死期的人了,你不看,这阵儿还饿着肚子受罪呢。"

却玛森·高娃听了老喇嘛的话,怜悯之心油然而生:

"咱们别去抠他嘴里食物,也别从他身上迈过,绕过他就是了。"接着,合掌给老喇嘛磕了头,接受洗礼便走了。

这时,跟着她们来的白帐可汗的神巫,见老喇嘛有些异样,叫住却玛森·高娃:

"你等一等!"

"有啥事?"

"昨夜,我做了个梦。梦见格斯尔可汗射来一箭砍下白帐可汗首级,夺取了他的黄金宝座。我看,这人不是喇嘛,说不准是格斯尔的化身哩。"

"你这个妖婆,瞎说些什么? 这话让白帐可汗伯父知道了,不砍你头才怪呢。"却玛森·高娃臭骂了一顿神巫。

其实,却玛森·高娃也是一位降生到凡间的仙女。听说有个十方圣主格斯尔,神勇无比,她时时渴望与之匹配为夫妻;此愿不得实现,就是做他一名挤奶的女仆、打扫灰尘的使女都成。因此,每日早晨,她拿一些珍肴美味悄悄去供祀格斯尔。

当人们走出十来步后,百岁喇嘛喊住却玛森·高娃和井奴两人:

"这阵儿,乞布兰其泉水涨了。到泉心取水,有澡水又混浊;从泉沿取水,有泥水脏得很;你们要到泉心和泉沿之间去打,一定会涌出清冽的甘露。"

井奴回来向众使女说了老喇嘛的话,大伙都觉得说得有理。唯独那个神巫不信服:

"哪有这些讲头?"她跳到泉中想揭破喇嘛的底儿,可是一跳进泉心,就淹死了。原来,这是格斯尔施展法术,涨起泉水,有意害死她的。

井奴按照老喇嘛的指点去打了水,可水桶很沉咋也提不起来,众人一齐来抬,也没能动了。井奴觉得奇怪:

"这是怎么回事儿？方才水涨淹死了神巫，成年抡在手里的这桶子，眼下竟提不起来了。"

"你们先等一等。"却玛森·高娃赶到喇嘛跟前："尊贵的喇嘛，请帮我们提起那桶水吧！"

"真是个淘气的姑娘，这把年纪的人了，咋去给你提水呀？"

"说我淘气，那是因为受了十方圣主格斯尔的法力；说我撒谎，那是由于吸进神勇无比格斯尔的智谋。我看出来了，你是格斯尔可汗的化身。真的是格斯尔，请显示出本领来，我情愿许配你为妻。"

"这姑娘，疯说些啥呀？"喇嘛一动，从身子底下爬出只牛犊那般大的蜘蛛，跑去绕了三遭锡来河三汗城池后，登上城楼高叫一声："锡来河三汗即将倒霉，格斯尔圣主就要得势了！"回来又钻到老喇嘛身底下去了。

城周围观看的百姓，个个觉得奇怪。说它是牛，不像个牛，说它是野兽，也不像。这个有犄角又会说话的东西，究竟是啥呢？

站在喇嘛跟前的却玛森·高娃，见蜘蛛钻进他身子底下：

"看来，你就是格斯尔了！"

接着喇嘛又给她变出许多神兵神将，却玛森·高娃更加确信无疑了，便道：

"圣主，你每天上晚变做一个八岁小孩子躺在这里，我来看你。眼下，去给提起那桶水吧！"

老喇嘛哼了一声，坐了起来：

"试试看吧，挣断绳子，摔烂桶子，可别怪我。"他走去一提，果真绳子断了，桶子摔成十几片。

姑娘们见了，一起吓得哭叫起来：

"你这该死的喇嘛，黑帐可汗知道了，一定杀我们的头，这可咋办呀？"

却玛森·高娃喝住众侍从：

"姑娘们，别骂这位喇嘛了。回去后，父亲要骂，就让他骂我好了。"接着又央求喇嘛："你能不能把这个桶子变成新的？"

"那你们靠后一些,我试试看。"说罢,他口念咒语一吹,立刻变出个比以前的更为美观的新水桶。

姑娘们见后十分惊奇,后悔不该辱骂这有神通的喇嘛。

却玛森·高娃辞别了喇嘛,回到了家。父亲希曼比儒扎斥责道:

"你越发不像话了。大早出去,这时才回来,究竟到哪里去了?"

"到乞布兰其灵泉玩耍,不成想泉水大涨淹死了神巫,找她的尸体,耽搁了一阵儿。路上又见了一个讨饭的八岁小孩,很会说吉利话。要不带来给你当个马夫吧!"

"你倒说得好。咱们抚养他,谁去养活我们的乞丐?女孩子家别管这件事啦!"

女儿生了父亲的气,使性子不来给父亲请安了。过了三天,却玛森·高娃进了宫帐,又央求道:

"汗父,那小孩还躺在那里呢,怪可怜的,就把他带来吧!"

"既然你一再请求,就接来抚养吧!"

却玛森·高娃见父亲答应了,十分高兴,立刻打发井奴带来了小孩。

小孩到了黑帐可汗家,用象牙做狮子,让它各处奔跑;拿金子做成蝴蝶,让它到处飞舞。却玛森·高娃带来这些玩意儿给父亲看。希曼比儒扎问:

"这是谁做的?带进他来!"

仆人把小孩领进宫帐,黑帐可汗问:

"你父亲是艺匠吗,从哪儿学到这般巧的手艺?"

"父亲在我小时就去世了,舅舅的手倒很巧,跟着学了一些。"

"看来,你是个好学的孩子。从今日起,白天跟我当马夫,晚上和那些穷小子睡在一起好啦!你还没有名字吧?"

"没有。"

"那就叫'敖勒吉伯'好啦!"

敖勒吉伯

说，锡来河三位可汗共同有一块白色寿神石，据说它与三位可汗的寿禄一命相连。一天，敖勒吉伯跑到却荣艺匠处：

"老爹，若是打碎那块白石头制成甲胄，该有多好。"

"孩子呀，那是三位可汗的寿神石。不能讲这话，他们听见了，要砍你的头！"

当日夜间，敖勒吉伯将那石头背来放到却荣艺匠的门前。艺匠次日大早起来一看，大惊：

"这是不祥之兆！说不定要出啥乱子呢。"说罢，把石头搬回原处。

晚间，敖勒吉伯又把石头放在却荣门口，便喊：

"老爹在家吗？请出来一下！"

艺匠一见石头，又叫起苦来：

"哎呀，我们要倒霉了。看来，这石头失灵了。干脆打碎它做石甲吧！"

于是，第二天早晨，他请来一位喇嘛，诵经祛了灾，叫来敖勒吉伯，让他们去打制石甲。两人从大早砍到中午，喇嘛说：

"我有些乏啦，你来琢磨那两侧好了。"

"喇嘛，你靠后一些。锛子掉下来砸到脑瓜子上，会要你命的。"

"你这奴丕，别多嘴！从早晨砍到这会儿好好的斧子，一下子怎么能掉头！真的脱了锛子，就让它来砸吧！"

"好，有了意外可别怨我。"说罢，敖勒吉伯用力一砍，锛子掉了下来，飞去砸得老喇嘛脑浆迸流，当下倒了下去，不住地哼哼起来。

敖勒吉伯装出哭泣样子去喊却荣。老艺匠闻声赶来：

"出了什么事儿?"见了喇嘛那副模样，上去抱住他的头："这到底是怎么啦？"

"我砍完石头的三个面，觉着有些累，就交给孩子去砍。孩子好心，砍时怕脱出锛子砸着我的头，让靠后坐。我没去理会他。哪承想……"

没等说完,喇嘛便咽了气。

"这几天,石头老是搬来搬去,这肯定是它作的孽。"艺匠流泪不止。

其实,却荣老爹哪里知道这是敖勒吉伯怕宗经喇嘛发觉自己的来历,事先结果了他的性命。

却荣艺匠道:

"喇嘛死了,咱们两人干吧。"

趁艺匠低头细心雕琢,敖勒吉伯偷出一块铁放进炉子里,悄悄打成一把六十拖长的铁钩子藏起来,以备日后使用。

却说,图尔根·比儒瓦之子察干芒来,早已聘定黑帐可汗希曼比儒扎二公主却玛森·高娃为妻。今天,他携带丰盛的酒宴,领着许多随从来到黑帐可汗家完婚。可汗叫敖勒吉伯当了婚宴侍从。

三位可汗及众臣聚集一堂,庆贺新喜,热闹非凡。新郎官,这天更是盛气凌人,大摇大摆走到客厅正中,手拉一张黄胎弓,对众宾客得意扬扬地说:

"我就是那位一口气斩死格斯尔可汗的大塔岳、小塔岳、大鼓风手、小鼓风手、孤儿塔岳和荣萨的大名鼎鼎的勇士察干芒来。哪一位能拉开我张弓,谁人敢与我试角力?请上来吧!"

仇人相见,分外眼红。敖勒吉伯一听所言,觉着伤心又愤恨。他故意蹭到察干芒来跟前,嘴里哼哼唧唧,伸了个懒腰。

"嗯?你小子想跟我比比角力,拉拉这张弓?"

敖勒吉伯也不示弱,当下破口大骂:

"难道你是玉帝太子,龙王子孙?有啥了不起!我看你呀,也不过是个人间的凡体肉胎,红尘的平庸之辈!俗话说,骒马打滚解乏,狗兽喝水止渴。我不是骒马,也不是狗兽。是来为你的婚宴高高兴兴奔波的,你小子凭啥出口伤人?在这个大喜日子里,你本应谨言慎语,讲究礼义,向可汗、汗妃、长辈婶嫂叩头作揖,尽到求亲之理,完成终身大事才对;可是你心怀不良,不然斩死三位可汗回去。你小子别吹牛了,你父亲怎么死的,不是让格斯尔可汗那十五岁小英雄安青,一剑砍死,拿他的头做了战马銮铃了吗!"

察干芒来一听大怒：

"下流东西，不服气，就来拉拉这张弓！"

"托三大可汗保佑，我就试一试吧。"

"给你，有本事，就把弓胎拉碎成片片角铲，把弦扣扯断为块块箭扣！"

敖勒吉伯接来弓，窃窃私语："铲子断成黑炭，弦扣碎成灰尘！"使劲一拉，弓胎一下子碎得成了灰尘散去。察干芒来见了，恼羞成怒：

"三位可汗不缺你我这样的凡夫，谁摔死都没罪！"上去就要跟他厮斗。

三汗劝阻：

"敖勒吉伯，你人小力弱，别与他斗啦！"

敖勒吉伯抖抖身子：

"托三大可汗的保佑，死在他手里也没啥！"

两人开始厮斗，察干芒来恨不得一口吞掉敖勒吉伯。他下脚绊，使里钩，打拔脚，可敖勒吉伯像是钉在地上的铁柱子，休想动他一步。见对方招数使完，敖勒吉伯一个箭步冲上去抱住他，高高举起来狠狠往下一摔，可怜的新郎官即刻七窍冒血，脑浆迸出，一命呜呼了。

三汗见了，便道：

"这人目中无人，自讨灭亡的。"没有问敖勒吉伯的罪。

却玛森·高娃见了，内心暗暗高兴，面容上却装出极为哀伤的样子：

"我的命好苦呀，不幸做了闺中寡妇！日后要嫁一个继夫吧，人家一定说我是个作孽的女人，不来求婚。我该怎么办呀？"

"住嘴！这样说，人们会辱笑你是个不懂规矩的女人。"三汗斥责了一番。

接着，白帐可汗的驸马米拉·贡楚克、黄帐可汗的驸马曼楚克·珠拉、娶了却玛森·高娃姐姐为妻的孟萨·图斯格尔不服气，先后上来与敖勒吉伯摔跤，也相继丧了命。

这时早已成为白帐可汗夫人的茹格穆·高娃，心里觉得奇怪，像这样智勇兼而有之者，实属少见。便向身边的白帐可汗悄悄说：

"我看,这个敖勒吉伯说不定是格斯尔的化身。大可汗,你可叫来拔山勇士与他试一试。"

白帐可汗依言,派人唤来拔山勇士。只见他一个肩膀上搭着七张湿鹿皮,另一个肩膀上背着七张干兽皮,大摇大摆走进场地,骂道:

"敖勒吉伯,你小子快出来!"

"干什么?"敖勒吉伯像是没啥事儿站了出来。

"是个好摔手,就来试一试!"

"你给三位可汗效劳了一辈子,有功劳。我初来乍到,还未来得及尽犬马之劳呢,可我不嫉妒你。咱俩和好做个朋友吧。"

"你小子,是不是怕啦? 不要多嘴,快上来嘛!"

"好吧,比就比。不比你也要杀我的。"敖勒吉伯走进场地,整理衣服时,拔山勇士从右肩上拿一张湿鹿皮撕成两块,扔给了他;又从右肩上取下一张兽皮,正要拧断时,敖勒吉伯:"你老跟兽皮斗气做什么?"说罢,冲上去便与拔山勇士厮斗在一起。对方恨不得一下子摔死他,接连打拔脚、使里钩、下脚绊。可是,敖勒吉伯像是打入地里的铁柱子,稳稳当当。见拔山勇士摔了一气,力衰技尽,敖勒吉伯暗晴向诸神祷告:"喜欢食肉的神祇,扯住他那皮骨;喜欢食毛的神祇,揪住他那头发;喜欢喝血的神祇,抽吸他的鲜血,请诸神仙相继下凡,将他撕成万段带去!"说着用力一掷,那拔山勇士飞出数丈远落下去摔死了。

茹格穆·高娃见敖勒吉伯摔死拔山勇士。更加确信他是格斯尔的化身了。心想,真的是格斯尔,他一定要向我显示个灵兆的。她趁别人不注意起身,登上白塔,装出哭相,梳着头去喊:"格斯尔,格斯尔!"这时敖勒吉伯背着粪筐,手拿叉子,背着牛粪,走至那座白塔底下,听到茹格穆·高娃哭声,知道了她没有变心,就显出了原相。茹格穆·高娃一看,大喊大叫:"格斯尔来了!"就往回跑。敖勒吉伯急忙赶去绊倒她,用神灵使她忘去刚才的事儿。

茹格穆·高娃被弄得疑疑忽忽,回去后想搞清是不是格斯尔,又叫来敖勒吉伯和却玛森·高娃道:

"宴席上,我不留意丢了佛盒。听说敖勒吉伯你给拾到了。"上去就

要搜他的身子。却玛森·高娃一使眼色,敖勒吉伯没让她动手。茹格穆·高娃见了很不高兴:

"昔日班第①也要比今日的佛尊强哩,你懂吗?"说罢,走了出去。

次日夜间,格斯尔的另一个化身袭击了白帐可汗。可汗大早一起来,便唤来两个弟弟,哭着说:

"不知格斯尔的化身还是别的什么人,昨晚骚扰一下就逃了。"

黑帐可汗希曼比儒扎道:

"派黑脸大臣和敖勒吉伯二人去追赶好啦!"

两人领旨追了上去,格斯尔的那个化身怀里揣着一些石子迎了上去,手指着黑脸大臣:"你就是那个抓住楚通的好汉吧!"说罢,掏出石头块就朝他抛去。黑脸大臣躲开后,回身就逃,敖勒吉伯也拿石子来迎击。黑脸大臣大为吃惊:

"你为啥打自己人?"

"去你的,谁跟你是一伙!"说着,用石头砸烂他的头,把两条腿系在他马尾上,赶着来见三汗:

"那家伙就是格斯尔。黑脸大臣追上时,那人用石头打烂了他的头。当我赶去正与他厮杀,那人一溜烟似的逃到空中。没办法只好带他尸体和马匹来见三大可汗。"

白帐可汗毫无表示地道:

"他死了就入殓吧,你活着回来就好了,快回歇息歇息吧!"

"他这尸体,等他昔日的弟兄来入殓还是由今日知交我来打发?"

"谁知他那弟兄何时来?你去打发好啦!"

敖勒吉伯把黑脸大臣的尸体驮到黄河边,头朝下埋在地里,祭祀了三十勇士的灵魂。

却说,茹格穆·高娃还想试一试敖勒吉伯是不是格斯尔,叫他来,指着摆好的金银两张棹子说:

"你是格斯尔,就坐上金棹子。"

---

① 意为小喇嘛。

敖勒吉伯知道在试他,用障目术又分出一个格斯尔的化身坐在那张金棹子上,自己躲了起来。

茹格穆·高娃见真的坐上去了,正欲大喊,他显出原相,举起九拖长青钢剑,跳上枣骝马,登上城楼,厉声道:

"灵格部与你们有何仇? 我犯下了啥罪,抢去了你长角的山羊还是有尾的两岁子马了? 凭什么无故掳来我茹格穆·高娃? 为什么毁坏我十三奇宝寺、金字甘珠尔经和丹珠尔经、如意宝珠? 为什么掠杀我三大部落百姓? 又为什么杀害我三十勇士?"

三汗和众将领听了格斯尔的喊声,吓得直打哆嗦,哪个也不敢前去答话。这时,黑帐可汗的二公主却玛森·高娃大大方方地走去,说道:

"你也许说我是个女儿家不该管这等事儿,可有几句话不说不行。身为好汉,就该懂事体。我们把茹格穆·高娃还给你,为你三十勇士修建陵墓,四季去祭祀;哲萨、苏米尔和安春杀了我们无数人马后被害的,这两相可做抵销。至于金字甘珠尔经、丹珠尔经等物、百姓的牲畜和财产,我们如数偿还,你看如何?"

"不行! 你们非给我弄活三十勇士不可!"

"死了的人怎么会复活呢? 你这不是故意刁难人吗!"

格斯尔听了她这话心里越发悲痛,喊了声"还我三十勇士!"便举起九拖青钢剑去砍戳城楼,吓得三汗和众人魂不附体,束手无策。

这时,敖勒吉伯赶来,跳上城楼,猛扑过去,正欲抢那九拖青钢剑,格斯尔立即驾起风云,腾上了天空。三汗见状,这才显出笑容,一齐道:

"若是没有敖勒吉伯,我们全完了。"说罢,各回各的家。

第二天夜间,敖勒吉尔找来早已打好的那个六十拖长的铁钩,钩住城楼一角正往上爬时,白帐可汗的神灵白煞神看见后,一把拽了下来。他跌得身子疼得不行,在地上躺了一阵儿。待白煞神走后,他又站了起来,拿钩子钩住城角爬上城楼。敖勒吉伯摸进了宫帐,不见茹格穆·高娃,只有白帐可汗一人在睡觉。他一个箭步跳上卧榻,捅死白帐可汗,割掉了他的头,掏出了他的心。随后,吞进茹格穆·高娃以备饮用的那碗奶酒和一颗羊心,拿这碗盛满鲜血,和可汗的心一并放到原处;又将可汗

的头放在枕头上，用被子盖好，扭身钻进柜子里藏了起来。

茹格穆·高娃回来，喝了可汗的血，吃了可汗的心，觉得淡而无味。有些奇怪，想去问一问可汗，上去一推，一颗人头滚下卧榻。她吓得"啊呀！"一叫，敖勒吉伯从柜子里跳了出来：

"好啊，你竟敢喝丈夫的血，吃丈夫的心！"拉着茹格穆·高娃就往外走。由于走得仓促，把鞭子忘在室内。转身来取时，见个婴儿躺在铁摇篮里。他一把拎起来："是我的孩子就出白乳；是可汗的种子就冒红血！"说着往门框子上一摔，可怜的小生命直流着红血死去了。敖勒吉伯显出格斯尔的原相，拉上茹格穆·高娃奔出了城门。

黄帐可汗黑帐可汗得知汗兄被害，便披挂整齐率领一百三十万大军急迅追赶格斯尔可汗。黑帐可汗在马的四只蹄子上分别拴一块砧铁，手里又拿一块砧铁催打着白龙驹，飞也似的追了上来。格斯尔可汗厉声喝道：

"你是来杀人的，还是来送死的？"

"我既不是来杀人，也不是来送死。可我想，身为大丈夫与其坐视待毙，还不如冒矢战死。这样免得让世人耻笑。"

"好，你既然想跟我决一死战，那咱们先来比试比试箭法。你拿出神箭手本领来射，我以英雄姿态去招箭。"说罢，格斯尔故意伸长脖子，缩短身子去等候。希曼比儒扎拉满弓，使劲一射，箭从格斯尔的胯下空穿而过。格斯尔可汗拿下弓，向黑帐可汗说："这回轮我的了！"接着，他扣好松绿宝石箭，暗暗祈祷："哲萨呀，你一向勇猛无比。请你那在天之灵，快来喝他的血，吃他的肉，以解心头之恨吧！"说罢，"嗖"的一箭，射穿了希曼比儒扎的膀胱，格斯尔当即纵马赶去，砍下他的首级做了枣骝马的銮铃。

却说，当格斯尔下凡时，玉皇大帝预知他将要遇到两次大战，给了一个金匣子和一把铜刀，以备紧急关头使用。此刻，格斯尔猛然想起来，打开金匣子一看，里面装有一颗铁弹子和一只铁蜂。见敌人大军追来，一放出它们，即刻有无数铁弹子驰去透穿了敌军耳根；许多铁蜂飞去螫瞎了士兵的眼睛，弄得锡来河人马不知东南西北，乱摸乱撞，无法应战。这

138

时,格斯尔吩咐枣骝马:"你飞动铁蹄奔驰,我挥起青钢剑去砍,咱们将敌军斩尽杀绝!"说罢,纵马驰进敌阵,枣骝马横冲直撞,圣主大显神通,把锡来河一百三十万人马踏成乱肉酱。

威镇十方的圣主格斯尔,挥动青钢剑杀绝残余敌军,找回了自己如意宝珠、无缝宝炭、金字甘珠尔经、丹珠尔经等宝物。又去抓来许多百姓,赶着三汗畜群,带上他们的财产,与茹格穆·高娃和却玛森·高娃浩浩荡荡奔向自己的故乡。

走至胡斯棱敖包,圣主取出希曼比儒扎的心,唤来哲萨的化身那只大雕:

"这是黑帐可汗希曼比儒扎的心,请吃吧。"

等大雕吃完那心,圣主又问:

"亲爱的哲萨,你想随我除魔平乱,我用法术让你借尸还阳;要回天堂,我可送你回去,自己拿主意吧!"

"我回天堂。"

格斯尔可汗依了哲萨之言,将他的灵魂送上了天堂。

回到家乡后,格斯尔可汗为惩罚茹格穆·高娃贪图一时的富贵荣华,归顺白帐可汗的可耻行径,折断她一只手和一条腿,给了一顶破帐幕撵了出去。从此之后,茹格穆·高娃每日放牧一只山羊,拿它的奶子糊口度日。过不了这种贫寒的生活,她时时自言自语叫苦埋怨:"过这种日子真不如死了好!"在天堂的哲萨灵魂得知这事后,从空中去劝格斯尔可汗:

"茹格穆·高娃虽然罪孽沉重,可是她以往为你做了两条有益的事,为我办了一件好事。请圣主顾念旧情,就赦免了她吧!"

格斯尔听了这话,他变做另外一个人走进茹格穆·高娃的残破帐幕,咬了一点小勺里的奶油,躺在一边藏了起来。茹格穆·高娃回来一看,尽有的一杓奶油被人吃了一口,她仔细瞧了瞧,因叹道:

"看这奶油上的牙和胡须印,像是格斯尔的。真的是他,为啥又躲我呢?"

格斯尔圣主见她这般悲伤的心情,也动了心,从暗处出来把她领回

了家。他重新拔起容纳五百人众的银白色长帐幕,安放好如意宝珠、无缝宝炭、十三金刚奇宝寺、金字甘珠尔经和丹珠尔经。又召集来三十勇士和三百名先锋遗下的孤儿寡母,大设酒宴招待了一番,把从锡来河部带来的牲畜和财产每人分给了一些,让大家重新享起升平之乐。

第六章
原 尸 回 阳

格斯尔可汗望见乞尔金老伯领着一帮人赶来,问道:

"来者,是哪几位?"

茹格穆·离娃望了望道:

"除了乞尔金老伯和没有战死的两名勇士,还有死难勇士遗留下的女儿。"

圣主格斯尔听了这话悲痛欲绝,以狮子啸叫般的声音放声大哭:

"哎呀!一向冲在众人前头,意志刚强的人中鹰哲萨·希格尔,勇猛杀敌的人中雕苏米尔,从小跟随于我,心地善良的伯通,雄姿似虎、十五岁的小英雄安春,你们哪里去了?"接着,命人牵来神翅枣骝马,准备好盔甲,问乞尔金老伯:"老爹,交战时,你都见了哪几位勇士?"

"圣主呀,当锡来河大军向乌勒木草原铺天盖地杀来时,我气得一下子心里发虚,当时啥也没有看见。你不知道,从你这营寨草地一直到黄河岸,进行了一场血战,惨苦得很。那阵儿,除了哲萨,眼睛模糊得谁也没瞧见。"

格斯尔可汗听了乞尔金老伯断断续续诉说,流着泪跨上枣骝马,直奔战场而去。老伯骑上黄象驹也跟了去。

圣主以狮子啸叫的怒声,哭喊着驰进战场,一眼瞧见猛虎将和伯通两勇士的尸体,当下昏倒跌下了马。乞尔金老伯跳下马,赶紧扶起了他:"圣主,你这是怎么啦?"老人见他一阵儿醒来,一阵儿不省人事,又大声呼喊,可咋也醒不过来。他拔掉一根胡须去刺了刺鼻孔,格斯尔这才清醒了一些。他起身向前看去,又有两具尸体在那里躺着,由老伯扶着走至跟前:

"这不是安春和苏米尔吗!"说罢,又昏了过去。

这时,安春的灵魂变做狮子,苏米尔的灵魂变做大象来扶他。格斯尔渐渐醒过来,向东看,有个狮子扶着,朝西瞅有只大象扶着。他伸手按住它们的脖子,又哭泣着一一念道起诸位勇士的名字:"与我相依为命的哲萨,辅佐我左右的苏米尔和安春,冲锋陷阵的猛虎将,为我当前哨的伯通呀,你们哪里去了?玉石般的汗国,屏障般的三大部落,为啥被毁成这个样子?这都是我遭了魔王的诅咒,吃了阿尔伦·高娃迷昏糕而造成的。他的哭声震撼着大地,感动了上帝。不一会儿,三十勇士、三百名先锋的灵魂个个变做狮子、大象、虎狼等前来,把格斯尔围了三圈也不停地哭泣。"

天堂的盛慧三姊,听了这惊天动地的哭声:

"咋回事儿?尼索该一向是不会这样哭的!"降到他跟前一看,原来是在悼念阵亡的三十勇士和三百名先锋呢。她们立刻显出原身,问道:

"尼索该,你为啥这般悲痛?"

格斯尔放开那狮子和大象的头:

"三位仙姊呀,莫非你们不知道,当初我丢下已成正果的躯体,遵奉父皇之命降生到凡间时,随我而来者多少?眼下剩下了几位?"说罢又哭号起来。

三位仙姊忍不住,也哭着道:

"你别悲痛了,经常掉泪是女人的脾气,这不好。我这就回天宫给父皇禀报这事儿!"说完,驾起祥云走了。她们到了天堂,向玉帝说:

"父皇,我们三人听到尼索该的哭声,去看了他。原来十二头魔王抢去了阿尔伦·高娃。当他去讨伐魔王之机,锡来河三汗发兵,杀害了三

十勇士,又掳去了茹格穆·高娃妃子。尼索该从魔王城回来,虽然踏平锡来河,报了仇,可见了勇士和先锋几乎全部阵亡,便悲痛不已。我们劝解了一番,他还是捶胸痛哭。无奈,特来向父皇禀报。"

玉皇大帝听了这事儿,即刻起身赶到释迦牟尼处,说道:

"遵照佛祖旨意,我派威勒布图格其降生到凡间。眼下,他带去的三十勇士几乎全部阵亡。他镇伏魔王回来见了,十分悲痛。三位女儿得知后,向我来诉说了这事儿。请佛祖大发慈悲,为他救活那三十勇士吧。"

佛祖微微一笑,从供奉千佛的钵盂里倒出一壶矿泉露,递给玉帝说:

"把这拿去,叫威勒布图格其点在勇士尸体上:第一次,骨头和关节衔接;第二次,血脉开始流通;第三次,他们的躯体便有活气。"接着又取来一种矿泉水:"他们一喝这水,离身而去的灵魂即刻进入身体之内,会复原得和先前一模一样的。"

玉帝辞别释迦牟尼,赶回天堂,把矿泉露和矿泉水交给了三个女儿。她们即刻驾着祥云赶来。格斯尔可汗听见三位仙姊有如二十条巨龙,轰轰隆隆地下到凡间,按捺不住喜悦的心情道:

"你们听,这是三位仙姊欢欢喜喜赶来的征兆,是我三十勇士起死复生的预兆!"

"祝愿托圣主的福,三十勇士能复活,成就未成的大业!祝愿可汗把仇敌踩在脚下,叫他们永世不得抬头!"乞尔金老伯正在祝福时,三位仙姊降了下来,格斯尔急忙迎了上去:

"三位仙姊,所求之事,是否有望?"

"尼索该,如愿以偿了!"说罢,三位仙姊拿出矿泉水,将注意的事儿交待了一番便告辞了。

格斯尔可汗拿到矿泉露,有如心中升起了太阳,高兴极了。他立刻往勇士们尸体一个个点去。点了第一滴,骨头和关节相互衔接,长出了皮和肉;点了第二滴,血脉开始流通了;当他点上第三滴,他们便个个形成了完整的身躯。再往他嘴里一灌那矿泉水,其灵魂个个归附各自的身子,三十勇士复活了。他们像远征他乡,凯旋的勇士那般兴高采烈,一拥而上,抱住圣主流泪不止。

众勇士说说笑笑回了宫帐,圣主格斯尔摆出丰盛偌大的酒宴,款待了众人。席间,他们怀念起奔驰似猛虎,攫取如大雕,气力像蛟龙的人中鹰哲萨·希格尔,又个个感伤不已。

第七章
哲萨射死十五头魔王

战前准备

那时,在道希古尔洲有个叫昂·图力木的十五头魔王。他手下有三千个勇士,三百六十名先锋,势力十分强大,逞雄于这一方。一次,这位魔王举兵侵袭了游牧于干嘎河流域的唐国五大部落。五部落受降后,并不服气,决定遣使求救于格斯尔可汗。使臣起程时,其可汗道:

"到格斯尔的汗国要走九年,那样太慢了。你们务必三年内到达那里,向格斯尔可汗禀报这事儿。"

三位使臣带领一百名随从,日夜兼程,于可汗指定的期限赶到灵格部,在离圣主格斯尔黄金宫帐一伯勒的地方落帐住下。附近的百姓异常吃惊:"哪里来了这么多人马?"便把他们带到格斯尔的宫帐。三位使臣给格斯尔可汗请完安,禀报道:

"我们是干嘎河流域唐国派来的使臣。可汗叫我们特向圣主报告,道希古尔洲的昂·图力木可汗发兵进犯我们五大部落。我们寡不敌众,不得已投降了。今天请求圣主出兵,镇伏那魔王,为我们夺回家园和牲畜。这家伙有三千三百万军队,凶得很。到他的国都,少说也得走十

五年。"

圣主格斯尔听了:

"我知道了,你们先回去吧!"

三位使臣走后,格斯尔可汗召集来三十勇士:

"诸位知道不,道希古尔洲昂·图力木可汗发兵冒犯干嘎河唐国五大部落,把他们掳为自己领地回去了。你们看怎么办为好?"

"只要你圣主下令,我们愿赴汤蹈火。"多数勇士说。

苏米尔:

"看你们说得多动听!"说罢,哈哈大笑起来。

敌人克星伯通听了后说:

"苏米尔别笑啦,还是听听格斯尔可汗的旨意吧。"

圣主格斯尔接着说:

"勇士们,你们有所不知。这个昂·图力木魔王,身巨力大,所向无敌。他的上身具有万只手的魔力,腰内藏着异教徒的妖气,下身备有八

大力士的气力。他妖道极高,有七十二变术。坐骑也特殊,是匹有十三条巨龙力气的山丘那般大的花白马。这个魔王住一座三百层的城池,里面比月亮还要明媚。"

"圣主我们不怕这怪物,就跟他较量较量去!"一些勇士摩拳擦掌。

安春和苏米尔也上前道:

"圣主呀,快跨上你那枣骝马,率领你的勇士出发吧!我们实在忍受不了啦。"

"人中雕苏米尔、小英雄安春别着急嘛。你们说发兵,眼下我们有多少人马呀?"格斯尔思索着。

右手首席勇士兼通六种语言的伯通奏道:

"圣主,你可遣使者到十方各部,让他们的可汗各率百万人马,日夜兼程,赶到齐齐格图草原集齐。随后你统率这些人马去讨伐那魔王怎么样?"

圣主听了伯通的话觉得有理。正欲向十方各部派出使臣时,苏米尔跨上追风红沙马,披挂整齐,赶到格斯尔可汗面前:

"圣主啊,十五头魔王进兵侵犯了五大部落,还等什么? 要不先让我去与那厮决一雌雄吧!"

"人中雕苏米尔,你先别急,等人马到齐了就发兵。"

苏米尔驱马驰去,大家都以为他走了。可是,不一会儿,有千军万马奔来。圣主甚为吃惊:"喂,莫非十五头魔王真的杀来了?"大伙走去一看,原来苏米尔又奔回了。伯通斥责道:

"你怎么能开这种玩笑!"

苏米尔哈哈大笑,拉住了红沙马的缰绳。安春凑上去也说:

"苏米尔,咱们到了道希古尔厮杀再显神手吧,别在这儿傻笑了!"

诸位勇士一齐围向格斯尔又说:

"圣主,我们去就够了,何苦要兴师动众去那么多人马!"

圣主问伯通:

"你看如何?"

"可汗自己做主吧。"

"诸位说得有理,就别让十个部落的人马来了。大家披挂好,就上马吧!"扭头向八十高龄的乞尔金道:"老伯,你留在家里看管家园和牲畜吧。"

"我年老力衰,剩下的余年不太多了。当你下到凡界降生时,你父皇玉帝曾预言要经历两次大战。第一次,是锡来河之战,咱们胜利了;第二次,就是这回战役了。我若是耽误了这次厮杀,岂不枉度了一生! 圣主呀,你就让我去吧。"老伯说罢便掉下眼泪。

小安春也劝道:

"老伯,你老年事已高,听从圣主的话,就留下来吧。"

"我是老了,黄象驹啃不动青草,我喝不动奶酪了,这我知道。可我还是想,趁这有生之年去参加这次战役。"

众人见他虽年老但壮志不减当年,都感动得掉下了泪。格斯尔可汗也抽泣着脱下珍珠衫给老人穿上后:

"老伯,你一向听我的话,这回就留下来替我看管家园,治理好朝政吧!"

"壮年时听从了你,老了也不会违抗你的旨意。方才那些话,只不过是想趁我还健在去杀几个敌人罢了。你说留下合适留下来就是了。"说罢,乞尔金老伯抹着老泪回了家。

两将出阵

威镇十方的圣主格斯尔率领三十勇士和三百名先锋,日夜兼程,十二个月走完十五年的里程,来到一座山丘,叫来伯通和火红眼嘱咐道:

"你们去告知昂·图力木可汗,就说我格斯尔取他的头来了。"

两将"喳!"一声,驱马奔去,赶到可汗牧地,抢来一万匹白马,气势赫赫地往回走。

昂·图力木可汗异常吃惊:"怎么有这么大的响动,是谁人来了? 今生今世,别说冒犯我了,就是正眼看我的人也没曾有过。莫不是玉皇大帝来了？可恶的格斯尔来了？"他正在狐疑时，有一个放牧人赶来禀报：

"强盗夺去了一万匹白马！"

"来了多少人？"

"气势像千军万马冲来，仔细一瞧，只有两名勇士。"

"看来，就是那可恶格斯尔的前哨了。"昂·图力木可汗当即派人唤来阿尔盖和沙尔盖二将：

"你们俩带上一千人马前去活抓那两个坏蛋！"

伯通，火红眼二人赶着马群爬上阿尔斯郎山冈，杀了一匹马，正在祭祀天神和格斯尔的神灵时，忽然听见马蹄嗒嗒声。伯通即刻飞马登上山峰一看，见阿尔盖和沙尔盖率领一队兵马追上来。他马上放声大喊：

"火红眼，敌人追来了，咱们快冲进去！"

火红眼闻声哈哈大笑，跨上战马："敌人在哪里？"催马上了山峰。

当火红眼奔到跟前，伯通说：

"火红眼，当心上敌人的当。"

火红眼望了望敌人兵马："这点人马，不会的。"说罢，瞪圆磨盘大的眼珠，张着碗口大的嘴冲去。伯通抽出青钢剑也驰了进去。二将一前一后杀将过来。敌军二将见他们奔来即刻吓破了胆，不知如何迎战，伯通趁机赶去一刀砍下阿尔盖的头，做了銮铃。火红眼左右两剑斩下沙尔盖双臂，正欲砍下他头，伯通急忙阻止道：

"火红眼，不能杀他。咱们还得借用他的嘴传去圣主的旨意呢！"

这当儿，沙尔盖早就跌下马，不住地磕着头央求：

"二位勇士在上，饶了我吧！"

火红眼收回了剑，将砍下的双臂挟在他腰里，身子绑在马背上，说："其实杀与不杀你都一样，这回就饶了你。回去告诉你们可汗，就说世间圣主格斯尔带领神勇的英雄们，前来要斩他的头，占领他的牧场。我们是圣主的前哨，快去吧！"说罢，将他放了回去。

沙尔盖回到宫帐，众人把他解下马来。他向可汗如实地禀报了火红眼的话。昂·图力木一听，大为嗔怒：

"两员大将带去一千人马，竟叫两人杀得这样狼狈，真丢人。给我推

出去斩了！"

侍从不容分说，把沙尔盖拉出去，一刀砍下了头。

随后，昂·图力木可汗擂起大鼓，召集来人马，向三千勇士，三百六十名先锋道：

"诸位听着，那可恶的格斯尔带着大队人马正向我进发。刚才，来了两位勇士赶走了我一万匹马。派上阿尔盖、沙尔盖二将带上一千兵卒去追赶，谁知让他们杀的杀，俘虏的俘虏，一个人也没能回来了。大家说怎么办为好？"

见没人答话，可汗面带怒容厉声道：

"嗯！你们都哑巴了？为啥不吭声？"

右侧首席大臣哈敦哈尔勇士上前道：

"咱们没去占领人家唐国五大部落，就不会有这等事儿。据说，格斯尔这个人不是个凡辈，上身显着十方佛尊的气势，胸中藏有四大天尊的法术，腰部蕴有一百零单八仙女的神洁，下身具有八大龙王的力气。若是格斯尔真率军前来，恐怕我们不是他的对手哩。"

左侧首席大臣扎那先锋反驳道：

"格斯尔那般神勇，我们的可汗也是所向无敌的，怕什么？咱们整装出发，迎面阻击才是上策！"

昂·图力木可汗听了二将的话，便道：

"扎那说得有理，快整顿好兵马出发！"说罢，他身披九层石甲，跨上山丘那般大的花白马，率军出了城门。

这当儿，伯通和火红眼赶着万匹白马，驮上敌军盔甲武器，返回军营，向圣主禀报了那一切。格斯尔可汗听后，显出笑容道：

"你俩干得不错，我们会成功的。"

哲萨除魔

却说，圣主格斯尔从三个月的里程之遥望见昂·图力木可汗的那座三百层城楼，指了指对勇士们道："那就是魔王城楼！"

"在哪儿,在哪儿?"众勇士跟随格斯尔可汗以千军万马之势,奔向昂·图力木城池。魔王望见他们战马奔来所扬起的尘埃说:

"势头还不少哩!"

格斯尔可汗边催马奔驰,边向大家道:

"身躯如钢铁,意志似坚石的勇士们,你们要知道,咱们对手是很凶恶的。当你们与敌人交战,感到力竭心虚,一向我祈祷,我会激起你们勇气;挨了敌人的枪或箭受了伤,一呼唤我,我会治愈好你们的伤口;嘴干心慌要昏倒了,一念道我名字,我会给你们送去甘露。"

勇士们纷纷说:

"威镇十方的圣主啊,我们一定信奉你!"

不一阵儿,见昂·图力木可汗大军迎面赶来。格斯尔可汗首当其冲,只见他头上拉起彩虹,鼻子喷出火焰,头发似凤舞,额头像玛哈卡拉佛尊,挥舞青钢剑,有如千百条巨龙隆隆作响杀将过去。那匹神翅枣骝马也显出神威,鼻孔吐着烟,四蹄踏着火焰,驮着主人奔驰。三十勇士也个个大显神通,呼喊着"冲啊! 冲啊!"斗志激昂随着冲去。人中雕苏米尔唯恐落在别人后头,狠狠抽打着追风红沙马,呼叫着超赶一个个伙伴。小英雄安春见状也着了急,不住地加鞭大喊:"喂! 苏米尔等一等!"可是苏米尔哪顾得上他,一马当先,直向昂·图力木可汗的军旗冲去。

昂·图力木可汗的勇士哈顿哈尔见了,即刻催马迎战。两将相遇,战了几合,苏米尔发觉敌将胆怯手软,便乘虚而入,一剑斩下其头,拴在马脖子上,将九拖珊瑚剑又伸成九十九拖长,单枪匹马奔去,一口气连斩了一万人。

那当儿,其他勇士也相继驰入敌军阵地拼力厮杀。圣主格斯尔一人就砍了一万人马;通事伯通、小英雄安春、猛虎将、索木之子火红眼、安巴利之子班珠尔、巴达玛利之子巴穆·索岳尔扎等诸将也杀了许多敌军,先后赶到格斯尔可汗跟前。众人互相一看,不见苏米尔:"莫不是叫敌军杀害了?"大伙正担心时,苏米尔和坐骑被染得红红的,满不在乎地赶了来:

"你们饿了还是渴了,为啥这么快就回来了? 本想还他一阵儿,见你

们都走了,我也就回来了。"说罢,哈哈大笑,跳下马来,一屁股坐在格斯尔身旁。

"人中雕,你杀了多少?"圣主问。

"大概有十几万吧。"

"他们还剩下多少人马?"

"有三四百万吧"

大家歇息了一阵后,圣主格斯尔道:

"咱们吃了,喝了,人马也歇了过来。大伙快上马,再冲进去!"

勇士们又起身跳上马,格斯尔可汗居中,众人作为两翼驰进了敌军阵地。圣主格斯尔恰好与昂·图力木相遇。二人交战几合,圣主趁机一剑砍下了他的一颗头,可这头颅立刻回去安在他脖子上。这时,敌将扎那拔掉五个人才能围抱得住的一棵大树,不分左右,向格斯尔打将过来。苏米尔和安春见后。从他背后追袭过来,乘其不备,一剑砍死了他。格斯尔与昂·图力木再次杀在一起,打得难解难分,苏米尔和安春上去相助与其厮杀。当魔王抽身出去迎击那二将之机,格斯尔从他背后赶去一下子砍下了他的五颗头,而这些头颅又立刻回去安在原位置上。昂·图力木越战越猛,冲去把格斯尔砍成了几段,可是这些分离了的臂、腿和身子,当下合拢在一块成了完整的躯体,反过来又与他厮杀。战了好大一阵儿,两人谁也胜不了谁,便休了战,各自回营。

圣主格斯尔独自坐在军帐里,心事重重。他思谋了一阵儿,便向三位仙姊祷告:

"遵奉父皇旨意,我来得人间除妖斩魔到如今,从来没遇见像他这般厉害的魔王。神姊呀,快来指点指点吧!"

三位仙姊听到后,赶去向玉帝禀报。玉帝道:

"威勒布图格其降生到凡间后,会遇到两次大战。这是其中的一次,你们哪个去助战?"

"我们三个去吧。"三位神女异口同声说。

哲萨·希格尔上前道:

"看来,格斯尔是战不过那魔王了。我跟随他征战多年,知道怎么去对付这些魔王的,还是让我去吧。"

玉帝听后,觉得哲萨说得有理,便遵了他的请求。

却说,希姆荪·高娃当其夫哲萨在锡来河战役中身亡后,楚通常来纠缠,她无法忍受那种侮辱,一气之下便悬梁自尽了。后来她的灵魂到天堂与哲萨一起转生出世,两人重新成为眷属。这次,他见丈夫下凡,便决定跟着去。

哲萨·希格尔披挂整齐,跨上神翅青骏马,辞别玉帝、三位仙姊等诸人,带上希姆荪·高娃降向凡间。他驾着云头左右瞭望,四处寻找格斯尔他们时,圣主与昂·图力木正在酣战,不分胜负哩。哲萨向希姆荪·高娃道:

"射身躯,那家伙是不会死的。他的命根子在那两只眼睛里。"说着,按住云头,拉满弓一射,恰好中了他的眼睛。魔王当下从力气大如十三条巨龙的花白马上,像崩塌了山似的滚下来。

圣主见魔王中箭跌倒,心想:"莫非三位仙姊赶来射的?"催马奔到跟前,瞧了瞧钉在魔王眼睛里的那支玉石扣的白翎箭,一眼就认出是哲萨的,当下放声大哭起来。哲萨射到魔王后,降到草地上,飞驰青骏马,手挥青钢剑,有如闯入羊群里的野狼,斩杀着敌军残余人马,一路赶来。格斯尔可汗见哥哥哲萨和希姆荪·高娃赶来,抹着泪迎了上去:

"意志坚如砧铁,杀敌猛似凶狮,心底洁似白乳,一生为了他人的哲萨呀,你从何而来?"

哲萨向圣主告知,在锡来河战地分手后,自愿转世到天宫,后来得知他与魔王交战,奉玉帝之命,前来助战的。不一会儿,苏米尔、安春等众勇士先后赶到,大家高兴得抱在一起,又是哭又是笑。

接着,圣主格斯尔带领众人赶到魔王城,把他牲畜、金银财宝分给了大伙。苏米尔见魔王的妃子长得十分漂亮,提出要娶她为妻。小安春凑上去:

"苏米尔,把她赐给小弟吧!"

"这可不行。最好咱们别为这么个女人伤了兄弟间和气。"

哲萨也想占为己有:

"一来我杀了昂·图力木;二来我是你们兄长,把她还是给我吧。"

"哲萨兄,你就别跟弟兄们争抢她啦!"苏米尔还是不让步。

圣主见他们争执不休,便道:

"你们别争啦。要说谁娶,只有哲萨我们俩的一个有份儿。可我们谁也不娶她。至于许配给谁为合适,也得由我们俩来决定。"

几个人失望的你看我,我瞧你时,格斯尔的剑从鞘里蹦出了半截子。圣主拔出剑,瞧了瞧说:

"它一出鞘一定有事,早先出鞘砍了锡来河三汗的头;方才脱了鞘斩下了魔王的十五颗头。这回,它又想砍谁的头呢?我看啊,它肯定要斩那女人的头了。"说罢,走去一剑斩下了魔王妃子的头。

"格斯尔,为啥杀了她?"哲萨不高兴地问。

"你有所不知,我这把剑平常是不会自动脱鞘的。可它一蹦出来,必定要斩一个坏蛋头的。这女人,不是好东西。不信,你仔细瞧瞧她的腹部?"

哲萨揭开她衣襟,拿剑剖开肚皮一看,腹腔里有个长着十五颗头,有了九个月份的魔王崽子在蠕动。他惊奇不已:

"除咱们的圣主,谁能看出这奥秘!"

"怎么样,我说得不错吧!"圣主叫人烧死这魔王崽子,又用烈火把昂·图力木可汗的城池烧成废墟,带领哲萨等勇士踏上了归途。

未惩楚通

威镇十方的圣主格斯尔除掉十五头魔王,带领三十勇士和三百名先锋,凯旋。茹格穆·高娃、阿尔伦·高娃、阿珠·莫日根、却玛森·高娃夫人和八十高龄的乞尔金老伯、桑伦老爹们得知这一消息后,带着三大部落百姓从五日里程前去迎接。

哲萨打老远望见诸人赶来,向圣主道:

"我先去看看他们吧。"

"那就走吧。"

哲萨领上小安春催马赶去。茹格穆·高娃等人望见两人坐骑扬起的尘埃,高兴雀跃:

"这一定是圣主格斯尔来了。"

"说得不对,来者一定是哲萨。不信,你瞧着吧。"乞尔金老伯说。

大家正在谈论时,哲萨和安春赶到他们跟前。孩子们一见一起拥上去喊道:

"哲萨伯伯来了。"

"爹爹来了。"儿子莱楚布上去就抓住了哲萨的手。

哲萨滚身下马把孩子们一人亲了一口,便去扶乞尔金老伯。老伯上下打量了一番后:

"孩子呀,可把你盼回来了。一走这么多日子,很好吧!"把哲萨抱了又抱,亲了又亲,接着说:"像那奔跑在高山上的猛虎,畅游于大海里的鳌鱼,在战场上勇猛厮杀,以自己血和肉立下汗马大功的哲萨呀,这回又来为圣主助一臂之力,真是可赞可叹!"老人说到这里抽泣得再也说不下去了。

哲萨给老伯擦泪,在与众人一一握手言欢谈叙往事之机,楚通诺彦也从人们背后溜了出来相见。哲萨佯装极为客气的样子:

"叔父,这向很好吧。我看啊,别人想我是假的,唯有楚通叔怀念我是真的。"

"这可说对啦,这些日子楚通诺彦真想你了。"一些人也随和了一句。

楚通听后,羞愧得没敢吭声。

不一会儿,圣主格斯尔带领勇士和先锋赶到。夫与妻、父与子、亲朋好友久别重逢,显得格外亲热,彼此之间吐诉着各自的怀念之情。这时,圣主格斯尔道:

"有些话留着回去后再说吧。大家快上马起程!"说罢,领上大伙往回赶。

回到营地后,格斯尔可汗为庆贺除掉魔王的胜利和哲萨的归来,在金色的乌勒木草地上建起一百零八层城楼的玻璃城,在城中一座容纳一千五百人的黄金宫殿,召集来十方部落的大小首领,摆出丰盛的酒宴,红

火了三个月。一天,哲萨·希格尔喝了足有二十车奶酒,略带醉意找到楚通,瞪着红眼斥责道:

"险些毁掉格斯尔大好江山,害死侄儿哲萨,你有啥脸还坐在这儿吃酒!贪图个人富贵荣华,叛变给锡来河三汗,把一切奉送给敌人,为灵格部百姓带来了灾难,你的心比锅底的灰还要黑!今天,我要扒你的皮,吃你的肉!"说罢,"嗖"地抽出青钢剑,纵身欲斩。楚通口里说着:"好侄儿,求求你,饶了我吧!"人立刻钻到桌子底下。

这时,圣主格斯尔急忙赶来劝阻:

"哲萨兄,要杀他还不容易!没有他这孬种,咱们能这么快除掉这些妖魔坏蛋吗?留着还有用哩。"

"我们去杀魔降妖,铲除各方敌人,你楚通何时冲过锋陷过阵?你卖族求荣,把黄金宝殿变成废墟,让敌人抢走茹格穆·高娃,设圈套害死勇士,你这一切,我今生今世不会忘掉的"说罢,哲萨举刀正要砍去,圣主一把抓住他的手腕,劝道:

"哲萨兄,不杀他是对的。楚通在,我们会从熟睡中惊醒,把忘记了的事想起来的。他没有叛变投敌,没有引狼入室,我们恐怕成天浸溺于花天酒地之中,啥敌人,啥妖魔也除不掉的。"

听了圣主的一席话,哲萨狠狠瞪了几眼楚通,把剑插入鞘里。

第八章

力斩洛布沙嘎喇嘛

圣主变驴

在远离格斯尔可汗十二年里程的一个地方,住着一位魔王,他的俗名叫洛布沙嘎。这位魔王体巨力大,身具各种妖术不说,还有两位神灵驿使姐姐——特木德格图·斯琴、博力格图·斯琴两位神将和黑脸、黄脸两个神勇力士,四十四个大臣、四百名勇士辅佐其左右。

一天,洛布沙嘎魔王招来直亲故友、大臣和勇士们道:

"我想出兵袭击格斯尔,不知诸位意下如何?"

左侧首席大臣特木德格图·斯琴起身劝道:

"据说,格斯尔是玉帝之子,身边的三十勇士也是从天堂投胎到凡间的,个个骁勇善战。以臣之见,还是不发兵为好。"

"拼力不行,我就使用法术,变做一个高僧,去收拾他,怎么样?"魔王仍坚持自己的旨意。

另一位神将博力格图·斯琴也上前劝阻:

"格斯尔那小子法力极高,计谋一旦被发觉,他仍然要除掉咱们的。"

这时,魔王不高兴了:

"发兵去跟他较量吧,你们说不行,使用法术让他上圈套吧,你们又怕被他发觉,那怎么办才好?"

两位神灵驿使姐姐见他面有怒色,便凑到跟前说:

"洛布沙嘎,你别着急嘛。我们听说,早先佛祖释迦牟尼来世间拯救众生时,拄着一根拐杖,带着一个钵盂。你效仿佛祖去,格斯尔那小子一定要来参拜于你,那时,你如此这般施展法术一番,便可以除掉他的。"

魔王一听,即刻兴致大发:

"这计谋妙极了,好姐姐,快传授给我吧!"

"这里不行。随我到那座十三节金子塔上,我便可以传授于你。"说罢,大姐姐起身走了。

魔王骑上那山丘般大的白马,带上两位神将和两名力士,一行五人追随而去。他们将三个月的里程三天便赶完,登上那座金子塔。魔王催姐姐:

"我恨不得这就去收拾格斯尔那小子。姐姐,快传授那妙计吧!"

"你们五人先低下头来。"她说着,用手指在五人的头顶上各点了几下,然后,施展法术,把洛布沙嘎变做一位大喇嘛,二位神将变成斑第,两个力士变成他的徒弟;为洛布沙嘎左手掌里修炼出拯救众生的法术,又从抽屉里拿出一根拐杖、一个钵盂和一张毛驴的像交给了他,接着说:"抓住格斯尔,大功一经告成,立刻将这些宝物送来。好啦,你们可以起程了。"

洛布沙嘎五人回了家,只住了一天,带一些金银财宝,直奔格斯尔营地而去。不知赶了多少天的路,他们走进格斯尔可汗的领地,搭起帐篷,住了下来。格斯尔的贫苦属民得知家乡来了一位高僧,纷纷赶来参拜。而洛布沙嘎大喇嘛,对于那些缺吃少穿的,布施些金银和吃的;对于那些瘸腿瞎眼的,给吃药治病,解除病患。这样,没几日,附近的百姓都把这位高僧视为再生父母来敬仰。

过了几天,洛布沙嘎驮着布帐又往前赶路,到了离格斯尔的宫帐不远处落帐住了下来。前来叩头参拜者,治病求医者,仍是络绎不绝。有一个治愈眼瞎的老人,赶到茹格穆·高娃处说:

"咱们这儿来了一位成佛得道的高僧。他的本领大得很,能使聋子恢复听力,瞎子瞧见东西。这不,我原来眼瞎得啥也瞅不见,经喇嘛一治,眼下能瞧见东西了。他的心也挺善良,见着穷苦人们,常常还施舍了一些食物和财宝呢。"

"来了这样一位高僧,我竟不知道。"说罢,茹格穆·高娃领上五百名随从,带上些施舍品,径直赶到大喇嘛住处,从他坐着的桌子外面绕了三遭,仔细打量一番。见他五官端正,内藏虔诚之心,和颜悦色地端坐在那里,茹格穆·高娃敬仰之心油然而起,当下跪了下去叩头后,又叫侍从捧上施舍品。

茹格穆·高娃返回宫帐,对圣主道:

"咱们这里来了一位高僧,我去看时,他面如黄金端坐在那里,瞧那样子不同凡辈。人们也说,他是个成佛得道、普救众生的大慈大悲高僧。你也去看一看吧。"

"在这个世界上,哪个喇嘛的道术有我的高,哪个高僧的法力比我的大!有事儿,他会来参见我的。说不准还是个游僧野道来这儿装模作样哩,我不能去见他。"

"不是叫你去给他叩头。我是想,这位喇嘛说不定是你父皇玉帝派来察看你是不是成天享受作乐的;还兴许是哪个妖怪变成这么个高僧来要陷害你的呢。你去了,看他是玉帝的使臣,咱们得请来好生款待一番才是;是妖魔的化身,咱们也得尽快找法子除掉他呀!"

格斯尔听了茹格穆·高娃的话,觉得有理,便叫手下人擂鼓吹吼,挥着大旗正欲去见那喇嘛时,神翅枣骝马由空而降,横站在主人路上问道:

"我的圣主,要做啥去?"

"来了一位大喇嘛,给他叩头去。"

"当你下凡时,玉帝曾说过,人世间没有比你高明的喇嘛。不知这位野僧做了些啥善事,你非去叩头不可。"

"怕忘记了父皇旨意,来提醒我是对的。可我不是去参拜他,而是想试探一下他是什么喇嘛。我身为圣主就不如你了?快回去吧!"

"既然这么说,像我这样的畜类还有啥可说的呢?日后出了什么差

错,可别怪我。"说罢,枣骝马驾起云回了天宫。

圣主格斯尔赶到喇嘛处,从他周围绕了三遭,察看了一番。喇嘛见了格斯尔的神威吓得浑身发抖,可仍强压住紧张心理。面容上装出若无其事的样子,嘴里诵他的佛经。圣主在一把金椅子上铺了一块狮皮褥子,安然坐好道:

"哎,喇嘛你家住何方,以谁为师,到彼人领地有何贵干?想跟我斗斗法力,可以试一试;要求得些布施,也可以给你一些。比我高明,就请你拿出法术来瞧一瞧;不如我,你得给我叩头!"

"我不是与你来斗法力的,是遵照佛祖旨意来到这里的。"喇嘛一本正经地说。

"好大的口气,像你这样一个喇嘛别说见佛祖了,我看,连佛门圣地未必去过哩!"

"我也不瞒你说,当释迦牟尼修炼成正果,做佛祖时,我只不过是一个刚刚受戒的小喇嘛。一天,佛祖把贫僧叫到跟前嘱咐:你到凡间向威勒布图格其传我一道旨意。他说:'当初,让玉皇大帝过了五百年之后,派一名皇子投胎到凡间普救众生。可他贪于享乐,竟忘记了我的旨意,又过了两百年才让二皇子威勒布图格其下凡。威勒布图格其降生到凡间后,前去镇伏魔王,吃了阿尔伦·高娃的迷糊糕,忘掉自己故乡和亲友,一待就是九年。趁此机会锡来河三汗入侵,毁掉了他的一切。眼下,他仍是执迷不悟,一味花天酒地,尽情享乐,置百姓和朝政而不顾。威勒布图格其不服我也可以,那我到凡间普救众生。'佛祖嘱咐完,给我做了顶礼①。怕你格斯尔不相信,使我的面容变成黄金色,又给我这拐杖和钵盂。"

"我们父子耽误了佛祖的旨意,这是实事。请问,佛祖这道旨意,你向父皇禀报过没有?你来这里,三十三天尊和三位仙姊知道不?"

"佛祖没让贫僧去天宫见你父皇和三十三天尊。"喇嘛说着,即刻生

---

① 跪下去,两手伏在地上,用头顶着所尊敬人的脚,接受其抚摩。是佛教徒最高的敬礼。

起气来："你太过分了，骂我放肆不说，就连佛祖的这拐杖和钵盂都不相信。好啦，我这就回去，向佛祖回禀你这一切！"说罢，喇嘛拿起拐杖、钵盂，领上徒弟要走。

"喇嘛，请等一等。"格斯尔心想，不给他叩头可以，可眼见佛祖的拐杖和钵盂不参拜，这可不行。便站起身来，继续道："你虽是从佛祖身边来的受戒喇嘛，我不能给你下跪叩头，这是在为佛祖膜拜。你就用佛祖的拐杖和钵盂给我做个顶礼好啦！"说罢，跪下去给低下了头。喇嘛拿拐杖敲了敲他的头，把那张驴像往地上一放，格斯尔圣主即刻变成了一头毛驴。喇嘛急忙起身，弄来些破鞋、旧袜子、烂裤子等脏物往毛驴上一驮，附在格斯尔躯体内的神灵个个离他而去。随后，喇嘛用三股笼头套住驴头，用三股铁绊子绊住腿，交给那两个神勇力士，驾起云雾连同茹格穆·高娃带往故乡。

阿珠救夫

却说,莱楚布得知叔父格斯尔中计,被魔王带走的事儿,立刻跑到父亲哲萨·希格尔处,大叫:

"父亲,不好了。不知哪里来了个坏喇嘛,把圣主变做一头驴,驾着云给带走了。"

父亲一听,也恐慌起来:

"你在说些什么,不会吧?"哲萨跑出去,抓来神翅青骏马,对荣萨说:"去说给妃子、三十勇士和三百名先锋,叫他们火速到圣主宫帐集齐!"

哲萨飞马奔到格斯尔的宫帐,阿尔伦·高娃、阿珠·莫日根和三十勇士相继赶到。众人一看,果真不见圣主格斯尔和茹格穆·高娃二人,便放声大哭起来。空中飞旋的鸟儿,地上奔跑的野兽也随着哀叫不停,哭泣声、哀鸣声震撼着整个大地。哲萨·希格尔劝止大家:

"别哭啦,你们守好家园,提防来犯之敌,我去追那喇嘛!"

"咱们一起去追吧!"三十勇士和三百名先锋异口同声喊叫。

"格斯尔让妖魔带走了,我们竟没有发觉,说不定还会有别的敌人进犯呢。你们好生看管家园,我带着两名勇士去就行了。"

哲萨领上苏米尔、安春二人出发,走了三个月,见有三座黑山挡住去路,他拿箭射开一条路径直穿了过去。不一会儿,又有两座红峰横在路上,哲萨命令安春射开路,三人驱马奔了过去。一阵儿,碰上一片漫无边际的冲天密林,苏米尔前去砍出一条路,三人继续奔驰时,又有海子横在眼前。哲萨道:

"你们回去搬来那砍下的树,咱们绑个木筏渡这海子。"

苏米尔、安春依言搬来了树木。三人一边绑着木筏一边为格斯尔可汗伤心哭泣。天堂的三位仙姊得知后,从空中劝道:

"你们别悲伤了,格斯尔是不会死的。我们这就去向父皇禀报,你们回去等着吧!"

三位仙姊返回天堂,向玉帝禀报道:

"魔王变做一个喇嘛,前去将尼索该变成一头驴,连同茹格穆·高娃一起带走了。"

玉帝听后,立刻传旨招来两个皇子和三十三天尊,问道:

"据说魔王把威勒布图格其变成一头驴带走了,怎么搭救为好?"

"尊敬的陛下,我们遵从你的旨意。"三十三天尊齐声说。

玉帝面向二位皇子:

"依寡人之见,你们二人的一个前去救他。"

大太子阿敏沙希格其跪下道:

"弟弟遭了难,父皇又有旨意,理应前去搭救才是。只怕智浅力薄,去了也无济于事。"

三太子特古斯朝克图也跪下道:

"我去怕斗不过那魔王。派谁为宜,请父皇三思。"

玉皇大帝听了众人奏言后说:

"你们说得都有理。我去见见佛祖,看他有何高见?"说罢,起身赶去向释迦牟尼说知了此事儿。

佛祖略加思索后,便道:

"格斯尔有个妃子,叫阿珠·莫日根。我想,她去便能救出格斯尔。"

玉帝返回天宫,唤来三个女儿,取出个金杯,倒满甘露酒:

"你们把这杯酒拿去先叫阿珠·莫日根喝了它。然后宣我的旨意,让她立刻动身去搭救格斯尔。"

三位仙姊驾着祥云,有如千百条巨龙啸叫着赶来,那时节,从阿珠·莫日根帐幕天窗冒出九种颜色的彩虹。以哲萨为首的众勇士听到这惊天动地响声跑出来,眼见那彩虹,个个惊奇不已:"莫非是圣主回来了?"他们有马的骑马,没马的步行,有的没来得及戴帽子,有的未顾得上系腰带,有的光着脚板,先后赶往阿珠·莫日根的帐幕。当众人走进帐幕时,三位仙姊让阿珠·莫日根端坐在一个铺有十三层缎褥子的金椅子上,手捧一杯甘露酒,跪在下首,想要说什么。大家见后,也不约而同全跪了下去。这时,阿珠甚觉吃惊:

"盛慧的三位仙姊,这是怎么回事儿?真吓死人了,有话快起来说吧!"

"阿珠·莫日根,你先别动,我们有要事来找你。父皇同三十三天尊想派一人去救格斯尔,找了半天也没寻到合适的人。父皇无奈去向佛祖禀报这事儿,他老人家说只有你阿珠·莫日根去最为合适。父皇返回天宫,派我们三人给你送来这杯甘露酒。"

阿珠急忙起身,接过酒杯道:

"自打结发为夫妻到如今,我没有为他到我这里小住两三个月,彼此亲亲昵昵而感到过分的欣慰;当他离我而去,与别的夫人长住两三年,没能来理我而觉得不悦。今天,当着三位仙姊的面,诸位勇士的面有一句要讲清楚。他格斯尔并没嘱咐,他变成毛驴之后,让我去搭救他。眼下,看在父皇和三位仙姊的面情上,我去就是了。"说罢,她把酒一饮而尽,披挂整齐,即刻变做一只脊梁的鹰,由天窗出去。阿珠走后,有五色彩虹将天空和天窗接连了起来。三位仙姊和勇士们望着这奇观,个个赞不绝口回了家。

却说,洛布沙嘎把驴带去后,三个月没喂草料,每天还叫两个神勇力士拿棒子敲打着碾出一千袋面。一天,毛驴连饿带累实在受不了了,便悲伤地号叫起来。两个力士及其女人见了也觉得可怜,那天只让它碾了五百袋面,晚上又去向魔王求情:

"那头驴三个月没吃上一口草料,成天又拉磨,快累死了。"

"嗷,那每天喂它一升麦子,一捆草好啦。当心,别上了那畜生的当。它是不会死的。"

两个力士回来依着魔王的话,给毛驴喂了草料,第二天仍旧让它拉磨。

阿珠·莫日根飞到魔王城,在其上空来回盘旋察看,忽然听到毛驴在哭诉:"魔王这样折磨着我,神灵你们到哪儿去了?好苦呀!茹格穆·高娃你看在夫妻一场的情分上,也不去劝劝魔王给我一些草料吃。莫非你又变心了?"阿珠听了,心想格斯尔是吃尽了苦头,便向三位仙姊祈祷:"快给他弄些吃的吧!"不一会儿,果真朝磨坊下了一场夹着仙丹和甘露的雨。那头驴见了,在拉着磨的当儿,不住地吃着那仙丹,喝着那甘露。

阿珠又去寻找茹格格穆·高娃,飞来飞去到了那座九十三节塔上空朝下一望,好不自在,她正与魔王二人夹桌而坐,桌子上摆满各种果子,在下棋哩。阿珠嘴嘟哝着:"看来,这二位还挺亲昵哩;瞧着吧,我不会轻饶你们的!"她在空中盘旋三回,正欲俯身冲下去决一雌雄,可转念一想:"袭击魔王,弄死了他,那敢情好;一旦拼不过他,那岂不给格斯尔带来更大的痛苦吗,眼下还不能与他拼!"她复身飞上去,来回飞翔时,猛然有一座三百层的城楼映入她眼帘:

"这又是哪一位的? 瞧瞧去!"想罢,展翅直奔而去。

却说,毛驴吃了仙丹雹子,喝了甘露雨,肚子一下鼓了起来。心想:"自离开家乡,从来没有这样痛痛快快地饱餐过一顿。这一定是皇父和三位仙姊赐给的。身子恢复得同先前差不多了,趁这会儿,我得想法子逃出去。"便在当日夜间,炕开蹶子一挣扎,三层铁厩裂开了,铁墙也倒塌了。它挣断了三股铁笼头和铁绊子,即刻跃身飞上天空逃去。

坐在塔顶监视驴的两个神勇力士,见它逃走,急忙驾起云雾追了上去,一把揪住它的耳朵,带到洛布沙嘎住处。魔王见状大发雷霆:

"净是些饭桶,驴逃走了都不知道!"他把两个力士各打了一百棒,严厉地说:"再让它逃走,我就要你们的命!"

两位力士挨了打,又气又羞。回来给驴戴上九股铁笼头,拿九股铁绊子绊好,圈进九层铁墙的马厩里,拴在一个九拖长的铁柱子上。白天还拿钢鞭抽打着,让它碾一千五百袋面。

阿珠·莫日根飞到那座城,见有一个母妖正坐在一座七十三节金子塔上呢。看上去这母妖好不吓人:她发毛红白黄掺杂,眉毛耷拉到胸脯,两眼凹进一拖深,两个乳房垂到两膝,獠牙露齿,翘起两耳,指甲似雕爪,歪着头坐在那里。阿珠心想:"这一定是魔王的姐姐了,我若是变成她这模样进得魔王城,不愁救不出格斯尔。不知她平素肯用些什么东西?"便在空中来回盘旋,仔细观察时,那母妖正好下了塔,拄着一根九拖长的拐杖,一跛一跛地走向帐幕。阿珠见了,知道她还是个瘸子。

阿珠·莫日根心中记住她这些特征,飞至魔王城跟前,摇身一变,变成与魔王的姐姐一模一样的老婆子走来。神将特木德格图·斯琴从瞭

望塔上见了后,下来向洛布沙嘎禀报:

"咱们的姐姐来了。"

"她来好极啦,我这就去迎接。你拿把金椅子来!"洛布沙嘎急忙起身,快步流星奔到她的跟前:

"姐姐,这向还好吧。"说着上去抱住了她。

"很好,很好!"

洛布沙嘎不解地问:

"姐姐,你每次见我,总要把我抱三次,亲三嘴,这回为啥不啦?还有你那金布鲁为啥没带来?"

"哎哟,你瞧我这记性,听说你抓住了格斯尔,一高兴,临走呀,竟忘带了金布鲁。见你身子骨这般好,又给忘亲你了。真老糊涂了。"

洛布沙嘎听后,信以为真,让老婆子坐在金椅子上,让两位神将抬到屋里。老婆子坐好后,问道:

"听说,你把格斯尔的妃子茹格穆·高娃也给带来了,为啥不叫她出来见见我呀?"

"这好说,请姐姐稍微等一等。"洛布沙嘎面朝外喊了一声:"快叫茹格穆·高娃来给姐姐叩头!"

不一会儿,茹格穆·高娃走来从帐外下跪叩头,老婆子在帐内道:

"祝你幸福半途终止!"

茹格穆·高娃听了,甚为诧异,便问二位神将:

"各地有各自习俗,这我明白。在我们灵格部,兄长见了弟弟妹妹时,总要说些长命百岁,安居乐业呀的吉利话儿。可你们听听她这话,是在诅咒呢还是在祝福呢?"

老婆子听后也不让步:

"生气啦!你就是洛布沙嘎的掌上明珠,我也不怕你!打开门,让我好好瞧瞧她。"老婆子用手遮着光窥探了一阵儿,改口又赞美起来:"哎哟,长的多美呀!我的洛布沙嘎可真有福气,竟娶了个这么漂亮的媳妇!"

茹格穆·高娃偷偷拿眼一瞟,低着头悄悄地向两位神将说:

"以前没见过洛布沙嘎的这位姐姐。瞧她这副模样,真够吓人的。可我怀疑她是不是那位姐姐呢。见她耳后那三个旋涡与阿珠·莫日根的一模一样。"

"快住嘴!姐姐听见了可了不得。她走后咱们向洛布沙嘎讲吧。"二位神将齐声止住。

老婆子见她们嘀嘀咕咕,怕出了事儿,因道:

"叫媳妇退下去吧!"扭头又向洛布沙嘎讲:

"我也该回去啦。"

"我从格斯尔那里带来了许多珍物奇宝,姐姐拿些回去吧。"

"我有的是那玩意,不要啦。骑回那头毛驴就行了。"

"姐姐,我不是不想给你,怕你看管不了那畜生。"

老婆子面带怒气:

"它是咱们俩的仇人,你交给我才对。既然不愿意给就算啦。"拿起木钝刀起身欲走。

"姐姐息怒,想要那头驴,给你就是了。"

在帐外偷听着茹格穆·高娃实在憋不住了,当即跑来向洛布沙嘎说:

"说不定她是格斯尔的化身,不能给她!"

洛布沙嘎听后,也犹疑起来。老婆子见他又不想给了,便拿起拐杖指着洛布沙嘎大发脾气:

"你是凭谁的魔法把格斯尔变成毛驴的,你那两下子行吗!好啦,我这好心的姐姐还不如你那坏心的老婆呢。"说罢,拄着拐杖就走。

洛布沙嘎急忙上去拉住她:

"姐姐,这是在跟你开玩笑呢,别当真嘛。那头驴给你就是了。"说罢,命两位力士将驴牵来。

这头驴一见老婆子哭吼起来。两位力士不解地问:

"这驴见了姐姐怎么就哭开了?"

老婆子笑了笑说:

"我看你们呀,真像是些不懂事的娃娃。它在这里,一天只碾一千袋

面。我带去后让它碾一万袋面。这畜生以它的神灵知道日后要吃更大的苦头,当然要哭呀!"

"姐姐说得有理。"洛布沙嘎把老婆子扶上了驴,送走了。回头又向两位神将道:"你们二人变做乌鸦从空中飞去,暗暗探试一下这个老婆子是不是咱们姐姐。"

两个神将依言,即刻变成乌鸦,在上空追随而去。

走出一段路程后,毛驴道:

"快把我送到天堂!"

阿珠拿手指狠狠捅了捅它的脖子,斥责道:

"你这个人好不懂事。刚才一见我就哭个没完,差一点让他发觉;这会儿又说这话。你不瞧瞧,头上那两只乌鸦还在监视我们哩,就忍一忍吧。"

"咳,这些天来叫他们折磨得都糊涂了。"毛驴不再哼声,继续赶它的路。

当他们走至魔王姐姐城门时,有好些人手持铁布鲁把守着。阿珠用障眼法,遮住他们的眼睛,进得城里来,走至那座金塔旁边,跳下了毛驴。从空中飞来监视的两只乌鸦见后,互相说:"是咱们的姐姐。"便飞回去了。

阿珠见乌鸦飞远了,又变出原身,立刻将毛驴夹在腋里,有如千百条巨龙啸吼着,腾云而升飞往龙宫。魔王的姐姐等众妖听后大吃一惊:"这是怎么啦?"吵吵嚷嚷了一阵儿,也未弄清楚是咋回事。

阿珠·莫日根乘着云赶了好大一阵儿路,降了下来,牵着毛驴走进父王的龙宫。她找来仙丹美食给驴喂,调养了数日,驴变成了一个瘦干的黑小伙子。接着又用甘露水洗他身子,慢慢料理,那瘦干的躯体渐渐好转。见恢复到格斯尔原来形状后,夫妻二人有如千百条巨龙啸吼着,扬起九种颜色的彩虹,驾着祥云赶回故乡。哲萨·希格尔等三十勇士、三百名先锋先后跑来迎接。

格斯尔可汗为庆贺自己安然归故里,大摆宴席,让大伙痛饮一番。席间,圣主手捧一杯甘露酒走至阿珠妃子跟前:

"夫人救我一命,请享用这杯酒吧!"说罢跪下去正欲叩头,阿珠急忙抓住他的手:

"亏你还是个圣主,哪有丈夫给妻子叩头之理!"

说得大家哄堂大笑,格斯尔可汗起身也怡然微笑了。

压死魔王

一天,圣主格斯尔召集来哲萨为首的勇士们道:

"回来住了一些日子,身子恢复得差不多了。我该去处决洛布沙嘎魔王,报仇雪恨了。"

阿珠·莫日根起身道:

"我去魔王城救你时,半路上看见一个妖婆,她可能是魔王的二姐姐。看上去,这个妖婆的力气比她姐姐还要大。以我之见,先收拾了她,别的就好说了。"

"就依你说的办吧!"说罢,圣主领上阿珠·莫日根起程了。

二人日夜兼程,不一日,赶到洛布沙嘎二姐姐的领地。举目望去,前面有一座山岗,岗子上有只白额母鹿在吃草。圣主道:

"说不定它就是那妖婆的化身哩,我去射死它。"

夫妻二人把坐骑藏在一个沟里,徒步爬上岗子。阿珠指着母鹿说:

"要对谁它那白额射去。"

格斯尔依言,拉满弓射去,可惜未中了;阿珠紧接着又是一箭,箭正好从它的白额进去,穿透臀部,露出了箭镞,鹿跌跌撞撞地逃了回去。

阿珠取笑格斯尔:"我看你呀,白当了男子汉,连个母鹿都射不中。我虽是个女流,比你这男子汉强吧!"两人谈笑着,赶到拴着马的那条沟,跨上座骑追鹿而去。

当他们奔上山冈时,那鹿钻进了一座城。两人赶至那城一看,城门紧闭着。格斯尔滚下鞍子,几步跑上去,用九十三斤重的钢斧砸碎了城门,摇身一变成了一位漂亮小伙子,进得城里,走至帐幕旁时,只见一个老婆子由臀部露出两个箭头,一动不动蹲在那里。她见来了个男子,便连声哀求:

"求求你,给拔出这只箭吧!"

"你嫁给我,就给你拔。"

"好,好,我嫁给你。"

他们正在交谈之际,阿珠也赶到。小伙子问阿珠说:

"她讲给拔出这支箭,就嫁给我。怪可怜的,拔就给她拔吧。你也来帮个忙。"

两人合力把箭一拔出来,这妖婆上去一口吞进了格斯尔和阿珠。格斯尔从她腹里喊:

"你吞进了我们,可消化不了。快放出来,不然要揪断你心脏的。"说着他在腹内拳打脚踢,又去摸她的心脏。妖婆痛得不行吓得要命,便把他们吐了出来。格斯尔跳起来,一把揪住妖婆的头发,拔出九拖青钢剑,砍下她的头。接着放一把火烧毁那座城，领上阿珠回了故乡。

却说，洛布沙嘎魔王的大姐，得知弟弟把格斯尔变成一头驴，连他的妃子茹格穆·高娃一起带来了，起程来见他。在塔顶上放哨的二位神将望见后，去向洛布沙嘎禀报：

"大王，咱们的姐姐来了。"

"回去没几日，怎么又来了，莫不是那头驴逃走了？"说罢，急忙迎上去，问道：

"姐姐那天骑走了驴，这会儿又来，是不是出了什么事？"

"你说什么，我啥时骑走你那头驴了？"

"姐姐，你放跑了驴，还想抵懒不成！"洛布沙嘎与大臣们拿金椅子把姐姐抬到宫帐里，让她坐好后，又道："你咋就叫那畜生跑掉了？ 我的好姐姐。"

"我真的没骑走那头驴，你受骗了！"老婆子生着气就对天起誓。

茹格穆·高娃也来责怪魔王：

"当时我就向你二位神将讲过，那老婆子耳后的三个旋涡与阿珠的一模一样，不能相信她，给驴时，我又提醒你，说不定她是格斯尔的化身，可你还是不听。"

洛布沙嘎也着慌了，指着二位神将道：

"不是派你们俩探知她是不是咱们的姐姐吗，你们这是怎么搞的！"

"我们真的去了呀，见那老婆子在金塔旁下了驴，才回来的呀，这就怪了！"

"看来，我们是上当了。姐姐，你说咋办好？"

"我也没啥好主意。"

"要不咱们从城四周拉上三层铁丝网，看他怎么进来。"

老婆子听了洛布沙嘎的话，反驳道：

"你以为格斯尔是个啥人，他是玉皇大帝的儿子，啥本事儿没有！ 他不会从空中飞进来，斩了你的头，带走茹格穆·高娃的！"

两位神将也献计：

"那咱们把茹格穆·高娃送回去，怎么样？"

"你们都是蠢货。难道茹格穆·高娃是自己逃到这里的？是咱们抢来的,送去了,格斯尔同样会杀你的。"

两位神将听了老婆子的话,急得像热锅上蚂蚁:

"这可咋办呀,格斯尔一来,肯定会杀掉我们,抢走畜生和财产,烧毁这座城的。"

洛布沙嘎魔王听着他们的话,便昏了过去,跌下椅子了。姐姐急忙起身拿一块湿布频频拍打他的额头。过了好一阵儿,渐渐清醒过来,又哀求:

"我的好姐姐,快拿个主意吧!"

"依我之见,与其坐视待毙不如主动进攻。咱们将人马分为四路,从格斯尔的东南西北冲进去,杀他个措手不及。"

魔王一想,也只好这样办了。他起身下令:

"那好,姐姐由北面,我由南面,两位神将从西面,两位力士从东面带领各自兵马包剿格斯尔。现在就发兵!"

魔王的四路人马依次进发。圣主格斯尔得知这一举动,立刻召集齐众勇士,下令:

"敌军分四路正向我们冲来。哲萨兄、安春、你二人带上十名勇士、一百名先锋迎战二位神将;苏米尔、伯通你二人领上十名勇士、一百名先锋去与妖婆厮杀;班珠尔、火红眼你二人带上十名勇士、一百名先锋去跟两个力士拼杀;我本人带上莱楚布和冉楚布两个侄儿去收拾洛布沙嘎魔王。"

哲萨、苏米尔、班珠尔三位率领人马驰向各自的阵地。途中,苏米尔向伯通说:

"这回咱们要速战速决,斩死了那老妖婆,快去瞧瞧格斯尔与洛布沙嘎的激战吧,那一定有看头哩。"

"说得有理。"伯通二人率兵日夜兼程,登上一座高峰,举目朝前一望,好家伙,有一群像是乌鸦又像是鹤的东西赶来。苏米尔不解地问:

"喂!伯通你看,没有旗麾,也没有带弓箭,这是些啥兵。我去瞧瞧。"

"除了他们手拿的铁钝刀,我啥也没看见。你先去看看也好。"

苏米尔狠抽了几鞭追风红沙马,飞也似的冲入敌军之中。那些女兵一窝蜂似地围上去,把苏米尔拉下马,拿铁钝刀一个劲地打。

伯通见他好一阵儿不回来,甚觉狐疑,驱马奔去一看,好家伙,一帮女人正在没头脑地打他呢。伯通急忙喊道:

"苏米尔,不快露露你那一手,还等什么!"

苏米尔听了这喊声,才如梦初醒,跳起来一把抓住母妖四颗獠牙,带着她飞上空中后,变做一个火滚子扔了下来。这滚子一着地带着火焰滚来滚去,所到之处,即刻燃起烈火,不一会儿把那女兵全烧死了。伯通拾起苏米尔的剑、弓、枪等武器赶来时,不知他什么时候从空中下来揪住母妖的獠牙,还在让她滚来滚去呢。伯通上去一剑砍下了她的头,可其灵魂即刻变做一只苍蝇逃去。伯通、苏米尔哪肯放过她,一个从上边,一个由底下燃起烈火紧追不放。没过多久,终因技穷力竭,丧命于火中。二人赶回母妖死尸跟前,拔掉她那四颗獠牙,带领大军,朝格斯尔奔去。

哲萨和安春率领大队人马向前奔驰时,敌军也扬起尘埃迎面而来。哲萨道:

"勇士、先锋们,你们带兵从敌军四面冲进去,别留情,要狠狠地杀他们。那两个头领法力高强,十分厉害,由我和安春去对付。大家冲吧!"

勇士和先锋带领各自兵卒冲进敌阵,有如秋风扫落叶,斩得敌军首级纷纷落地。哲萨和安春直奔两个神将,没等他们弄清是咋事,上去各一剑,霎时间斩下了他们的头领。这两名神将确实名不虚传,掉了头,其灵魂即刻变成两只狐狸逃去。哲萨和安春摇身一变,变成两只大鹰,在他们头上紧追不放。两个神将眼见逃不脱了,又变成两只猛虎龇牙咧嘴啸叫着窜来窜去。哲萨二人却变作两只雄狮跳了过去,当下咬死了他们。

哲萨二人收拢人马,带上两个神将的首级,兴高采烈地奔到格斯尔处。大伙听了苏米尔如何处决母妖的事儿,禁不住哈哈大笑起来。

第三路兵马的首将班珠尔和火红眼,见敌军像蚂蚁般奔来,各带一队人马冲杀进去。他们拿箭射,用刀砍,以枪刺,杀得敌人人仰马翻,四处逃窜。其首领两个神勇力士也准备调头逃跑时,班珠尔和火红眼疾速驰去,砍下了他们的首级。两个力士的灵魂立刻变成两只麻雀逃到空中,班珠尔二人却变做两只猫头鹰追了上去,把他们夹在中间,一个从上头捕抓,一个由下面攫取。他们见实在不能逃脱了,又落下来钻进了柳条丛里,猫头鹰也随之落到地面去追赶。麻雀躲窜到哪里,猫头鹰就追到哪里,这样,可好把麻雀追至离格斯尔他们不远处逮住咬死了。众人见了又是一场开怀大笑。

圣主格斯尔见大家集齐,便道:

"诸位,你们把三路敌军斩尽杀绝,立了大功。眼下,只剩下魔王这一路人马了。这回就看我的了。"话音刚落,洛布沙嘎正率军赶来。圣主接着说了一声:"看我如何收拾他吧!"便跨上枣骝马,猛抽几鞭冲了进去。魔王见格斯尔奔来,调转马头就逃。圣主追上去,一把将他揪下马,拨出九拖青钢剑就去斩,可怎么也斩不动;拿九十三斤重的钢斧子去砍,魔王还是岿然不动。见他魔法高,用剑和斧之类武器砍不死,就搬来一座山压住了他,可魔王翻掉山又站起来了;格斯尔搬来两座来压,也不行;又搬三座山来压住他,魔王还是翻掉了,圣主一气之下,搬来五座大山把他压住,山摇晃几下,这才没有动静了。

圣主格斯尔返回原地席地而坐,不住地喘着气,擦着汗。哲萨见他实在太累了:

"那些残兵败将由我们去收拾好啦,你先歇一歇吧。"

"叫莱楚布、冉楚布两个侄儿去吧,也好试试他们的勇气。"两个侄儿跪下道:

"我们年幼气盛,想狠狠杀敌,可不知怎么去杀哩。请圣主教教我们吧。"

格斯尔、哲萨等人向他们说知如何冲锋、如何砍杀、如何交战的招数后,打发走了。

两位小将催马冲入敌阵,一鼓作气,把魔王的四十四个大臣、四百名先锋斩得一个也没留。二人满以为斩尽杀绝了敌人;正要凯旋回营时,那些大臣和先锋的灵魂个个却变成了野鸡飞走了。两个孩子见后,立刻

跳下马,一个变做鸭虎,一个变做海青鹰飞到空中,追上去把它们一个个全掐死了。莱楚布和冉楚布返回阵地,跨上坐骑,赶到了格斯尔处。

哲萨面带笑容问:

"你们这回可过瘾了吧!"

"这有啥,只不过出了点气罢了。"

大家听了又是一阵哈哈大笑。

圣主格斯尔向大伙道:

"咱们消灭了洛布沙嘎的全部人马,把他本人也压在五座大山底下了,可灵魂还在他的老窝。他那城的八角有八颗金钉子、八块火宝、八块水晶石,金子塔里有只金旱獭,这些都是魔王的灵魂。咱们烧毁城池,推塌那座塔,魔王才能彻底完蛋。眼下,咱们的战事还没有结束,哲萨兄带领大伙回去,守好家园,我带上两个侄儿前去魔王城。"

当圣主领着莱楚布、冉楚布爬上一个山丘时,由魔王灵魂变成的两老头坐在那里。格斯尔识破后赶去,施展法术斩死了他们。回来对两位侄儿道:

"你们去赶来魔王的牲畜,再来这里等着。我去魔王城处决完他的灵魂,带上你们婶婶就来。"

格斯尔一到魔王城,首先推倒了那金子塔,接着把金钉子、火宝、水晶石和金旱獭,连城池一起拿烈火烧掉后,找见茹格穆·高娃,倒绑双臂,徒步赶在马前头,不时还用鞭子抽打着往回走。两个侄儿见婶母那副可怜样儿,急忙跑上去给松了绑。

途中,四人又绕道去看了那压在山底下的魔王,老家伙这才骨节散了架,咽了气。

圣主回到家乡,把茹格穆·高娃贬为平民,撤销其五百名随从,准备赶出去。阿珠·莫日根得知后,手捧一金杯甘露酒,到宫帐给格斯尔跪下道:

"圣主,茹格穆·高娃这回是有过错,可在以前她还做过不少好事呀!看在你们夫妻的情分上,看在我阿珠的情分上,就原谅她吧!"

格斯尔无奈接过了酒,赦免了茹格穆·高娃。

第九章
大 闹 地 狱

格斯尔可汗连日来忙于战事，一直未顾得上看望老母亲。这次得胜归来，便向众人道：

"多日不见母亲，不知老人家身体如何？"

"圣主呀，她老人家因你变驴受难，忧愁过度，得了气闷病，已经成佛而去了。"

格斯尔听了莱楚布的话，当下放声大哭。那哭声震得宝珠城向右转了三着，才复归平静。哭罢，他披挂整齐，跨上神翅枣骝马，驾起祥云，赶到凌霄殿，向玉帝奏道：

"父皇在上，你见过我凡间生身母亲的灵魂没有？"

"没见过。"

格斯尔退出凌霄殿，又相继去问了三十三天尊、圣母、三位仙姊、山神敖阿·洪吉特等诸神，都说没见到。于是，他变做一只大鹏鸟，径直飞到阴曹地府，见十八层地狱大门紧闭着。他变回原相大喊："开门！"可是没人答应。格斯尔心中大怒，拿九十三斤重的斧子砍破了门，闯了进去，向守门的鬼卒问母亲的下落，他们仍说是不清楚。格斯尔只好走出来，给阎王托了个噩梦，使其灵魂离开了身躯。见阎王的灵魂是只老鼠，他马上拿套日头的黄金索罩住了门窗，撒开套月亮的银索蒙住阎罗殿，自

己变成一只艾虎去追那老鼠。老鼠一见艾虎,就拼命向外逃,被套日索缠住;想朝上飞又让套月索拦着。当它无路可逃了,格斯尔上去一把逮住这老鼠,绑紧四肢,用九十九齿狼牙杵痛打了一顿,问它:

"如实招来,我母亲的灵魂到底在哪里?"

"实话告知你,你母亲的灵魂,我耳未闻,眼未见。要不去问问十八层地狱守门的鬼卒。"

格斯尔可汗放开阎王,又赶到十八层地狱,问鬼卒们,也都说没见过:

"若是十方圣主格斯尔母亲来了我们地府,哪有不向阎王禀报之理!"

这时,有一位白发老翁走过来道:

"不知是不是圣主你的母亲,有一位老婆子嘴里总念叨着'我的尼索该呀。'捡野枣吃,向人们讨水喝。"

"你别啰唆了,快给我找来!"

"这阵儿,说不定她还在那枣林里呢。"老头去了不一会儿,就把那老婆子领来。

格斯尔可汗一看,果真是自己母亲,立刻召唤来她的灵魂,一刀砍死白发老翁,转身找到阎王道:

"若是亲自把我母亲投入地狱,那你一定是个不分是非的阎王!"说罢,格斯尔领上母亲,赶到枣骝马跟前道:

"你要施展神通,撒开神轮旋风,胸前挂一把利锋宝剑,显出凶神像,到甘泉去漱三遍口,喝三口水,把母亲的灵魂衔在嘴里,送到玉帝父亲那里,他老人家会超度她的。"

神翅枣骝马依着主人的吩咐,驰到甘泉漱了口,喝了水,衔着老人家的灵魂,踏着神轮,飞往天堂。三位仙姊闻声迎了出来,只见枣骝马胸前挂着一把利锋宝剑,气势汹汹怒嘶而来,便赞叹不已:"它还真够威风的呢!"从枣骝马嘴里接过格斯尔母亲的灵魂说:

"回去告诉你的主人,就说我们接到了老人家的灵魂。"

三位仙姊拿着老人的灵魂,走进凌霄殿,向玉帝奏道:

"陛下，尼索该降到凡间就投身于这位老人。如今他把母亲的灵魂送来，意思是让老人在天堂转生。"

玉帝听了，以慈悲为怀，将老人超度后，让她做了仙女们的圣母。

却说，枣骝马赶回地狱，见了主人。圣主问：

"事情办得如何？"

"主人，放心吧，全办妥了。"

"枣骝马，你是好样的。"夸了一番坐骑，扭头斥责阎王："日后，处理案情要分清是与非，只有那作恶多端的才能投进地狱！"说罢，跨上枣骝马回了故乡。

第十章
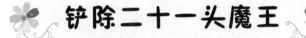
铲除二十一头魔王

烧毁树魔

一天,格斯尔可汗写了个金字诏书,发了下去。以九十五岁高龄乞尔金为首的三十勇士们接到后纷纷赶来。大家问:"圣主,召我们来有啥事吗?"

"诸位听着,西南方有叫阿拉坦陶卜其,孟根陶卜其的两条河。这两条河流域窝藏着许多妖魔鬼怪和恶棍,其中有个叫拉格沙嘎的二十一头魔王正准备冒犯我部。我想,趁他来进犯之前,咱们先发兵收拾了他,你们看如何?"

"圣主之见,完全有理。"大家异口同声说。

"勇士们没有异议,就准备出发。安春的儿子葛根珠拉、阿拉塔的儿子阿尔泰·斯琴,你们二人留在家里照应好五位妃子。"

两个孩子听了,有些不满意:

"我们虽说年幼无知,可也想跟随伯父们冲锋杀敌,为圣主效犬马之劳,尽一臂之力呢。"

"你们俩别急嘛,日后,这种机会有的是。常言道,弱者需有计谋,拼搏要有勇气。你们要记住这句话,好生照料家园。"

圣主格斯尔安顿好一切，带领三十勇士向阿拉坦陶卜其、孟根陶卜其河进发。

却说，那条河这边有一片空旷的不毛之地。这里长着三棵金杨，为魔王放哨。见敌人来了，它们立刻摇刮起枝叶给魔王去托梦报知。魔王城在阿拉坦陶卜其河源头，这个二十一头魔王为防备敌人来犯，设有三道防线：河的上游有几万兵卒驻守，这边有三十万人马驻防，城周围更有数不清的侍卫部队。这还不说，他的每颗头上长着十八个犄角，里面各藏有一千只化身，可谓妖道非凡。魔王有一位姿容美貌的妃子，名叫赛汗其，是茹格穆·高娃父亲僧格斯鲁的亲属。她生有一女，名叫赛呼烈·高娃，长相不逊于天仙。这位小姐听得世间的格斯尔可汗，是一位智勇兼备的英俊男子，日夜思谋着嫁他为妻。

圣主格斯尔探知了魔王的这一切，率部日夜兼行，不一日，来到离三棵金杨树不远处，向大家道：

"你们坐在这里先歇一歇，我试探探那三棵树去。"

圣主格斯尔上路后，将耀霜宝兰甲变成一支小箭，日月双升自宝盔变成一张小弓，九拖珊瑚剑变成一颗羊拐子，宝剑变成一只秃鹫和一只凤凰，日月金银索变成一只金丝鸟，叫神翅枣骝马变做两个八岁孩童，自己变为一个八十高龄的白发老翁向金杨树走去。

两个小孩先跑到三棵树下，坐在那里玩起羊拐子，金丝鸟随后飞到树枝上，打起巢窝下了蛋，秃鹫和凤凰也飞去落在另一棵树枝上。玩羊拐子的两个小孩见金丝鸟下了蛋，拿起小弓就去射。可没射中巢窝，射下了好些树叶。秃鹫和凤凰飞下来争抢那叶子，给打了起来。这时，老翁左顾右瞧起来，坐在树底下纳凉。他见树的枝叶随风飘动，便赞叹不已：

"瞧这三棵杨树多美呀！早先，我们的家乡也有那么棵杨树，见老人们流着汗走来，它的叶子不再迎风飘动，还给长出些新叶子来。到它底下来乘凉的人们都夸它是棵神树哩。"那三棵杨树听了老翁的赞美，便兴奋起来，即刻给长出好些新的枝和叶。老翁接着斥责两个小孩：

"地方多得是，非要到这里玩！快走，不走我就打你们啦！知道吗，

它们是神树。想玩,就好好玩嘛! 为啥偏要射那金丝鸟的窝呢? 你们那这么一射倒没啥,可那金丝鸟的窝毁了,树的枝和叶落了,多可惜! 那金丝鸟可喜欢它的蛋了,一会儿肯定飞走的! 你们这是在作孽,懂吗?"

金杨树听了老翁的这番话,十分感动,没给魔王托梦报信。

那金丝鸟不一会儿果然飞下来,啄两个孩子。老翁哄走鸟,便道:

"你们瞧,它们生气了吧!"

"老爹,你是哪里人,叫什么?"两个孩子问。

"问我嘛,我不妨告诉你们。我的夏营盘在珠勒格吐荒滩,冬营地在乌仍吐草原;饮着三泉水,归属拉格沙嘎可汗,名叫阿拉坦,族属乌力雅斯台,享年八十五岁。"老翁停了停:"我还没问你们呢。你们俩家住何方,是哪个可汗的属民,叫甚名字?"

"我们住在乌兰那日苏台,饮着白泉水,冬营盘在乌日吐海勒斯台,狩猎于奈拉查干河,厮杀在其哈尔满吐滩,今年刚满八岁,名叫阿拉嘎其①和敖格吐拉嘎其②。属于契杜拉嘎其③部,我们的可汗是塔苏鲁嘎其④。我俩原来是天堂的孩子,自己做了个小弓箭,想寻个猎物,这会儿不知不觉到了这三棵树下了。"

"我看,你们在说谎,说不定是格斯尔可汗三十勇士哪个的孩子呢!"说罢,老翁就攥他们。

"老爹,别攥啦,我们错了。日今一定听你老人家的,就把我们收个徒弟吧!"二人苦苦哀求。

"你们想学经,这很好。今后得听我的。"

"请放心吧,依你的就是了。"

三棵杨树听了老翁和娃娃的交谈,信以为真,没落下一片叶儿。老翁接着向孩子道:

"那就在这三棵树底下先为上天祈祷吧!"

两个娃娃合掌打坐,暗暗在心中说:

"圣主格斯尔的神灵们,这三棵树是拉格沙嘎可汗的哨兵,要从它们

①②③④ 为刽子手。

四周和上面筑一个纸篷子,即刻焚成灰!"

老翁又道:

"这一阵儿冷的慌,跌落下来的叶子让人们踩了也可惜,快造一个纸篷围住它们!"

两个娃娃筑了一座纸城,把三棵树篷住了。秃鹰和凤凰又飞来说:

"拉格沙嘎可汗,叫你老砍掉这三棵杨树呢。"

老翁一听这话,马上起身一个劲地去砍。它们的叶子想飞去向可汗报知,可怎么也钻不出那纸篷。老翁砍断三棵树,即刻拿烈火烧成灰。

两将阵亡

圣主格斯尔用计毁掉三棵杨树,带领人马继续进兵。到了魔王第一道防线,苏米尔儿子格日台·斯琴和哲萨二人一口气杀绝了那九万守兵。大队兵马赶到第二道防线,格日台·斯琴又向格斯尔可汗献计:

"圣主,你给显出千军万马之势,敌军见了,以为是格斯尔大军来了,便去厮杀。那当儿,我闪电般地从他们背后冲进敌阵,他们以为有敌军袭击,前头的回过头来要与后面的互相厮杀。趁敌军乱了阵脚,我再冲杀他们,怎么样?"

圣主沉思了一会儿,道:

"就依你说得试试看。"说罢,格斯尔可汗从远处显出众多人马冲来之势。敌军见了烟雾缭绕般的兵马,果真误认为是格斯尔兵卒杀来,便一起冲去。这时,格日台·斯琴匹马单枪从其后面呼喊着一冲,奔在前头的人马回过头来与后头的兵卒互相厮杀,乱了阵脚,死了许多人。魔王的一个化身甚为不解:"咱们兵不去杀敌军,怎么彼此之间杀了起来?"举目一望,从西面有无数的人马奔来,他把牙咬得咯咯响:

"我把你们斩尽杀绝!"驱马驰去,那些人马陆续袅袅升上天空,原处躺着个浑身是虱子的小孩,拉格沙嘎魔王的化身问:

"你是谁家的孩儿,因啥在没儿躺着?"

"我是个孤儿,格斯尔可汗率师前来时,把我带来了。他们见你们人马众多就逃走了,我年幼体弱,又吃光了干粮走不动了。要杀要斩随你便吧。"

魔王化身相信孩子的话,去追赶敌军。格日台·斯琴起身跨上枣骝马,口中喷着烟,马蹄擦着火焰,向孟根陶卜其河驰了。半路跟一位手持一张弓、六支箭的骁将相遇。此将不是别人,正是锡来河黑帐可汗希曼比儒扎部将六指的侄儿。他抱着日后向格斯尔报仇的决心,早先前来投靠拉格沙嘎可汗。这会儿,仇人相见,分外眼红。他骂道:

"小蛮贼,你被包围了。我刀下没有无名鬼,快通名报姓来!"

"别不要脸,你这话像是八岁娃娃说的。我看,你和那乃拉嘎查河上游母牛下的小犊,发了霉的树疙瘩没两样!你小子瞧着,我不叫你成为像那野滩上割断了的白草才怪呢!"

那人不想争辩了,便骗他说:

"小蛮贼,快瞅瞅!你头上飞着三只秃鹫,有本事,射掉中间那一只,没本事,滚你的蛋!"

格日台·斯琴按捺不住火气,拉住缰绳,拉满弓仰头正欲射时,那人立刻把鞍蹬子缩短为三拃长,拿弓一射,六支箭同时射透格日台·斯琴的左腋,当下流出了鲜血。他撕开绸巾,包扎好伤口,骂道:

"你小子还算个人不,为啥放暗箭伤人?我看,你跟那种吵了架偷偷用剪刀捅了对方的女人差不多!"

对方哈哈大笑后说:

"小蛮贼,你咋骂也晚了!"

"告诉你吧,你这箭是射不死的。明人不做暗事。我是格斯尔勇士苏米尔的儿子,名叫格日台·斯琴。唉!仰头瞧瞧,你头上盘旋着一只鹤,有本事就射落它,射不中快滚你的蛋!不然,你那颗狗头要落地,你那箭反过来要害你自己!"

那人心想:"这小子在说谎,头上根本没有飞鹤,箭又怎么会伤他的主人呢?"他没信对方的话,拔出箭低头去锉箭头。那当儿,格日台·斯琴扣上箭拉满弓,暗暗祈祷:"箭呀,你一定要射中那小子,等他回去后再

放出毒气!"一箭射去,对方中箭,在鞍子上摇晃了几下,忍着痛道:

"这会儿不跟你拼了,日后非让儿子报这个仇不可!"说罢,驰回去,向拉格沙嘎可汗道:

"先是我用六支箭射中了格斯尔小将格日台·斯琴,不知怎么回事儿,那小子咋也不咋。后来他一箭就把我射成这样子……"没等说完,便咽了气。

却说,格日台·斯琴射伤了那人,沿着额勒斯吐沙丘往回走。觉得口渴,他跳下马来找了一气水,也没有找见。翻身上马没走几步,伤势加重,连马也骑不稳了。他支撑不住来回摇晃,向左边倒下去,坐骑由左侧鬃毛去扶;他向右边歪下去,马拿右侧鬃毛来扶。最后实在坚持不住了,便从马头上一下子倒跌下去了。枣骝马用鼻子蹭着主人的身子,哭泣道:

"三十勇士呀,你们像是那胡琴的弦、竹子的节集聚在一起的;作为坐骑,我们曾驮着你们追赶过香獐和野驴,追杀过妖魔和敌人。哪儿有敌人,你们一起奔向那里;将他斩尽杀绝;哪儿有那达幕盛会,你们也一同前往,互相比箭术赛力气,玩个痛快。谁承想,你们当中的一员猛将却倒了下去。我的小主人啊,圣主格斯尔不能没你,三十勇士也离不开你。你可不能成为香海中的白雕,昆仑山上的客人!"正在悲伤不已时,来了两只狼要吃它主人,它用蹄子踢开了;飞来两只乌鸦,要啄它主人的眼珠,它拿头砍着没让靠近。

圣主见格日台·斯琴去了这么一会儿还不回来,正放心不下时,猛虎将之子庆·毕希勒吐说:

"圣主,我去看看是咋回事儿。"

小将得准,跨上战马,沿着孟根陶卜其河奔去,爬上额勒斯吐山丘左右望去,荒无人烟,啥也没看见。再往前走了一程,只见那魔王化身的人马,顺着查查日嘎那吐沟涌来。心想:"碰上敌军不厮杀,还有啥脸去见圣主格斯尔!"便冲入敌军,碰上首领就斩,遇上小卒就驱赶着继续奔驰。没走多远,见了一眼泉,他跳下马,蹲下身子正欲去喝时,魔王化身疾驰过来,一剑斩死了他。

圣主在军营中，自言自语："前后去了两个勇士，哪个也不见回来，怎么回事儿？"

巴达玛力之子巴穆·索岳尔扎道："我再去瞧瞧！"说罢，跨上战马驰到孟根陶卜其河岸望了望，没见人；又登上额勒斯吐沙丘，见一只乌鸦在空中飞旋。他跟随乌鸦奔去，沙丘上躺满死尸。灰青骏马绕着这些尸体没走多远，索岳尔扎一眼瞭见庆·毕希勒吐的尸体躺在那里。他滚下马，急忙赶去抱住尸体就放声大哭，这时，走来一位老者说：

"勇士，你能哭活他吗？不收拾尸体还等啥！"

索岳尔扎听后，觉得也对。他把庆·毕希勒吐尸体装进袋子复身上马，顺着沙丘，沿着沟壑边朝前赶去。这时，格日台·斯琴的枣骝马认出了索岳尔扎，奔到他跟前哭诉了主人遇难的事儿。巴穆·索岳尔扎流着泪跟随枣骝马来到小将跟前，将他的尸体也装入袋子后，手挥一块白缎巾，为两位遇难的孩子招魂：

"离去的灵魂呀，我用羽箭和白缎子在召唤，你们快回来吧！"

这时，正有两只鹰飞来，巴穆·索岳尔扎唤来，将二人的灵魂附入它们躯体放走了。

索岳尔扎赶回来，向圣主禀报：

"咱们两位小勇士杀完魔王的兵马，带上战利品到天堂请功去了。"

圣主听后，悲痛不已，不由自主地放声痛哭起来。那天，空中无云而雷鸣，大地无故而震撼，野兽和飞禽都为之而悲伤。

格斯尔可汗心中十分痛苦，但未向大伙透露真情。格日台·斯琴的父亲苏米尔不放心，赶到圣主处道：

"两个孩子去了这半天还不见回来，是怎么回事？没有圣主的旨意，他们不会到别处呀。我想去一趟，一来碰上运气抓他个舌头来；二来两个孩子真的遇了难，也好找回尸体。"

"苏米尔，你说得有理，就去一趟吧。"

苏米尔辞别圣主，沿着孟根陶卜其河奔去，登上额勒斯吐沙丘，没走多远，竟是尸体。他从尸体中穿过去，再一望，好家伙，魔王化身率领的那十八万九千三百多个兵卒，在前面一个峡谷里正歇息呢。苏米尔勒紧

追风红沙马肚带后,冲进敌营,来回杀了两着。见敌人四处逃窜,调转马头又冲了过去厮杀。敌军见其马蹄擦着火焰横冲直撞,好似一员神将,更是吓破了胆,个个抱着头逃命。苏米尔盛气逼人,越战越猛,一口气把敌兵杀个精光。魔王化身见人马全被杀死,迎头赶了过来。两将短兵相接,你来我往,不分胜负。苏米尔心想:"女人须有忠心,男人必有计谋!"他立刻把剑插入鞘里,左手拔出匕首去捅他的腋窝,没捅进去;接着拿火箭去射,他的眼睛被穿透,这才倒了下去。魔王化身跪在地上哀求道:

"我知好歹,你饶我一命,日后一定好生报答。眼下,实在口渴得不行,求你给弄点水来!"

"要水好说,先告诉我,你的灵魂藏在何处?"

魔王化身想了想说:

"看来,你是不饶我了。那只好告诉给你了,你一念动:'得利、得利,揪断它! 米利、米利,撕碎它!'的咒语,我的灵魂自己就到地狱的。"

苏米尔似信非信,照着他说的试了一次,他身上那金匣开了盖;念了第二次,从匣子爬出一只金蜘蛛;再念一次,蜘蛛咽了气,随着魔王化身也死去了。

这化身一死,拉格沙嘎可汗的头嗡嗡直响,耳鸣眼流泪,心神慌悟,浑身痛得不行。可汗要派人请来神医瞧瞧,小姐赛呼烈·高娃前来佯装关切的样子,劝道:

"汗父,我看,这不是什么大不了的病,别去理它。俗话说,一只小鸟明知起了火,仍在屋里向火神祈祷,末了被烧死了;一个弱者在厮杀中知道抵不过强者,还去求救于神灵,终于送掉性命;一棵树虔诚的崇敬着众神,后被雷劈死了,一只海鸥追随陆地鸟儿飞去,最后叫老鹰叼走了。只要自己坚强一些,精心调养,这病自然会好起来的。请来那些啥也不懂的人,给瞧错病,就更糟了。"

拉格沙嘎可汗依了女儿之言,没让去请神医。

格斯尔可汗见苏米尔去了有一会儿,也不回来,便带勇士们登上附近的一座高峰瞭望,苏米尔却变成个血人赶来,跳下马,向圣主禀报了如何冲杀敌军,又如何处决魔王化身的经过。圣主听了夸赞了一番,又脱下两件珍珠衫奖给巴穆·索岳尔扎和苏米尔二人。猛虎将向索岳尔扎又打听两个孩子，可索岳尔扎仍未露出真情。

魔王覆没

格斯尔可汗剿灭两道防线的敌军后，沿着孟根陶卜其河向上推进。前哨部队登上一个高地望去，魔王正在挑选人马整队呢。回来向圣主禀报后，格斯尔要带领大队人马去包剿。哲萨之子莱楚布上去献计：

"圣主，我有个计谋，能制服敌人，不知该不该讲？"

"说说看。"

"你施展神灵，显示出有千百万人马升向天空之势，敌军见了一定误认为圣主带上三十勇士回了天堂而失去提防。这当儿，咱们一起冲过去，把魔王外围兵卒杀个措手不及，怎么样？"

"就依你说的办！"说罢，格斯尔当下便用法术，显出千军万马袅袅升到天空的势头，自己却变故一只司晨鸟，从空中飞入魔王城。

正当敌军个个仰头望着那升上去的虚无缥纱人马之际，以哲萨为首的巴穆·索岳尔扎、苏米尔、莫日根·希雅、阿尔泰、安春诸勇士，依次冲入敌营，把敌人杀得焦头烂额。其中，神葫芦勇士一马当先，施展神威斩杀敌兵，葫芦里没水了，到一个泉子装水之机，锡来河三汗部将特日根·毕儒瓦的侄儿大林台，手持黑帐可汗希曼比儒扎钢刀赶来，一刀砍下了马。这小子见血眼红，愈发勇猛异常，横冲直撞杀来的途中，又与火红眼相遇。大林台道：

"你是格斯尔的勇士，我是拉格沙嘎的力士，你敢跟我见个高低吗？"

"你小子别吹牛了。你叔父特日根·毕儒瓦的头，成了安春追风青骏马的缨穗，这回，我要拿你头做马的缨穗！"说罢，火红眼拿火箭去射他，可箭碰到他身子又弹了回来。大林台又迎了上来，战了几个回合，趁其不备，射伤了对方。这时，三位仙姊从空中喊道："要斩他拇指！"火红眼听后："我杀不过你。"说罢，装出逃走的样子。对方见他要逃，就指着

破口大骂:"我看,你就是孬种!"火红眼就在他举起手来回指动的一刹那,回过头来拿水晶青钢剑一砍,那拇指落了地,大林台也随之咽了气。火红眼伤势沉重,加之口干,也昏倒了。

楚通诺彦想显身手,也冲进去,不成想遇上了个力士。他哪里是个对手,没杀成一个敌兵,调转马头就逃了。返回的途中,正好见了火红眼斩死的大林台尸体,他下马一刀砍下首级,拴在马脖子上赶回军营,楚通滚下鞍子,解下那颗头颅扔在地上说:

"你们瞧瞧,这是谁的? 告诉你们吧,它是名将大林台的头。你们都去啦,可谁杀了像他这样一位名将! 大家不知道,我冲去时,有好多敌兵迎头赶来。当时我就想,过去说过谎话,做过对不住大伙的事,这回说啥也得立功赎罪。这么一想,不知哪儿来了那么大劲儿,一口气斩了千把个人。正杀到火气上,这小子来了,我闪电似的上去,就给了他一刀。放心吧,敌人全叫杀光了。"

众人听信楚通的话,松了一口气,一起去树林里乘凉。哲萨夸赞一番楚通,脱下一件汗衫要送给他。楚通没去接那汗衫,却说:

"不要这汗衫。你那匹青骏马给我,你骑我这匹,怎么样?"

哲萨依了他,两人换了骑乘。

乞尔金老伯见哲萨真把马给了他:

"哲萨呀,你怎么能相信他那鬼话呢? 他人胆子小,又好说谎言,这你不是不知道啊! 适才那些话,说不定还是他胡诌……"没等老伯说完,敌军有如蝗虫般涌来。三十勇士虽然立刻驰去厮杀,由于没有提防,多数人阵亡,只留下哲萨、索岳尔扎、安春、苏米尔、莱楚布、那仁·额尔敦、莎仁·额尔敦几人了。

魔王见自己士兵杀了好些敌军,以为是胜利了,骑上秃角牤牛又去打猎。

却说,圣主格斯尔进得城后,飞到赛汗其妃子和赛呼烈·高娃小姐住处。聪明的姑娘一见这司晨鸟,心里拖了底,便问它:

"你是哪儿来的鸟啊? 我父亲到东边打猎去了。"

"我从那钦可汗家乡飞来的。姑娘,有话不妨对我讲吧!"

192

姑娘确信他是格斯尔可汗,把魔王底细合盘端给了他。格斯尔问:

"魔王来了,在哪儿藏身?"

二人正在我问你答交谈时,魔王返回来了。姑娘向鸟递了个眼色,示意格斯尔不要再哼声,并用垫子遮住了他。魔王一进屋,拿鼻子嗅了嗅:

"我闻到了毛毛虫的一股腥味,是不是格斯尔来了?"

"我可没见过格斯尔。就说他来了,哨兵也会来禀报的。"

魔王出来,放出一个灵魂去打探格斯尔来与否,其原身又向东去打猎。路经哲萨等人藏身的那块树林时,哲萨拿箭射穿了他身子,可他仍满不在乎吐着冷气奔来要吞掉几个勇士。苏米尔迎上去又射透了他腰部,急忙藏了起来。魔王气势汹汹找了半天,不见这伙人,便转身查看哨兵去了。

那当儿,赛呼烈·高娃把格斯尔叫出来:

"他的底细就那么些,用什么法子怎么去抓他,你自己看着办吧。他快回来……"

没等说完,果真从一百伯勒那边传来魔王奔来的动静。格斯尔听到响声,即刻在他洞口布好日月金银索,手持九齿铁套等候。魔王赶来,变做司晨鸟要钻入那洞时,被金银索拦住了。知道格斯尔来了,他立刻显出原身,就与格斯尔拼搏起来。正在厮斗中,先前放出的灵魂回来进入其躯体,给他增添了力气。二人扭在一起,你推我拉,格斯尔没留神,让他的暗白豆子绊倒了,对方拔出剑就势将他势成了两瓣。格斯尔两段的身子立刻合在一处,起身操起纯钢剑就去砍。魔王虽未伤着身子,见他来势凶猛,有些胆怯,往洞里一钻,又被金银索拦住了。魔王无奈,用分身术,留下一个化身,原身逃走了。格斯尔没去追他,斩死那个化身,烧毁了他的栖身洞。

哲萨等人见魔王逃了出来,迎头拿火箭去射他。他看逃不出去,转身跑回来,变做司晨鸟又想钻洞时,洞被毁掉了。他走投无路,又来跟格斯尔厮斗。这时,三位仙姊变成布谷鸟飞来,为格斯尔送来一块火镜。圣主拿这火镜一照他的金银两把钩子,魔王力气减去了两成;去照那黑

白豆子,他的力气又减去两成,身子开始颤抖了;再一照那黑雄鸟血、黑雌鸟乳汁、黑雏鸟泪水,他的铁锅、绿针茅、青草全起了火,力气又减了五成。魔王力尽技穷又要外逃时,格斯尔一个箭步上去,揪住了他。二人扭打在一起,时而,魔王占上风,时而,格斯尔高出一招,拼得难解难分,不分胜负。格斯尔趁他喘气的空隙,一放出金银两只蛐蛐,他那金和石两个匣子当即破碎,魔王力气又减去一成。这时,在一旁观看的赛呼烈·高娃喊道:

"他的气力全光了,快放火!"

格斯尔照着她的话,一放火,魔王筋睫渐渐萎缩,一下子跌倒了。格斯尔上去骑在他身上,放射出千拖长的光芒。哲萨看见后,向伙伴们道:

"瞧那一条一条光线,这是格斯尔即将镇伏妖魔的预兆。"

格斯尔压住他,厉声道:

"你有多少兵马,几个灵魂? 如实招来!"

"我没有多少人马,没有灵魂,更没有可信的使臣。"

"我明白你的计谋了。"说罢,格斯尔收起金银索和九齿铁套子,放开了他。魔王为了活命又逃去了。哲萨见了,拿箭来迎接。魔王吃不消,扭头就往回跑。那当儿,赛呼烈·高娃拉出三袋子酸马奶和三皮桶奶酪倒在那洞口周围,逃回来的魔王,这下可变不成司晨鸟了。他强支撑着又来与格斯尔厮斗之际,赛呼烈·高娃取来他的黄皮书投入火中,赛汗其妃子把他的碱盐拿来也扔进火里。那盐碱喊喊查查地燃着后,魔王当即倒了下去。格斯尔上去骑在他身子上。哲萨他们赶来要用火箭射他,圣主劝阻道:

"你们一射,他的皮就破了。拿这皮子咱们的三十勇士每人可做一件甲哩。"

这时,楚通诺彦赶来也要射他。格斯尔去制止,他却显出一副威风的模样:

"他是我们的敌人! 不杀,留他干什么?"

"别在这儿逞能啦,你干了些啥,我全明白。"

圣主斥责完楚通,按照赛呼烈·高娃说的,一念:"咕噜、咕噜,索

格!"的咒语,从魔王耳朵爬出两只金蜘蛛,鼻孔里钻出两只金蛇儿;又一念:"咕儒、拉嘎沙!"从他腋窝跑出两只耗子;再一念:"达力,达力!"他那众多灵魂一起掉进了地狱,至此,这个作恶多端的魔王才彻底咽了气。

圣主格斯尔得知多数勇士阵亡的事儿,万分哀痛。他带领伙伴们赶到阵地,第一个便是乞尔金老伯的尸体,大家见后都忍不住号啕大哭。三位仙姊听了,变做布谷鸟飞来,交给格斯尔一壶甘露:

"把这点在勇士尸体上,他们就会原尸复阳的。"交待罢,飞了回去。

格斯尔可汗找见勇士的尸体,依次点了这甘露,乞尔金为首的阵亡勇士,渐渐恢复起元气,个个说着:"怎么睡了这半天!"都起来了。乞尔金老伯向圣主说知楚通如何说谎,勇士又如何战死的经过。圣主听了为他们每人赏了一件珍珠衫后,拔出九拖长纯钢剑欲斩楚通。哲萨上去制止格斯尔,斥责楚通:

"以后,你别再干作孽的事儿了!"

楚通诺彦见圣主没杀他,跪下去厚着脸皮继续撒谎:

"圣主,你冤枉了我。这次,我抱着以朽木老身,杀他个几百个敌人,为侄儿你尽心尽力的心情冲进了敌阵。谁承想,一去就与魔王相遇。左右瞧去,不见勇士来帮我;一摸箭壶,箭也射光了;朝前望去,黑压压一片又赶来好些敌兵。到了这个地步,你说我能逃吗!我豁出老命,就去跟他们厮杀,不知啥时,魔王逃走了,那些敌兵也退下去。杀完他正往回走时,迎面又有一群敌人赶来,我接着跟这伙敌军厮杀了一气,阻截住他们才回来的呀。"

"真不要脸,还在说谎!"乞尔金拿鞭子狠抽了顿,又给他抹了一脸锅灰。

哲萨上去:

"叔父,别胡诌了,自重点吧!"斥责罢,要回了神翅青骏马。

众人正在惩罚楚通之际,突然有两只鹰飞来落在附近一棵松树上。巴穆·索岳尔扎一见便知是咋回事,他倒出袋子里两位勇士的尸体,点了点那甘露,格日台·琴斯和庆·毕希勒吐二人魂归复阳,起身上前,给圣主叩头。

格斯尔可汗除掉了妖魔鬼怪，救活了阵亡勇士，使四处百姓又过起了安居乐业的日子。在庆贺的酒宴上，人们吃着，喝着，个个欢欣鼓舞，赞颂着圣主的大功大德。

这天，天气十分炎热，赛呼烈·高娃忍不住跑到河里去洗澡。一会儿格斯尔也跟了去。她见格斯尔走来，急忙爬上岸一下子扑进格斯尔怀里。

第十一章
处决魔鬼贡布

夫人理政

圣主格斯尔占有了拉格沙嘎可汗的牲畜和金银财宝,娶得赛呼烈·高娃为妃子,二人亲亲昵昵地过了一段甜美的日子。一天,哲萨·希格尔进来道:

"圣主,咱们该回去了。夫人、孩子们还在等我们呢!"

"对,这里没啥事了,就准备起程吧。"

兄弟二人正谈论回故乡的事儿。赛呼烈·高娃妃子怕格斯尔离她而去,在一个金杯子里盛满和着迷昏药的酒,端进来奉献给圣主。格斯尔这一喝不要紧,将所有的事儿忘个精光。

那时,在雪山那边天际这边,有一条乌兰嘎那的河,河的源头住着一位十八头的魔王,名字叫魔鬼贡布。他头上长有四十八个犄角,有一匹山丘般大的花白马。这位魔王财资万贯,金银珠宝应有尽有;五畜俱全,布满山野,就是缺一个像样的压寨夫人。魔鬼贡布成天为此愁眉苦脸。一天,他召集来大小头领道:

"我想娶个夫人,不知哪个可汗的妃子长得漂亮,你们去给我抢一个来!"

塔西希、达西希二位神将遵从大王的旨意，选出几十万精兵，前去侵袭了格斯尔的十三个部落，把他们掳为自己的属民。两将回来向贡布可汗禀报这事儿后，接着说：

"在这十三个部落里找遍了，也没能找出配得上大王的夫人。听说，格斯尔本部有一个叫茹格穆·高娃的妃子，容貌非凡，长相出众，要不趁格斯尔不在就抢她去？"

贡布可汗一听，十分高兴，决定兴师进犯格斯尔可汗的灵格部。

为贡布可汗占领了的那十三个部落的首领大林台·斯琴和大林台·乌仁二人得知后，派出两名使臣前往灵格部禀报这事儿。使臣日夜兼行，将二十一年的里程仅在三个月就走完，一天赶到茹格穆·高娃宫中奏道：

"我们是格斯尔可汗属地——那十三个部落首领派来的使臣。早先，当我们从太平可汗处采办许多珠宝货物，路经恩和勒古岗时，格斯尔可汗放出无数毒蜂和虻虫收服了我们。随后，圣主让我们在那里建造了一座供奉观音菩萨的宫殿。他见这座殿建得富丽堂皇十分满意，便把我们这伙人放了回去。从此，我们就成了圣主的属民。夏天在水草肥美的索格勒斯台草原游牧，冬天在风雪适宜的希拉嘎那草滩放牧，平素沿着汗达盖河打猎，在查查拉那河岸习武。我们的故乡别说有多优美啦！可万万没料到，这魔鬼贡布派兵来抢走了我的财产和牲畜，把我们变成了他的属民。这回又听说，他们要来抢你茹格穆·高娃。我们虽然被他们征服了，可心还是向往着圣主格斯尔。"

茹格穆·高娃听了两位使臣的禀报，极为恐慌不安。为感激他们，她取出两件袍子赏给了二人。使者叩头谢恩后，茹格穆·高娃道：

"眼下，格斯尔带领三十勇士去讨伐拉格沙嘎魔王还没有回来。他一回来，就转告你们首领意思，你们俩先回去吧。"

茹格穆·高娃打发走使臣，立刻派人叫来阿尔伦·高娃、阿珠·莫日根等妃子和葛根·珠拉、阿尔泰·斯琴，将使臣前来报信的事儿一一说知给他们。阿珠·莫日根道：

"常言说，庙破了神仙去修复，丈夫不在妻子来理政。我看，茹格

穆·高娃你就当起这个家吧。"

阿尔伦·高娃也说：

"圣主格斯尔不在，身为他妻子的我们岂能坐视不管！今生今世谁无死，怕什么！以我之见，尽快派去葛根·珠拉和阿尔泰·斯琴，叫回圣主和三十勇士，再做道理。"

可是茹格穆·高娃却很不高兴：

"人啊，肉吃多了嘴馋，美女见多了好色。不知他又被哪个女人迷住了呢。我看，派人叫他也不会回来。"

"茹格穆·高娃，可别这么说。良马要忠于主人，妻子须忠于丈夫。还是打发葛根·珠拉他们去叫吧！"却玛森·高娃劝解。

妃子们经商议，决定派两名小将去叫格斯尔。

却说，格斯可汗喝了迷昏药，把大事小事忘得一光二净。哲萨去劝了几次，他依然执迷不悟。无奈，将赛音·舍格勒台之子格日勒太·台吉和莱楚布之子萨仁·额尔敦留在格斯尔身边，哲萨领上三十勇士起程了。走至半路，与葛根·珠拉他们相遇。哲萨得知故乡将要遭到敌人的侵袭，火速赶回来，向茹格穆·高娃道：

"我们在阿拉坦陶卜其、孟根陶卜其河镇伏了魔王，获得好些金银财宝。圣主到天堂向玉帝献战利品去了。"

"你在骗我，他没去天堂。说不定吃了迷昏糕之类东西，跟哪个女人鬼混哩。这些不去说它啦，商量商量看怎么去对付来犯之敌吧。以我之见，几个夫人先抽签，抽上哪个勇士，那位就去迎击敌人。"

众人都赞同这主意，哲萨把所在勇士的签放入那金匣子里。

茹格穆·高娃首先抽了签，抽上了楚通儿子阿勒塔；接着阿尔伦·高娃一抽，中了巴穆·索岳尔扎。

两将披挂整齐，直奔敌军而去。走了八个月，登上雪山之巅，见有八百名敌兵在沟里歇着。阿勒塔向索岳尔扎说：

"你在这儿等着。我先去厮杀，抵不过了，你再去帮我。"说罢，狠抽几鞭战马，冲进敌营，一口气射死两百人。随后拿格日台·斯琴给的青钢剑斩了三百人，又拿猛虎将给的火箭射死两百人。剩下的敌军被杀得晕头转向,四处逃窜。巴穆·索岳尔扎接着驰去,将他们斩得一个也没留。

两将赶回来,跳下战马向正在瞭望塔上等待他们的茹格穆·高娃等人一一请安,献上战利品,回禀了歼灭那股敌军的经过。众人听了,十分高兴。茹格穆·高娃将战利品分发给大伙后,又拿出两件袍子赏给了两位勇士。这时,楚通诺彦上前道:

"魔鬼贡布的前哨部队有八百人,我儿子一人就杀了七百。箭射完了,剩下的一百才由索岳尔扎斩死的。夫人,你应该封他个勇士称号才对。你不封,我就自己来。"

茹格穆·高娃听了这话,十分厌烦,可强压火气道:

"我是个女流,不懂事体。叔父,你看着办吧。"

"那好,我来给他封吧。他与格斯尔是同辈,就封他为葛根·莫日根吧。"楚通为儿子封完勇士称号要溜走。

哲萨截住:

"叔父,请等一下。我问你,你儿子叫阿勒塔,难道这名字不尊贵吗?像你我这样的人封什么称号算数吗!看来,你这个人心还不小哩。"

巴穆·索岳尔扎也冲着楚通道:

"凭什么只封自己儿子,不封我?"他笑了笑,接着说:"其实呀,你封的称号好比那秋日的霜,一见阳光就化啦,不顶用。"

楚通听了羞得无地自容,悄悄溜走了。

接着,茹格穆·高娃、阿珠·莫日根、阿尔伦·高娃、却玛苏·高娃每人摇了一回签,中了希岱·巴特尔、阿尔泰·巴特尔、达赖诺尔、阿尔泰·斯琴四勇士。

四人领命出发,二十一年里程三个月就赶完,随后旋风般登上阿拉坦山之巅,见有一个妖魔赶来。阿尔泰·巴特尔和达赖诺尔二人问:

"咱们拿啥办法收拾这家伙?"

希岱·巴特尔向阿尔泰·斯琴和达赖诺尔道:

"我看,你们俩先往一边走,设法将妖魔引去。趁这工夫,我们俩挖个坑等他上圈套。"

　　"就这么办。"阿尔泰·斯琴变个三岁小孩,达赖诺尔变个美丽的少妇,把枪变做一把伞张起来,背着由坐骑变来的锅灶,两人向西走去。这当儿,希岱·巴特尔和阿尔泰·巴特尔二人挖个深坑,上面盖了层浮土,竖起一棵能遮住阳光的大树,树的附近又栽了些芙蓉,搬来足有万斤重的一个大石头,变做一块彩云游动,花蝶纷飞的地毯,铺在树和芙蓉之间等候。

　　且说,那天烈日炎炎,别说人了,就是野兽也热得蹲一处只好伸着舌头喘气。那妖魔见一个两只辫子垂到膝盖,容貌出群的女人,打一把伞,领上小孩走来,当下垂涎三尺,不顾天热走到她跟前,问道:

　　"夫人,你是哪里人,到这儿有何干相?"

　　"我是天堂贵希可汗的女儿。十五那天晚上,天堂的仙女们去观看小丑戏,我也随着走了。后来到各处去玩,我带着孩子转来转去,不知怎么竟跑到这里了。敢问这位可汗,你是哪里人?"

　　"叫孩子背那么多东西干啥?"

　　"那是我们俩吃的和造饭锅灶。遇上施主好说,碰不上自己好弄饭吃呀。"

　　"嫁给我吧,我来养活你俩。"

　　"你没老婆,我无丈夫,咱们倒可以选个吉日结成好姻缘哩。"

　　妖魔听了乐得更是合不拢嘴。接着,他提出这里太阳晒得不行,到那棵树下纳凉唠嗑。少妇依言,随他来那棵树旁。树下坐着一个人,说啥也不让他们乘凉。妖魔气冲冲地欲斩那人,少妇劝住道:

　　"哪有可汗自己杀人的,你就发发慈悲饶了他吧!"

　　妖魔不斩了,给了几块碎银子,叫他滚开。那人见钱眼开,拿上银子让出地方自己走了。妖魔和少妇坐在地毯上歇凉,过了一阵,女子叫孩子放下东西到别处玩一阵儿。孩子装出十分听话的模样,走出几箭地后在那儿扬起了有如千把个人马赶来的尘埃。小孩一走,这妖魔抱住少女就吻个没完。女人推开他,指着前方:

　　"你看,那是啥?"

　　妖魔顺着指处一望,好家伙,有千把个人马奔来。他急忙起身,欲吞掉他们,可一赶去,那些人马立刻袅袅升向空中。妖魔站在那儿气呼呼地骂道:"这一定是格斯尔勇士的化身来骚扰!"他无奈往回走,可原坐处着了火,他与那女人扑灭了火。他越想越觉着不对劲,心中生起疑团,从怀里掏出小匣子一看,脸色马上变了,大叫:"不好,上了坏人的当!"

"你别瞎说了,哪有坏人?人家想你呢,快过来呀!"

妖魔听了少妇这般腔调,浑身麻酥酥的,急忙把小匣子揣进怀里,就向她扑去,女人一闪,妖魔当即掉进坑里了。这时,希岱·巴特尔赶来把地毯又复原为万斤重的大石头,压住坑口。妖魔像猛虎般啸叫着来顶这石头。阿尔泰·斯琴拿火箭把石头射开一个口子,妖魔见了纵身一钻,被达赖诺尔射穿了腋窝,匣子里的灵魂也丧了命,他再也顶不起那石头了。接着,阿尔泰·巴特尔、希岱·巴特尔二人相继射了他两只眼,妖魔马上倒了下去,挣扎着骂道:

"你们不是好汉,是孬种!为啥装成女人来欺骗人?听说格斯尔的阿尔泰·斯琴和达赖诺尔会变做女人,你们肯定是那两个坏蛋!"

"不管你怎么骂,你的死期已到!"对准他的咽喉又是一箭,结果了他的性命。

四勇士除掉妖魔,回来见众人。茹格穆·高娃高兴之余,拿出憧憬未来的"如意",每人赏给一只。

下一次,该轮谁出阵,茹格穆·高娃和阿尔伦·高娃各抽一签,中了赛音·舍格勒台与楚通诺彦二人。

两将领旨,走了九个月到了雪山,登上山顶望去,山坡上有一条牛在吃草。楚通道:

"我去宰了它!"说罢,驱马驰去,拉弓射去,箭头在牛身上只留下个血痕便落地了。在那一瞬间,牛又变成个妖魔奔来欲吞楚通。楚通诺彦吓出一身冷汗,当即跑到赛音·舍格勒台跟前上气不接下气地叫道:

"那不是牛,是妖魔。咱们快逃走吧!"

"身为男子汉见敌就逃,不怕别人笑话!咱们还是齐心协力杀了他才是。"赛音·舍格勒台加鞭驰去。

妖魔迎上去,厉声问:

"来将姓甚名谁,地住何方,身属哪个可汗,为何而来？如实招来!"

"我不会说谎。实话告诉你吧,是圣主格斯尔的勇士,叫赛音·舍格勒台。父亲叫额尔敦,母亲叫额吉林·呼力格图,哥哥叫窝格台·斯琴,家住黄河岸,专程来杀你!"说完,他拉满弓射去,箭穿透了妖魔的胸部,其身子左右晃了晃,立刻又稳住了。他抖了抖身子,便张着大嘴,吐着冷气奔来,一口吞掉了对方后,又去追楚通。楚通见情况不妙,早就藏到一棵大树背后。妖魔找了一会儿,没找见,便蹲在一处频频咂嘴,想消化掉他。可赛音·舍格勒台在其腹中拳打脚踢:

"你小子不吐出来,我拿折刀割开你的喉咙也要出去的!"

妖魔见消化不了,还在肚子里踢打得不行,就把他吐了出来。赛音·舍格勒台出来后,改变了策略,骗他说:

"适才惹了你,请原谅。我想投靠你们贡布可汗,为他效犬马之劳。眼下,格斯尔正在家,他的计谋和法力,我了如指掌。让我做你的马夫去抓他怎么样？还有,父亲有金银两条索,到时也送给你,以报答救命之恩。"

妖魔听了这番话,非常高兴:

"你真能帮我捉拿格斯尔？"

"那还有假!"

"那好,咱们走吧!"

路上,赛音·舍格勒台精心侍候,取得了对方的信任,骗到装有妖魔灵魂的那匣子。又赶了阵儿路,赛音·舍格勒台拿着小匣子,悄悄一念:"咕噜、咕噜,索格!"的咒语,妖魔开始打战;再一念,妖魔喘不过气来。知道上当了,上去揪住对方就厮打起来。但由于灵魂在对方手里,身上又有箭伤,不一会儿被赛音·舍格勒台摔倒斩死了。

赛音·舍格勒台收拾了妖魔,往回赶路时,一眼瞭见楚通的花白马站在路旁一棵树下。他驰去一看,主人正睡觉哩。他立刻变出那妖魔的模样,一手拿着一个套杆,一手提着一桶水,大喊大叫着奔向楚通。楚通惊醒过来一瞅,妖魔来了,他扔下器械和马匹撒腿就逃。对方喊着:"你小子哪里逃!"便追了上去,一下子套住了他。楚通:"哎哟,哎哟! 你就

饶了我吧!"嘴里哀求,身子在挣扎。

"不行,非吞掉你不可!"赛音·舍格勒台紧紧拉住套马杆子不放。

楚通见挣脱不了,跪下去,磕头如捣蒜,哭丧着脸继续哀求:

"我是格斯尔的叔父楚通,你饶我一命吧! 眼下,格斯尔不在家,我想法子把他妃子茹格穆·高娃给你弄到手。"

瞧他那下贱相,赛音·舍格勒台哈哈大笑着又变回了原身。楚通埋怨道:

"原来是你小子!"

"刚才,你为啥逃啦?"

"你听我说嘛,当你与那妖魔厮杀之际,我为助一臂之力,从他背后赶去了。可没等到跟前,他吞掉了你。当时想,我去跟他拼也没用,不如趁早报知格斯尔来救你。便驾着祥云,飞出一千伯勒的路程,大声喊叫:'赛音·舍格勒台让妖魔吞进了,快来人救他呀!'可有谁听我的呢! 无奈,抱着与那厮决一雌雄的决心又返回来。你说,自古到今,谁人不死,比我有名气的都没长生不老,何况我这种人! 这么一思谋不知哪里来的那股劲儿,一箭就射穿了那厮的腰部。这下可气坏了他,扭头就向我扑来。你说那阵子被他吞掉了,谁去向夫人们、哲萨三十勇士他们报知你的事儿? 为侄儿格斯尔的大业,只好往回赶。走至半路,头痛得不行,坐在一棵树下歇了歇,不知不觉竟给睡着了。"

"叔父,这些谎话谁教给你的,是玉帝还是龙王?"说罢,赛音·舍格勒台提起那桶水朝他头泼去。楚通失声叫苦:

"哎哟,哎哟! 你小子行行好吧!"

"还撒谎不?"

"再也不敢啦,就饶我这一次吧!"

"记住,打今以后,要改恶从善,不许你瞎说八道。再要无中生有,欺骗大伙,妃子们不会轻饶你的。一个人只想自己,谁还尊重你!"

"孩子,你说得对,我听你的就是了。"

"叔父,改了就好。回去我不会向夫人们说你这些见不得人的事儿,你就放心吧!"

两人赶回来,向茹格穆·高娃诸人禀报了斩妖的事儿。妃子们听了夸了一气,拿出珍珠衫、如意等物赏给了他们。

楚通带上赏品回家时,途中和哲萨相遇。他问:

"叔父,除了那妖魔,你们见到别的敌人没有?"

"就那么一个妖怪就够受的了。侄儿,你不知道。我们俩碰上那妖,我首当其冲,一箭射穿了那厮的腰部。可那家伙厉害得很,身子中了箭,又扑过来,跟我扭在一处。赛音·舍格勒台一见吓得撇下我就逃了,你说气人气不人! 一个人也得拼呀,我使出浑身力气,就与他厮打,趁他滑倒,我一个箭步上去斩死了他。"

哲萨听了十分生气,马上派人叫来赛音·舍格勒台,斥责道:

"叔父跟妖魔拼搏时,你凭什么逃跑啦?"

赛音·舍格勒台听了这话,没去理哲萨,而冲着楚通:

"你这人真不要脸,还在凭口说白话!"说罢拔出剑就要斩他。楚通吓破了胆,一个劲地往后躲。赛音·舍格勒台又斥责:

"我与妖魔拼打、厮杀,而后被吞掉时,是谁见死不救? 又是谁逃到那棵树下睡了大觉? 路上你表示要痛改前非,回来我没向大伙揭露你那丢人的事儿。可你倒好,恶人先告状,又来编排我的不是了!"

楚通羞得不敢答话,扭头要溜走。苏米尔之子格日太·斯琴拦住他:

"俗话说,正直人为百姓造福,邪恶者贪财图利。你这人真不知羞耻,除了能欺骗妃子们,还有啥本事? 快把珍珠衫和如意交出来!"

"我不如你。你像是那为春雨滋润的绿草,又像是让秋霜打落的嫩叶。"说罢,楚通交出珍珠衫和如意。

"你不论拿我同啥打比方,我也比你强。我是春雨后的绿草也罢,挨了秋霜的嫩叶也罢,也明白怎么去做人。老人们讲,不认钢铁的锉,不识主人的狗,最可恨。我看你跟那锉和狗没有两样。"

楚通被奚落得无地自容,溜走了。

巧施妙计

却说，魔鬼贡布可汗，自从赛音·舍格勒台斩死那妖魔后，就头痛起来。一日，他传来大林台·斯琴问道：

"不知为啥头这么痛，是不是格斯尔来了，你查查哨去！"

"可汗，你听我讲，从前有只黄羊，阳春三月开始吃青，到了金色初秋抓了油膘。见到鸿雁由蒙古草原回故乡过冬，它也去追随鸿雁飞奔而弄断了腿。有一位可汗，一到夜间便梦见阎罗前来斩他，吓得不敢睡觉，整夜整夜的出虚汗。一天大早，可汗叫来一位卜卦者打卦，这个卜卦人不知就里，却说这只是患了一场小瘟疫，别去怕它。我想他卜对了，格斯尔也像阎王一样，是不会来的。大王，你就放心吧。"

"那如何治好这头痛病？"

"我倒有法子能治好你的头痛。"大林台·斯琴嘴里念念有词暗暗向圣主格斯尔神灵一祈祷，贡布可汗的病就见好了。魔王极高兴，赏他一些财物，没让去查哨。

那时，圣主格斯尔的几位妃子又抽签一看，轮到格吐勒戈其·陶丽、莱楚布、猛虎将和格日勒台·斯琴出阵击敌。四将遵旨赶去，登上雪山举目四望，啥也没瞭见。哲萨的儿子莱楚布说：

"看来，这里不见有敌人，咱们往前走吧。"

四人没走多远，见一只乌鸦在空中飞翔，一条金鱼在河岸上蹦跳，他们没去理会继续赶路。忽见背后天空布满雾云，扬起尘埃，走来的那条路不见了，金鱼也没了。格日勒台·斯琴觉得不对头：

"咱们不能向前走啦。"

他们调转马头朝回赶去，不一会儿，背后又着起烈火，刮起了旋风。格日勒台·斯琴道：

"看来，朝后走也不行，猛虎将你去守住那条河的源头；格吐勒戈其·陶丽你去提防河水向外溢；莱楚布你去河下游守好；我制止住那云雾和烈火后，变做一只食鱼鸟潜入河水中去看看。"

三个伙伴依言,猛虎将拿着金丝网到河源头等候;莱楚布手持银丝网到河下游守住;格吐勒戈其手握金钩子在岸边把守。原来那条金鱼是贡布可汗哨兵,它想赶去向可汗报知敌人来犯之事没能走成,便躲进水藻丛里窥窃时机。格日勒台·斯琴施展法术止住旋风,驱散云雾,变做食鱼鸟钻进水里来回游了好大一阵儿,也不见那条金鱼。他钻出水面,飞到河源头,向猛虎将道:

"上天而降,下界稀有,身上闪闪发光、有着梅花斑点那条金鱼,不知钻到哪里去了?"

猛虎将明白了他的意思:

"放心吧。老人们常讲,天堂的高僧见了凡间的乞丐,还会大发慈悲布施些甘露和仙丹哩。那条金鱼真的是从上天而降的神鱼,它一定会跃出水面显出神灵的。"

藏在水藻里的金鱼听见二人的对话,没敢上岸,马上顺水游去。到了下游一看又有一张银丝网拦着,转身逆水而上,还左右窥探时机。格日勒台·斯琴发现后,对猛虎将说:

"小心,金鱼来了。"

猛虎将听后,急忙去撒网,不成想迟了。金鱼一跃身子,很敏捷地蹦到岸上。格吐勒戈其见后,立刻赶去拿金钩子去钩,也晚了,金鱼摇身一变,成为一条金蛇爬进了草丛。当格日勒台·斯琴赶到,金蛇已经逃出一百伯勒之远。格日勒台·斯琴又变做一只鹰追去,蛇成为一个人,迎头上来与他厮打。格日勒台·斯琴见三个伙伴赶来助战便说:

"别管我!猛虎将、莱楚布你们快撒开金银丝网,它说不定要变成苍蝇逃走呢!"

不一会儿,那人心虚力衰,斗不过对方,果真变做一只苍蝇嗡嗡地飞来飞去,图谋逃掉,却被二勇士的金银丝网套住丧了命。

金鱼一死,魔王贡布更觉心神慌忽,两眼模糊。他立刻传来塔西希、达西希二位神将,下令:"你们俩带上十一万人马,去查看一下东边的哨所!"贡布可汗一想起格斯尔勇猛异常,变术又多,心里恐慌的不行;可在表面上却装出若无其事的样子,哈哈大笑着继续讲:"其实也没啥大不了的事,你们俩速去速回!"

两个神将出来整顿人马之际,大林台·斯琴进来奏道:

"可汗,派这两个没褪奶毛的人去了顶啥用,还是我去吧。"

"别急嘛,日后这种机会有的是。这次就叫他们去吧。"

"请可汗息怒,有句话不知该不该讲?"

"说说看!"

"我想,当今国泰民安,没啥敌人冒犯我部。咱们这么兴师动众,一来对国家不利;二来也有损于可汗的神威。"

贡布可汗觉得大林台·斯琴说得有理,便制止进兵。

且说,几位夫人见格日勒台·斯琴等四人除掉魔鱼,凯旋,十分欣慰。个个赏了一件珍珠衫,又摇了签。这回安春、白鹰、哲萨、伯通、葛根·珠拉、巴穆·索岳尔扎、阿斯米诺彦、索布台·巴特尔、火红眼、丹太·巴特尔等十勇士中了签。

十勇士日夜兼程,直奔金山而去。他们登上山顶放眼望去,右坡上有一棵树。白鹰道:

"哲萨,我瞧瞧那树去!"

他得到允许,变做一只雄鹰飞去落在那棵树上时,树即刻摇晃了起来。发觉这不是一般的树,飞回来向哲萨道:

"我看,那不是树,说不定是贡布的哨兵呢。离它不远,在一个沟里还坐着四个妖魔。最好是分别去对付他们。"

哲萨说:

"对,树和妖魔离得较近,咱们不能同时跟他较量。葛根·珠拉、阿斯米诺彦、伯通、火红眼跟我去应付那四个妖魔;你们五人去对付那棵树。"

按照吩咐,安春变成嘎尔扎狗,索岳尔扎变成母虎,索布台变成赛音·舍格勒台除掉的那头牛魔,丹太变成格日勒台·斯琴斩死的那条鱼,白鹰变成只雄鹰,五人将武器和马匹装入背袋里朝那棵树走去。嘎尔扎狗先到树下惨叫,母虎奔去要吃它;牛魔、鱼妖、雄鹰相继赶到,拉开母虎救出嘎尔扎狗后,便交谈起来:

"天气真够热的。"

"咱们几个欢宴一番怎么样？"

"我可不敢在这儿久留。据说格斯尔那小子神通广大，变术极高；他那三十勇士也都不好对付。要是他们袭来，咱们可就倒霉了。"

牛魔听了嘎尔扎狗这番话，便道：

"咱们好不容易凑在一起，今天就喝它两盅乐一乐吧。论放哨地方，属我的远，我不急，你们慌什么！"

鱼魔接着道：

"弟兄们，怕什么？敌人来了，咱们的雄鹰会发现的。"

"弟兄们放心地喝、放心地玩吧。我这就去瞧敌人来了没有？"雄鹰说罢，飞至躲在一处等候消息的哲萨他们跟前："那边准备就绪，快去吧！"告知后，它又飞了回来："我去看啦，金鱼放哨的地方坐着四位喇嘛，我看像是天堂来的高僧。"说着落在树上时，树又摇晃起来。牛魔斥责道：

"你也真是，哪儿不能坐！你有生命，人家就没有，快下来吧！"

且不提雄鹰从树上飞下来。哲萨变做一位喇嘛，其余四人装扮成徒弟，将武器变成金字经文，让徒弟们背上，向那棵树走来。嘎尔扎狗迎上去吠吠乱叫不让他们靠近，母虎赶去拦住狗问道：

"喇嘛，你从哪里来？到这儿有何贵干？"

"不瞒你说，我原本是天堂的喇嘛。令尊大人说，凡间生灵在受苦受难，你去拯救拯救。我尊奉老人家的话，就来到了这人世间。"

母虎和嘎尔扎狗回来对牛魔道：

"是位天堂的高僧，很有本事，能预知生灵生死的未来。领着四个徒弟，个个还背着佛经呢。"

牛魔听了把喇嘛请到树下，问这问那。谈了一阵儿，牛魔忽然叫起头痛。喇嘛仔细打量一番后说：

"我看，你这病是由玷污了自己灵魂引起的。"

"按理不应该让你瞧灵魂的，可头痛得不行，有啥办法！"说罢，牛魔将灵魂掏出来递给喇嘛。喇嘛念了三次咒语，牛魔说头不痛了，便跪下

去给对方叩头；喇嘛又从怀里掏出仙丹给他吃，牛魔更是感激涕零，一再膜拜。这期间，树一直在不停地摇晃。

牛魔虽然发现树仍存有疑心，装出若无其事的样子，走去与那四个妖魔相见。四妖问：

"你从哪里来？"

"为提防格斯尔来犯，奉贡布可汗之命，我在雪山上站了十五年哨。今天特来拜见四位。我那里比超你们这儿差远了，连个野兽也没有，想吃点什么，总得跑出老远才能猎获到。"

"见到你高兴极啦,请问,咱们那棵树下坐着竟是何方人士?"

"今天可红火了。咱们的同伙金鱼带来八百个兵卒,还有雄鹰、嘎尔扎狗、母虎他们全来了。瞧他们谈得多热闹! 就是我这人不知趣,竟给生病了。事也凑巧,从天堂又来了领着四个徒弟的一位高僧。他给我瞧了病,为我的灵魂念了咒语,还吃了仙丹,我的头一下子就不痛了。"

四妖听了,个个崇敬不已,便问:

"我们也想给这位高僧叩头膜拜,把他请到这里来合适,还是自己去为好?"

"他是一位有神通的高僧,恐怕不会驾临这里的。"

"那只好我们去了。"

牛魔领上四妖来参见那喇嘛。喇嘛分别为他们摩顶洗礼。那棵树见状,即刻长出青枝绿叶,为他们搭起阴凉。嘎尔扎狗见树不再怀疑了,便向牛魔递了个眼色。牛魔会意,掏出自己灵魂道:

"喇嘛,这是我灵魂,劳你给存放一下怎么样?"

"不嫌弃,就给你们存放吧。"

四妖不知是计,也效仿着牛魔,掏出各自的灵魂一齐央求:

"请喇嘛也为我们存放一下吧!"

喇嘛接过他们灵魂说:

"存放倒可以,你们几个这会儿得围绕这树建一座小木城。"

"建造这么一个小木城有啥。"牛魔领着四妖,不一阵儿功夫,就用木头搭起了个小城。

嘎尔扎狗见一切就绪,便悄悄跑到南面,施展法术变出千把个人马,使他们扬起尘埃奔来后,自己回来对五妖道:

"不好啦,不知哪儿来了那么多兵马?"

当牛魔领上四妖急忙奔出木城时,那些人马已袅袅升到天空。牛魔说:

"他们逃了,这更省事儿。既然咱们出来了,不妨打几个野味,回来大家充充饥,怎么样?"

"好长时期没打猎了,去过过瘾也好。"四妖欣然同意。

213

五妖一走,喇嘛拿斧子就去砍那树。妖树知道上了当,立刻变成许多人来厮斗,喇嘛用火箭去射,这些人受不了,个个向外逃命,可是被木城拦住出不去。喇嘛用手一指点,木城燃烧起来,立刻变做熊熊烈火,烧死了众魔。原来这棵树是最得贡布可汗信赖的哨兵,发现了敌人,报信也最及时。哲萨预知了这些,当然要先来除掉它。

过了会儿,打猎去的五妖回来不见那棵,大为震惊:

"树呢?"

"它说发现了敌人,给贡布可汗报信去了。"喇嘛回答。

"它也真是,不弄清真伪就去报信。"妖魔们埋怨。

那当儿,嘎尔扎狗出去又施展法术变出许多人马,扬起尘埃奔来。雄鹰飞来报告:

"不好了,又来了好些兵马!"

五妖应声赶出去一看,兵马不见了,那位喇嘛摇身一变,复原为哲萨·希格尔迎了上来。这时,一个妖魔大叫:

"我们上当了,那家伙不是喇嘛,是格斯尔的勇士,快斩死那厮!"

雄魔也来拿箭射五妖。牛魔道:

"看那箭射得多凶,咱们逃吧!"

"不能逃,一齐上去与他们分个高低!"四妖一拥而上,来吞哲萨。索布台立刻变回原身,也从一旁帮着白鹰拿火箭射四妖。四妖吃不消,扭头想逃走,可是被哲萨为首的十勇士团团围住,怎么也冲不出去。其中一个妖魔喊:

"与其让他们射死,还不如一个对一个地跟他们去厮斗!"

"行!"其余三人答应后,他们朝四个方向奔去。哲萨明白了他们的用意,从金匣子拿出四妖的灵魂念了"咕噜、咕噜、索格!"的咒语,妖魔开始头晕脑转,心神慌忽,无法打斗了。趁此机会,伯通立刻射出两箭,一箭射断一个妖魔的右腿,一箭穿透一个妖魔的胸部,二妖各放了三声屁,相继倒了下去。哲萨再一念那咒语,另外两个妖又各自拉了三回稀也跌倒了。格吐勒戈其·陶丽上去压住一个妖就砍。哲萨喊:

"它们身子骨都很结实,不能力拼,要找到他们治命处下刀!"

阿斯米诺彦用不卷刃的剑去砍头,安春拿火箭来射身子,都没奈何了他们。哲萨站在旁边念起:"毫如、毫如、索格,滚回魔境! 希里、希里、索格,掉进地狱!"的咒语,四妖躺在地上大喘着气纷纷哀求饶命。哲萨熟知妖魔习性,上去夺来他们的金印,各敲了三下,接着又一念:"咕噜、咕噜、索格!"三个妖魔哭叫着:"这下完了!"相继咽了气。剩下的那一个大喊一声:"他们都死了,我一人活着有啥意思!"便跳了起来,上去就与哲萨扭在一处。其他勇士见后,一起拥上去,有的拳打,有的脚踢,有的拿剑砍,有的用箭射。这妖见抵不过众人,撒腿就逃。哲萨一箭射穿其腰部,他放了一声屁跌倒了。火红眼一个箭步上去压住了他,哲萨扭弯那枚金印又往回一掰,这妖才断了气。

魔鬼贡布自从那妖树被毁,四魔丧了命,浑身痛得更厉害了。他传来大林台·斯琴:

"看来,有坏人来杀我的兵卒。快去请来卜卦吧!"

大林台·斯琴见魔王躺在卧榻上不住地呻吟,心里暗暗高兴,可在面容上假装若无其事的模样:

"我看,大王有些过虑了。俗话说,珍珠磨损了照样闪光,财宝用光了主人健在。就说他们死了,大王你不是好好的吗! 身为可汗,没见敌人就软成一团,真的来了敌人怎么去对付呀? 与其叫卜卦人,不如让我去打探呢。"

"那就去一趟吧!"

"带多少人?"

"有一千人马就够啦!"

再说,哲萨等正欲起程回去时,望见一队人马赶来。大林台·斯琴打老远就认出了他们。心想:"就这么去相见,这些兵卒回去一定要说知魔鬼贡布;杀了他们再去吧,又怕塔西希、达西希二人觉察出来。"他思谋了阵儿,便向军士们道:

"不知怎么回事儿,忽然头痛得不行了。我得在这儿养一养,你们到附近打猎吧!"

兵卒一听狩猎个个雀跃起来,马上向四处散去。大林台·斯琴等他

们走远,疾速奔来,向哲萨诸位诉说了自己如何与格斯尔相识,又如何归顺于圣主的经过。大家听了,十分高兴。哲萨问:

"你是自己人,有话不妨直说。贡布有多少人马,都有些啥本事?"

"他本事不大,人马倒不少。手下虽有塔西希、达西希两个勇士,较量起来,恐怕还不是我的对手。可这人诡计多,疑心大。以我之见,派一名夫人打入内宫,设法打探出端底,再去制伏他。"

"你带来了多少人马?"哲萨问。

"只有千把个人。刚才,支出他们去打猎了,我才来拜见诸位的。这阵他们快回来了。"

"那就杀了他们!"

"哲萨,杀这一千兵卒倒没啥,可回去就不好交待了。塔西希、达西希二人本来跟我争斗得不行,我只身一人回去,他们也会耻笑的。将他们如数带同去,对我继续待在那里是有益处的。"

哲萨听了,觉得有理,赏了一把青钢剑和一件珍珠衫,打发走了他。大林台·斯琴返回原处,收罗回兵卒赶回来,向贡布可汗禀报:

"所有的岗哨都查看了,哨兵们健在,也没发现什么敌情。"

可汗听后,十分喜悦,还赏给他些如意、珍珠等宝物。

哲萨诸人高高兴兴返回故乡,向妃子们报知了斩魔除妖的事儿。以茹格穆·高娃为首的夫人们在欣慰之余,又摇签一看,中了猛虎将之子庆·毕希勒吐、阿斯米诺彦之子那钦·双和尔、苏米尔、宝胡芦勇士和阿日贡等人。

五勇士赶去,先除掉了魔鬼贡布放哨的三百条嘎尔扎狗;继而又与后赶来的阿安达勇士合力,烧死贡布可汗的姑妈,回来报功,妃子们按照先例奖赏了他们。

茹格穆·高娃对大家说:

"勇士们全去过了,下一回谁们前往为好?"

阿珠·莫日根起身道:

"本夫人愿意前往。"

哲萨接着也说:

"大林台·斯琴也献计说,去一位夫人为宜。"

茹格穆·高娃道:

"阿珠·莫日根本人愿意去嘛,这更好。不过,哲萨兄的夫人希姆苏·高娃和苏米尔的夫人荣哈达丽·高娃二人得作为她左右臂膀一同前往为好。"

阿珠·莫日根挂着一根白拐杖,向天堂诸神祈祷,说道:

"本夫人担忧魔鬼夺去神圣的故土,这回舍身前往。眼见格斯尔变了心,忘去生他养他的故乡,为多情的女色所迷惑,弃掉光明误入歧途,作为他妻子岂能坐视而不顾!古时的贤者志士大都为百姓捐躯,为国家献身,一心想着宏图大事;我虽属女辈,看到大好山河即将遭到敌人蹂躏,要去与敌人决一胜负,战死于沙场也在所不惜!请神灵们保佑吧!"

阿安达勇士为夫人的这番话所感动,起身道:

"我愿同去,保驾夫人。"

茹格穆·高娃同意了他的请求,阿珠·莫日根将阿安达装入一个贝壳形的荷包里,领上希姆苏·高娃、荣哈达丽·高娃起程。她们骗过魔鬼贡布用来挟死人的两座红峰,巧渡那泡沫飞溅的海子,来到一座有百八十个兵卒把守的铁城跟前。荣哈达丽道:

"我去收拾这些哨兵。"

"要见机行事,别上他们的当!"阿珠嘱咐。

荣哈达丽·高娃头上插满莲花,上面放一只鹦鹉,手握一支金光闪闪的千拖长棒子径直走进士兵之中。他们见夫人如此美丽和这般装束,个个赞叹不已。有的说:

"咱们可汗不是正愁着娶不上一位漂亮夫人吗,我看她一定能般配得上。"

荣哈达丽道:

"你们看错人了,我不是什么高贵的夫人,是沙格台可汗的一个女奴。有的人见一棵四季常青的松树,常常去夸它,可在它的周围长出好多松树后,又不觉得它美丽了;还有的人见了水里芙蓉赞个没完,而它四周绽开出许多别的花后,又不说它艳丽了。古时候,一位有魔法男子,以

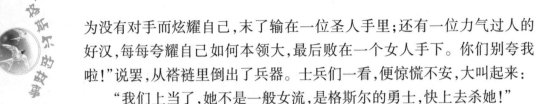

为没有对手而炫耀自己,末了输在一位圣人手里;还有一位力气过人的好汉,每每夸耀自己如何本领大,最后败在一个女人手下。你们别夸我啦!"说罢,从褡裢里倒出了兵器。士兵们一看,便惊慌不安,大叫起来:

"我们上当了,她不是一般女流,是格斯尔的勇士,快上去杀她!"

兵卒们一窝蜂似地拥上去,荣哈达丽用箭来射,拿千拖棒子横扫,一阵儿工夫杀光了这些人。阿珠赶来毁掉那座铁城,带上伙伴奔到了贡布可汗的城池旁。阿珠从荷包里取出阿安达勇士问:

"魔王姑妈是啥模样?"

他将那母妖的长相、装扮、性格和本事说给后,又钻入荷包里。阿珠摇身一变,成为魔王的姑妈,把希姆苏和荣哈达丽变为两个侍女。只见那阿珠脸蛋圆鼓鼓、毛发白苍苍、撅着下巴颏、垂下眉毛、双手拄着拐杖,一步一步蹭到城门下。守门兵卒问:

"老人家,是哪里人,来本地有何贵干?"

"我是你们可汗的姑妈。这些日子患了病,临死之前想看一看侄儿。听说贡布也得了瘟疫,不知好了没有? 向他通报一下,就说我来啦。"

"老人家,请你稍微等一等,我们这就去通报。"两个卒子前去报知可汗。

贡布可汗听了,深觉奇怪:"没有这么个姑妈呀。"沉思了一阵儿,忽然又想起了什么:"对啦,东北方住着一位姑妈,莫不是她来了? 带进来,让我瞧瞧。"

"你虽是个可汗,可她是你姑妈呀,还是亲自去迎接为好。"兵卒子说。

"你别管这事了,快去带进来好啦!"

老人随着那两兵卒,弓着身子走进来,用手遮住阳光,巡视着问:

"我那侄儿在哪里?"

"姑妈,侄儿在这儿。"贡布起身握住老人的双手,扶上台阶,铺了块黄缎小垫子,让她坐下后,问道:

"跟姑妈来的这两位女子是何人?"

"是我的侍女。年纪大了,手脚不灵便了,没她二人,我也到不了你这儿。"

"姑妈这次来是看我,还是有别事儿?"

"这把年纪的人还能有啥!听说你得了瘟疫,不放心,就来了。"

"身上不舒服两三个月啦,一直不见好。"

"前些日子,姑妈也病了一场。请来一位活佛喇嘛瞧了瞧,他说是灵魂被玷污了。接着他给念了几句咒语,我的病就好啦。兴许你的灵魂也叫玷污了呢,拿出让我瞧瞧。"

"我的灵魂很圣洁,不必看了。"

"不叫看就算啦,日后病情加重了可别怪我。那我就回去了。"老人生气了。

"姑妈,来一趟不容易,到珠宝库去看看,见稀罕的,带些回去吧。"

"看来,你压根没把我放在眼里。先是不去迎接,进来后不让瞧灵魂,这会儿又用珠宝来哄骗我。白走了这么一趟,真不如死了好。"说罢,老婆子滚在地上乱撞头。

贡布急忙下去,扶起她:

"姑妈,有啥话尽管说嘛,何苦生这么大的气?"

"孩子呀,这次来是给瞧瞧灵魂,让你早日康复。你哪懂得姑妈的心意!"

"姑妈,别生气啦,给你瞧就是了。"说着取出灵魂递给了她。

老婆子翻来覆去仔细打量了一番问:

"你这灵魂都有些啥咒语,怎么保存,有几个化身?"

贡布照实说知了她。老婆子假装出极为关切的样子:

"孩子呀,见了你这灵魂很好就放心了。听说格斯尔那家伙神通广大,要好生保存。我该回去了。"说罢,将灵魂交给了贡布,便起身了。

"放心吧,格斯尔奈何不了我的。"贡布送出了老婆子。

"你回去吧,当心敌人的袭击。"老人再三安慰。

临分手,魔王又唤来两只乌鸦护送她们。走至半路,见一户魔王管辖的人家,老婆子走进屋里坐了一会儿,对乌鸦道:

"你们先回去吧,这家人会送我的。"又拿出些金银赏给了它们。

乌鸦飞回来向可汗禀报：

"我们随着老人到了一家去歇脚,他们说要送老人回去。"

阿珠、希姆苏、荣哈达丽三人离开那家,走了一会儿,现出了原身,赶回故乡。与茹格穆诸人相见,诉说了一气毁掉铁城,欺骗贡布可汗的事儿,欢宴了一番便各自回了家。

呼岱斯琴

在茹格穆·高娃为首的妃子们遣将派兵与魔鬼贡布交战之际,盛慧三姐几次前去劝说格斯尔回国理政,都未能使他省悟过来。这样久而久之,格斯尔苍白头发垂到脚跟,胡须耷拉到双膝,起坐都得由别人来搀扶了。

一天,他由沙仁·额尔敦、格日勒太·台吉扶着登上金子塔来观景,三位仙姊又赶来,从后面升起黑雾,前面弄出白云,使二者相击降下一场夹着雹子的冷雨。格斯尔拣起一块拳头大的雹子吃了后,方才醒悟过来,悔恨自己这二十一年来浸溺于女色,竟忘记了故乡。他立刻唤来神翅枣骝马,披挂整齐,带上二位小勇士正欲起程时,赛呼烈·高娃赶来哭诉：

"嫁给你做你的妻子,这是我本意;只图自己欢乐和幸福,耽误了圣主大业,这是我的过错。请饶恕这一回,带走我吧!"

圣主听后,觉着她说得在理;况且在除掉拉格沙嘎战役中她还献过策出过力呢。思谋了一番,无奈领上赛汗其夫人和赛呼烈·高娃,踏上了归途。家乡的几位夫人从梦中也预知了此事,次日一早,茹格穆·高娃派人唤来赛音·舍格勒台：

"我们几个都做了个好梦,梦见圣主要回来了。你瞧瞧去吧。"便送走了他。

圣主格斯尔走入自己领地,见有人来迎接,便高兴得扬起冲天黄尘奔去。赛音·舍格勒台瞭见后,马上藏到路边一块松林里等候。当圣主赶到跟前,他大喊一声："好一个格斯尔招箭!"便纵马驰上去。格斯尔见了,大惊失色:"这是怎么一回事?"拉住缰绳仔细一瞧,原来是赛音·舍格勒台。二人翻身下马,抱在一起,互诉各自近况,不由得哈哈大笑起来。

圣主格斯尔回到故乡,与夫人和勇士们握手言欢,互诉怀念之情。为庆贺圣主归来,几位夫人大摆宴席,招待了大家。席间,茹格穆·高娃在与赛呼烈·高娃交谈中,得知她是自己堂妹,更为高兴不已。这时,格日勒台·斯琴起身向大家道:

"圣主终于回来了,这是咱们的幸福。可是,不能成天这般享乐而耽误了大事儿。俗话讲,有一只布谷鸟以为香海舒适住着不回来,巢窝被别鸟儿占有了;一位可汗创立了国家,以为天下太平了,成天尽情享乐,让别人夺去了国土。眼下,咱们正与魔鬼贡布交战,未分出胜负。咱们还是商讨下一步如何去对付魔王吧!"

圣主听了这番话,向哲萨道:

"他说得有理。我带上阿珠去征讨魔鬼贡布,明年,你领上勇士们去接迎。到了那里。就闪三次电报信。这时,我处决了魔王就发出五条巨龙的呼啸,未能战胜就扬起彩虹去回知于你们。"吩咐罢,当即领上阿珠出发了。

两人赶到离魔王城不远处,阿珠·莫日根又变为那姑妈,格斯尔变成个八岁小孩,将枣骝马和白翎宝扣箭各变为一名侍女,一行四人走来叫城门,可守门兵卒不理睬。老婆子道:

"你们不记得啦,我是你们贡布可汗的姑妈呀。"

兵卒们忽然想起早先来过的那老婆子,跑进去向可汗报知。贡布可汗急忙起身:"那为啥不带进来?"说着奔了出来,握住姑妈手,领进了宫殿。老婆子坐好后,贡布道:

"好长时间不见,正想姑妈呢。"

"这一向病好些了吧?"

"还是老样子,有时浑身疼得不行。姑妈,这带来的娃娃是谁家的?"

老婆子指着站在下首的一个侍女:

"别提啦。我叫这女子去北沟泉上打一桶水,她到那眼泉上见有一

个汉子，吓得就往回跑。那汉子看她长得有几分姿色，追上去拉住她手，提出和她睡觉。这女子不要脸，竟与他做起了云雨之欢。我知道后，骂了她，打了她，再不让出家门了。谁知肚子渐渐鼓了起来，不久就生出这个娃娃。她给生出来了，就得养呗。今年才八岁，你不看长得还挺结实哩。"

"他叫个啥？"

"因他是侍女的私生子，我就叫他砍子。"

"姑妈，把这娃娃送给我吧。"

"这会儿还真有点舍不得了呢。既然你提出来了,有啥办法,只好给呗。"

贡布可汗抱养过这孩子,又给他起了个名字,叫呼岱斯琴。他还设了丰盛的酒宴,召集来众人庆贺这得子之喜。塔西希、达西希上前奏道:

"这个孩子是哪个带来的?格斯尔那小子神通广大,说不定是他的化身呢。请可汗三思。"

在一旁的大林台·斯琴和大林台·乌仁反驳:

"说他是格斯尔的化身,有何证据?他有那本事早就来了。姑妈见可汗孤单一人给送来一个孩子来做伴。你们说这道那,这是何意?就说他格斯尔来吧,咱们的可汗还对付不了他!"

老婆子也生了气,斥责两位神将:

"见是贡布的心腑,我把你们两人当作亲兄弟那般对待,不承想,却这般小瞧我老婆子。"

贡布听了他们的话,夸赞了大林台·斯琴和大林台·乌仁,接着对两位神将道:

"你们别说啦,我的主意已定。请诸位喝酒吧。"

众宾入座,魔王和姑妈居中,塔西希、达西希二人和大林台·斯琴、大林台·乌仁分别坐在左右侧,呼岱斯琴站到魔王身后。呼岱斯琴见叫沙日玛的司役一人发肉倒酒顾不过来,经请示可汗,也上去帮忙,活干得井井有条,为众宾客所称道。席间,贡布可汗向大家道:

"咱们聚在一起不容易,为大伙助助兴,力士们出来摔摔跤吧!"

塔拉伯和尼索胡两位力士应声站出来,较量了一会,不分胜负。呼岱斯琴得到可汗的准许,相继与两位力士去摔跤,先把塔拉伯摔死;接着将尼索胡举起来摔到坐在一旁的先锋勇士身上,使两人一起丧了命。众人一齐为呼岱斯琴喝彩,贡布可汗也十分欣愉,扭头向望在左边的大林台·斯琴道:

"我这儿子本事还真不小哩。"

"就是。这孩子到哪里也不会给可汗丢脸。我看啊,他与那用三张牛皮做箭壶,三岁牛皮做三股鞭子的天堂金刚不差上下呢。"

"这话正合我意。"魔王说。

坐在右侧的塔西希却十分担忧：

"以我看，这孩子日后好也好个样，赖也赖出个头。"

"我初来乍到，想在诸位的提携下，为汗父效犬马之劳，可两位老说些不三不四的话，这是何意？"

两将未敢搭腔。老婆子佯装着提出：

"侄儿呀，孩子就交给你了，我该回去了。"

"姑妈别回去啦，就跟侄儿和孩子住在一起嘛。"

老婆子依了贡布可汗，住了下来。过了一会儿，人们吃饱喝足各自回了家。

次日一早，魔王到西边去打猎。呼岱斯琴趁人们不注意，悄悄溜到宫殿跟前放了一把火。这火越烧越烈，不一阵儿工夫从宫殿漫延到所有房屋。塔西希、大林台·斯琴诸人急忙赶来扑火；魔王从猎场见到后，也吐着冷气赶了回来。众人干瞅着这汹汹燃烧着的烈火，擦着双手无计可施，而呼岱斯琴却奋不顾身，一人闯进去，东扑西打，不一会儿就扑灭了大火。贡布可汗叫苦：

"怎么起了火？"

"不知道。"众人回答。

呼岱斯琴擦着脸上灰和汗，走来道：

"汗父去打猎时，我在睡觉，也没瞧见是怎么起了火。烧了那么多东西，这可咋办呀？"说着给哭了起来。

"这火也不是你放的，哭啥？"大林台心里明白是谁放的，却来劝说。

"就是呀，谁怪罪你啦？"可汗也来劝止。

老婆子却生起气来："不好生看管家园，就知道睡觉！"操起拐杖就打孩子。

孩子佯装叫苦："哎哟，哎哟！这火又不是我放的，凭啥打呀？"

塔西希和达西希上去制止姑妈：

"别打他啦，这火像是闪电引起的。"

魔王哭丧着脸，拉住呼岱斯琴手：

"半辈子积攒的财宝,这下全毁了,我俩真没有福分。"忽然想起了什么:"不知我那灵魂怎么样呢?"放开孩子,急忙奔去从地里挖出一个匣子瞧了瞧:"好在它们还没事儿,这我就放心了。"说着了又重新埋在原处。呼岱斯琴知道了他灵魂的藏处,在一旁暗暗高兴。

一日,贡布要比出神射手,又下了一道诏书。呼岱斯琴见只有五名箭手单独比试,便向可汗奏道:

"叫来所有将领和兵卒观看这场比赛,不是更热闹吗!"

"对!"魔王马上派出送信使召集来众人,在一个平堆上,让五名射手去比箭法。呼岱斯琴求得汗父的准许也上了阵。那五名射手见他赶来:

"你年幼个儿低,不是我们的对手,快回去吧!"

"这有啥? 我射好了为汗父争光,射不好是自个的耻辱,咱们试试吧。"

"那你先来吧!"

"不知以啥做赌注?"

"由你来定。"

"以我说嘛,谁射得最高,大家夸他为好汉,赏给他好马好狗。至于封什么称号,由可汗和大臣们来定,怎么样?"

"就依你说得办好了。"

"还是你们先射吧,我也好学一学。"

其中两个射手先朝空中各射丢一支箭,过了好长工夫不见下来:"这是咋回事?"人们正议论时,一支箭落下来钉在塔西希的头上,一支正好穿进其主人头上,二人当场丧了命。呼岱斯琴见了,哭丧着脸道:

"这可了不得,咱们别射了。"

那三人不同意:

"他们又不是咱们射死的,凭啥不射?"

"这回谁来射呀?"

"当然我们三人先射啦!"说罢,三人各射去一箭,到了过午时分,三支箭一齐"嗖嗖嗖"地落下,可好从魔王右肩进去,由他右脚掌穿了出来,人当下跌倒了。三个射手见状:

"这下咱们没命了。"说着软成一团。

众人也慌了起来,有的去扶可汗,有的去求神医,纷纷叫苦。呼岱斯琴哭号着说:

"早斩了这三个家伙,汗父能吃这苦头吗?"上去就揪住三人的袖子:"我看你们存心不良,成心要害我汗父!"

"我们是朝上射的,谁承想竟伤了可汗! 要斩要杀由你吧。"

这时,可汗清醒过来,见呼岱斯琴揪住三人要斩,制止道:

"我儿呀,别悲伤啦,我的伤不重。再说他们不是有意伤害我的,放开他们吧。这回轮你射了,汗父还想瞧瞧你的本事哩。"

呼岱斯琴放开三人,气冲冲地瞪了几眼,站好拉满弓射了上去。这支箭到了黄昏时分才落下来,钉在一处空地上,众人拥去一看,箭上全是血。便齐声道:"看人家呼岱斯琴这箭该有多神灵,不伤自己人,而射死了敌人回来了。"

那五人的箭为啥射死二将,又射伤了贡布可汗了呢? 原来天堂的三位仙姊先后在空中抓住他们的箭:"箭呀,回去要钉入主人或者首席将领的头上!"嘱咐罢放了回来的缘故。比箭盛会结束,众人散去各自回了家。

且说,贡布可汗有一位叫嘎儒山扎的勇士,他有五个化身,以白草为灵魂。这人神通广大,力气过人。呼岱斯琴心想留着他,是个祸害,一天,他来见可汗:

"打来这里,我还没出过门。今天我想去见见达西希神将,不知可否?"

"你去好啦。"贡布不加思索便答应了。

呼岱斯琴出来没去找达西希,而径直走进嘎儒山扎帐幕,坐在西边。嘎儒山扎见了十分惊慌:

"神勇汗太子,你怎么来了?"

"一来要看看你,二来想跟你交个朋友。"

对方听了这话更为感动,马上设宴请来弟兄们来陪坐,进行招待。一开席,嘎儒山扎起身斟满一金杯酒敬给呼岱斯琴。他接过向上天祷告一饮而尽,又倒了一杯:"我干了,这回该你喝了。"

对方饮干后,又斟了一杯捧上。呼岱斯琴二话没讲干掉后,又倒了一杯端过去,嘎儒山扎极为痛快饮掉了。嘎儒山扎两杯酒进肚,渐渐醉倒了。呼岱斯琴若无其事起身:

"待久了,谢诸位的盛情,我该回去了。"说罢,便告辞。

呼岱斯琴出来,却躲在一处藏了起来,待众人散去后,赶去拿火烧毁那白草和一石一升神粮。当这灵魂和神粮一焚烧殆尽,嘎儒山扎立刻急喘气,欲变做鸟儿逃走,可由于喝酒过量没能变成,当下就咽了气。

呼岱斯琴流着泪跑回来,向汗父道:

"去找达西希,却误进了嘎儒山扎的家。他见我来了,说啥也不让走,又急忙唤来弟兄们,拿出好酒好肉款待。我说,这样做太破费了,他哪里肯让?说我是可汗的儿子,盼都盼不来,今天来了嘛,就得喝几杯,交个朋友。接着就给我敬酒,我也回敬,我们俩各喝了两杯。谁承想他醉倒啦,一瞬间衣服又起了火,没等人们去扑灭,这火漫延过来烧着了那白草和一石一升神粮。它们烧成灰不要紧,嘎儒山扎就势也咽了气。汗父,你说这该咋办呀?"

"这火兴许是神火呢,他死就让死吧,你平安回就好了。"可汗安慰孩子。

几天后,呼岱斯琴赶来,向汗父道:

"连日来出了些怪事,先是突然起火烧掉了咱们的金银财宝;那天比箭法,死了两名勇士;接着嘎儒山扎仅喝了两杯酒送了性命。听人讲,今天是个吉祥的日子,要不咱们父子俩诵经禳灾,怎么样?"

"说得有理。"可汗没去打猎在家念起佛经来。

次日中午,呼岱斯琴向可汗道:

"昨晚做了一场噩梦,觉着不对头。我想去查查哨,给我一些人马吧!"

"咱们没有兵马。"可汗没同意。

呼岱斯琴回帐幕不久,从一千伯勒之遥闪电雷鸣,滚滚而来,大地震撼摇晃了三下。他得知这是哲萨兄带领三十勇士和三百名先锋到来的

信号,心中暗暗高兴;接着,他从帐幕天窗放出几色彩虹以示回应。哲萨等勇士们见了:"咱们的格斯尔还健在。"个个放了心。魔鬼贡布听到震动声,见到这奇观,甚为狐疑,立刻派人叫来达西希等诸勇士,问道:

"这是怎么回事儿?"

"我们也在纳闷呢。"

大林台·斯琴、大林台·乌仁二人赶来明知故问:

"可汗,你听到这响动没有?"

贡布可汗没好气地道:

"我知道了,还叫你们来干啥?"

大林台·斯琴接着说:

"以我看,兴许是格斯尔那小子带三十勇士来了。据说,他们奔来时,为其势树木折断,岩石破碎不说,大地还要震撼哩。咱们得赶紧率大军出城迎战才是。"

魔鬼贡布拨出好些人马,让他带去迎战。这时,小呼岱斯琴上前奏道:

"汗父,我想跟去督战。他们好生杀敌,就不说了;一旦不认真迎敌,有了失误,也好去指点他们。"

可汗遵奏,呼岱斯琴随大军而去。老婆子也蹭到贡布跟前:

"姑妈在这儿待两年了,一直很好,近日来老做噩梦。若是那孽障去袭击我家园就糟了,我得回去。"说罢,让两个侍女搀扶走去。一出城门:"去你的,谁是你姑妈!"骂了一声,现出阿珠·莫日根原相,将圣主枣骝马放回天空,自己跨上战马奔去。呼岱斯琴得知阿珠离去,也奔向哲萨处。哲萨闪击三回雷电去迎接圣主和阿珠妃子。大林台·斯琴见到这闪电雷鸣,心里也明白了。立即将兵马聚集在一处等候战事发展。呼岱斯琴与哲萨商量好对策,赶了回来,叫来大林台·斯琴和随后到来的达西希一本正经地吩咐:

"我去查看了一下地形。你们是知道格斯尔的,他是个转眼间将斩死一万人,一瞬间杀掉一千人马的神奇勇士,一定得认真去对付那小子。以我之见,大林台·斯琴从右边,达西希从右边冲杀进去,我来督战。"

两将依言,带人马奔到各自的阵地。呼岱斯琴一人赶到海儒斯吐泉源头,现出格斯尔原相,使头上冒出五色彩虹,鼻孔喷出浓浓烟雾,额头显出天堂金刚的神威,唤回枣骝马,让它四蹄擦着火焰,鬃毛闪着红光,有如千军万马奔腾之势而驰去。眼见这凶猛势头,贡布可汗的人马,个个吓破了胆,四处逃窜,互相顶撞。有的说:"糟啦,看那树木折断,岩石裂碎之势,莫不是格斯尔真的来了?"有的说:"都是那可恶老太婆作的孽!"有的说:"咱们可汗也真是,当初为啥不听塔西希他们的劝告?这下倒好,咱们都得人头落地见阎王去!"

大林台·斯琴和大林台·乌仁见时机已到,返身冲上去斩了一万兵卒,二人合力活抓了达西希。贡布可汗的希勒太勇士追来骂道:

"真没良心,吃贡布可汗的,穿贡布可汗的,反过来杀可汗的人马。这时不杀你们,更待何时!"说着冲上来。

大林台·斯琴二人:"废话,我们压根就是圣主格斯尔属民,你小子招箭!"说罢,拿箭去射。接着,大林台·斯琴抽出哲萨赠给的青钢剑,疾速驰去砍死了他,带上大林台·乌仁奔进哲萨军营。

贡布可汗的人马成了一群乌合之众,被哲萨他们杀得焦头烂额,各顾各到处逃窜。安春之子葛根·珠拉向一小股敌军追去,魔王一个叫疯子希古日嘎其的勇士从树林中偷偷摸去,正要拿箭射时,一个伙伴大叫:"有人射你了!"葛根·珠拉一低头,箭从盔缨上擦过。他就势给了对方一箭,疯子希古日嘎其身子中了箭,可咋也不咋,反而激他道:

"小蟊贼,你这箭是射不死我的。你听我讲,说你是格斯尔的勇士,可我也是希日莫可汗的儿子呀。俗话说,孔雀炫耀尾羽,好汉重视名誉。我身为男子汉,不与圣人贤者相争,不跟贵族可汗相斗,岂能欺侮你这么个没褪奶毛的娃娃吗!我问你,造你者是谁,生你者又是谁?"

"我看你呀,就像是刚由臭蛆变出的毛虫,扒在岩石上吻喘的瘦熊,落在禾苗上的蚂蚱,不敢见阳光的瞎虫那般可怜。能拿这点学问唬住人吗?造我者是以榆木做摇篮,抚养我长大成人的父亲安春;生我者为将我驮在背上,夜间又来喂奶的母亲。我问你,你身上爬着一条无足小虫,一条娇养小虫,一条吃屎小虫,这指的是啥?"

"你小子以为我猜不着？无足小虫,说我是没灵魂的胆小鬼;娇养小虫,说我们可汗是个心胸狭窄的凡夫;吃屎小虫,指的是为打赌而葬送性命的塔西希勇士。小蟊贼,你有父母,我就没啦! 清早一起就来喂奶的是母亲,为安稳睡眠而拿杏树给做摇篮的是父亲;中午流着汗水奔来抱在怀里的是母亲,祝福广交朋友而用松木给做摇篮的是父亲;晚间怕着凉用身子温暖我的是母亲,祝愿尽早成人的是父亲。"

"你这话与那由于吃了乃兰查河源头小白蒿,八年未怀胎的花乳牛生出的小犊,想任意奔跑,最后让猛虎吃掉了的故事差不多。今天,你也像那只小犊,要被我斩死的。"

疯子希古日嘎其听了浑身肌肉都跳了起来,拉满弓就是一箭。而小葛根·珠拉早料有此招,趁对方撒箭的瞬间,双足踩着蹬子一提身子,箭从他裆下穿了过去。他坐稳后,扣上箭示出瞄准其头的样子,却射穿了他的膀胱,当即赶去在对方摇晃中斩下了首级。

大林台·斯琴、大林台·乌仁和赛音·舍格勒台先后驰进了敌营。赛音·舍格勒台斩了两百人又往前冲,魔王的一个叫楚鲁温布和的勇士迎头赶来。大林台·斯琴喊道:"这家伙的本事我清楚,由我来对付!"说罢,跳下马,上去将楚鲁温布和拉下来就厮打起来。沙日拉又奔来援助楚鲁温布和。舍格勒台见后,一箭射穿沙日拉的腰部,而对方显得更为凶猛,冲进去救出楚鲁温布和逃去。舍格勒台从其后又是一箭,楚鲁温布和致命处中了箭,当即咽了气;大林台·斯琴的一箭穿透了沙日拉的左腋,他摇晃了几下逃入自己军中,牙咬得咯咯响对希拉台勇士道:

"我驰去救出了楚鲁温布和,途中让他们又射死了。我也挨了一箭,可是不要紧。这伙人十分厉害,千万要当心。我恨透了大林台·斯琴那小子,逮住非活吃他的肉不可。"

这当儿,苏米尔杀成血人冲来,沙日拉、希拉台见他这副模样吓得破了胆,带上兵卒调转马头就往回逃。苏米尔追去各给了一箭,二人先后中了箭,仍似没事人向前奔。苏米尔见二人没倒下来,心生一计,从他们背后大叫:"你瞧这是啥?"二人不知是计,勒住缰绳应声回头的刹那间,说时迟,那时快,苏米尔飞也似的驰去,拿格斯尔送给的金折刀,一刀斩断了希拉台的拇指。原来这家伙的灵魂就在这里，拇指一掉，人也随着死去。沙日拉欲报伙伴的仇，迎头冲来，苏米尔一箭射去，穿透了对方腰部。可沙日拉依然如故："苏米尔，你小子射不死我，你看我的！"一去拉弓，箭却掉了地。苏米尔："你小子胆怯了，别忙，一会儿有力气过人，凶如猛虎的哲萨·希格尔来收拾你的！"话声刚落，哲萨带上阿安达勇士果真从其背后袭来，哲萨对准为援助伙伴刚刚驰来的吉斯·呼格勒嘎其，阿安达瞄对准沙日拉各给了一箭，二人腰部被穿透了，仍未跌下马，吃惊地扭头看去，有两个人袭来，沙日拉叫道："那就是孽障哲萨·希格尔，快射嘛！"吉斯·呼格勒嘎其却埋怨起贡布可汗：

"没重用两个大林台，没听信那老婆子的话，没抱养呼岱斯琴那小子，能有今天这倒霉下场吗！这回倒好，咱们吃格斯尔的箭，拿咱们的皮子让人家去做盔甲了。我看，与其叫敌人杀了咱们，不如回去斩死糊涂可汗哩！"

"啥时候啦，发怨气有何用！我射哲萨，你射那厮！"说着二人射去，对方中了箭却没事，哲萨反过给了沙日拉一箭，他右腿被射断，跌下马滚在地上还在射着哲萨。哲萨躲过箭，赶去又射瞎了他的两只眼。阿安达射断了吉斯·呼格勒嘎其的双臂，一个瞎了眼，一个断了臂，二人活活成了俘虏。哲萨上去砍了数刀，可怎么也斩不死沙日拉。伯通和阿勒塔赶来相助也没顶事。哲萨无奈让他交待灵魂所在，对方仍不示弱：

"惩罚我吗，你后代也要这般处置你；射死我吗，你儿孙也要这样杀死你的！"

哲萨一气之下斩断了他的双臂，他还是不死；接着拔出懂人语的神剑砍下去，他两只耳朵落了地，似乎中了致命处，急喘气仍在骂：

"你们圣主格斯尔乃至百岁高龄的乞尔金全来了也杀不了我们的可汗……"说着慢慢才咽了气。随后几人合力处死了吉斯·呼格勒嘎其。

魔鬼贡布先后伤亡许多勇士和兵卒，才知道上了当，便死死守着灵魂，不肯出战。圣主格斯尔见他不出来，就去闪电鸣雷。魔王听后大惊："这又是怎么回事儿！"即刻跳了起来，跨上花白马，赶到城门：

"我看看就来，回来时也许变做一只大鹏，你们得给开门。背后追来

一只蝗虫,你们见了要拿金布鲁去打他,千万不能让进城。哪个放进来,我就砍他的头!"嘱咐罢,奔出了城门。

　　魔鬼贡布吐着烟雾向哲萨他们驰去,赶到离哲萨他们不远处,变做一棵枝枝丫丫的树立在那儿。圣主见了,向伙伴们道:

　　"魔王来了,我先去试试他,你们随后再去。"

　　格斯尔到了树底下:"瞧这树荫凉有多好!"说着就去欢它,树"哼哼"地叫了起来;格斯尔再去劈它,树吃不消,立刻现出魔王原相就来与格斯尔厮打。二人打得难解难分,正在劲头上,哲萨赶去拿火箭射穿其

右腋，可魔王像是没事人又来要吞进格斯尔。格斯尔谎称道：

"哲萨兄，他的灵魂埋在一块黑石底下，趁这工夫快去挖出来！"

魔听后，不知是计，马上变成一只大鹏，呼啸三次，逃进了城。圣主也变为一只大鹏追去的同时，又放出一个灵魂变一只蝗虫赶至城门。当守门兵卒拥去拿金布鲁去打这蝗虫的工夫，那大鹏乘机飞进城，落在魔王东侧一棵树上，掏出一个金荷包，从里面取出一串珠宝一抛，立即显出千军万马之势。魔王见状，大喊一声："不好，孽障格斯尔来了！"起身奔向那队人马。这当儿，大鹏现出格斯尔原相，奔去烧毁了宫殿和房屋，挖出了他的灵魂。当魔王赶到跟前，那队人马袅袅向空中升去："又中了奸计！"回头一看，整个城成了火海："可惜呀，我那些金银财宝，这下全完了！"随后去看灵魂，也被挖走了，坑边聚集着好些黄蚂蚁。魔王当即软成一团倒了下去。格斯尔趁机拿火箭射穿其右腋，他又清醒过来；"这小子取走了灵魂，我非跟他决一死战不可！"挣扎起身，变只大鹏飞出城外。

正在等候的哲萨、苏米尔、伯通诸勇士，见魔王吐着冷气奔来。葛根·珠拉变为格斯尔的模样，将黄象狗变成枣骝马迎上去拿火箭射。他一见是格斯尔，吓得扭头就逃。跑了不多久，前面又奔来个格斯尔："这是咋回事儿？"当下变一只母鹿向东逃。格斯尔变为一个八岁小孩冲去。魔王见有人追来，返过身子就来吞，格斯尔以一只脚登住雪山，一只脚踩着香海之势来迎战，他没有吞成。两人扭打在一起，正不分胜负之际，格日勒台·斯琴、安春两位勇士驰来，跳下马上去相助，哲萨也赶来射瞎他的双眼。魔王成了瞎子又在逃命。阿斯米诺彦用火箭射穿了他的左腋，庆·毕希勒吐射透了他的腰部，火红眼又给了一箭，跳下马，上去就和他厮打起来。猛虎将、莱楚布也先后赶到，来助火红眼一臂之力。魔王瞎了两只眼，身上带着数处伤，依然凶猛异常。众人把他围在中间，拿箭射，用刀砍，还是奈何不了他。这时，圣主格斯尔大喊一声，一个箭步追上去，当即把贡布摁跌倒在地，骑在他身上：

"你灵魂咒语怎么念，如实招来！"

"你不是拿到了我灵魂吗，来斩呀，来杀呀！休想让我招出咒语！"

格斯尔可汗被激得怒不可遏,让人取来灵魂,扔进烈火中:"以为你不说出咒语,我就无法处置你了?"一念:"咕儒、咕儒、索格!"匣子开了盖;去念:"咕儒、拉格沙!"里面的青石匣子开了盖,再一念:"苏噜、拉格沙!"里面的红石匣子开了盖;又一念:"阿格儒、阿格儒、拉格沙!"里面的黄石匣子开了盖。圣主格斯尔仔细一瞧,匣子里还有一只封闭着的桶子。圣主拿火去一烧它,滚出一个黄缎子包,从里面钻出只鳄爪蜂子来蛰他。格斯尔拿金银套索去套它,也没套住;又取出黑雌鸟乳汁、黑雏鸟眼泪朝它身上一洒,从那蜂子躯体中爬出金蝇子、金蜘蛛、金耗子和金蛇,当下一齐死去。

灵魂丧了命,魔王到奄奄一息的境地,可还是骂不绝口:

"你小子别高兴得太早啦,日后,你要挨剑的,你那三十勇士要遭殃的,你的妃子们要钻入别人被窝的。我宰不了,我的子孙后代一定会去收拾你小子的。若听塔西希、达西希他们的话,没上大林台·斯琴、大林台·乌仁圈套,我能遭到这悲惨绝境吗?唉!说这些有啥用,快来杀我吧!"说罢,从鼻孔放出金蛇、金蜘蛛、金耗子,袭击格斯尔。圣主见状取黑炭一点着,这些灵魂当下便没命了,随之魔王本人也咽了气。

圣主格斯尔几经周折终于除掉魔鬼贡布,带领勇士和先锋凯旋。

第十二章
那钦可汗覆灭

可汗的野心

人世间,在杭盖哈日干那山盘踞着一个野心勃勃的魔王,叫那钦可汗。这位魔王手下有一百零八名勇士,三百名谋士,五百三十万士兵,管辖二十八个部落,牲畜遍野,金银宝珠应有尽有。可是,他不满足于这些,无时不想侵吞邻国的领土和抢占他人的美女妃子。一天,他召集来大臣和谋士道:

"人们讲,一个好汉要娶十个妻子,一位可汗要有三十三个妃子。眼下,身边虽有几个夫人,她们都不十分漂亮。寡人听说,格斯尔有五六名妃子,个个是美如天仙的绝代佳人。我想发兵抢他几个来作为自己夫人,不知诸位意下如何?"

有个叫吉苏台·斯琴的大臣跪下言道:

"尊敬的可汗,大凡可汗分为两种:朝中广聚达贤志士,山野布满五畜,仁爱民众,理政有方者为圣主;朝廷无贤士,山野无牲畜,弃明而投暗,陷于酒色者为昏君。为臣者也有两种:尊老爱幼,献计献策,一心辅佐社稷,谓忠臣;进奏谗言,称好人为坏人,一心谋自利,谓患臣。世间是有许多美人,诸如圣主格斯尔的天仙般的六位妃子,希日古拉津可汗长

女玛哈玛亚·格日勒台高娃、东方成吉思汗的貌如皓月的公主,唐古特部希杜日古可汗的古日伯勒津·高娃妃子,西方大海岸萨仁可汗的希杜娃公主,都可说是容貌出众,才智过人。去抢她们必定彼此大动干戈,最后谁胜谁负很难断定。咱们万万不能为一个女流去损兵折将,进而丢掉自己国家呀。尊敬的可汗,你不是有一位姿色超群的妃子和一个叫乃呼烈·高娃的养女吗,你也常向人们夸耀,她们的姿容完全可以与世间所有美女比媲呢。可汗,可别为了抢占别人的妻子,失去了自己的美女了。那格斯尔不是好惹的,是从天堂下凡的,来时又带来了三十勇士和三百名先锋,这些人个个都是智勇兼备的好汉。”

“此言差矣,他有三十勇士,我有千百个力士;他力气过人,我有千种变术。我就不信斗不过他。好汉一言定乾坤,好马一鞭驰万里,我的主意已定。有时,骟马会绊跤,女人会悲伤,男子要失误。可是不能由于损兵折将,就不去与强敌相斗了。”言罢,那钦可汗下诏书令部众讨伐格斯尔。

策德格希勒苏·莫日根之子八岁的新岱巴特尔上前道:

“庶民谋名利,可汗争江山,这是常理。我愿作为可汗的先锋,前去与格斯尔决一雌雄。”

那钦可汗赞许了一气新岱巴特尔,接着下令道:

“大臣,勇士们,先回去擦亮刀、磨好箭。全国上下十三岁以上的男儿都要做好出征准备!”

一听此令,吉苏台·斯琴又奏道:

“可汗,以鄙臣之见,这样做,万万使不得。对方见咱们全倾动,会乘虚来袭击的;带这些娃娃兵去打仗,勇士们去保驾可汗还是去照料他们呢?不如先派人探知对方兵力和地形,再进兵。”

那钦可汗沉思了一阵儿,觉得有理:

“就依吉苏台·斯琴说的去办吧,等新岱回来再说。”

议定对策

圣主格斯尔得知那钦可汗欲发兵进犯，当即用金子写成诏书，下发给三十勇士和三百名先锋。勇士和先锋见诏，集聚到圣主宫帐前，哲萨·希格尔问：

"圣主，召我们来有事吗？"

"北方有座杭盖哈日干那山，山上盘踞着一只大豹。我想带你们去猎获它，可是，山这边有条河，河水在翻腾，里面还有猛兽窜游；河那边滩上的松、杨、柳等树又不停地飘摇着枝叶，远处有座巍峨的高山，喷着狂风与它们遥遥相对。"

众人不解其意，苏米尔之子三岁的格日勒台·斯琴上前解释道：

"圣主说的北方指的是白雪纷飞的杭盖哈日干那，到那里须穿越二十一年的森林之路；那只豹，是那钦可汗，他正欲率领五百三十万大军侵犯我部；河里窜游的猛兽，指的是那钦可汗的勇士、策德格希勒苏·莫日根之子新岱巴特尔；松杨柳树在飘刮着枝叶，指的是那钦可汗妄想前去格斯尔可汗身边抢走六位妃子。这巍峨的高山，说的是跟随圣主从天堂下凡的三十勇士和三百名先锋；刮着的狂风，说的是那钦可汗的野心落空，最后要让咱们消灭。只要咱们依照圣主旨意去厮杀，别说一个那钦了，来了两个三个那钦，也不愁收拾。"他从头上喷出五种颜色彩虹，哈哈大笑，接着又道："我这就去收拾新岱那小子！"

圣主格斯尔听了小将之言，甚为高兴：

"格日勒台·斯琴，别急嘛！凡事考虑好再去做才能成功。贸然去失败了，后悔就晚了。这叫有备无患。那钦可汗力大势凶，咱们可不能小瞧这家伙。到杭盖哈日干那山的路上，他设有许多哨兵。边境上除了一千名兵卒，还有两只虎、两条栗色花纹蛇、两只渡鸦放哨。这两只渡鸦别说有多么机灵了，它们一发现生人，立刻去向可汗报信儿；那边，新岱巴特尔变为一只大雕放哨；再往前去，有一棵神树，那钦可汗不分春夏秋冬祭祀着，不然他会生三个月病哩。前面有三条黑蜣螂，见了生人将其

用犄角顶死，便去向主子点三次头，以示来了敌人；再往里走，由新岱巴特尔父亲策德格希勒苏·莫日根驻防；紧那边有个拿啥剑都砍不死的希儒古德勇士来把守。我的意思是，先施计谋圈套——收拾了这些哨兵和妖魔，最后一举歼灭那钦可汗。诸位意下如何？"

哲萨说：

"三十勇士有如胡琴的弦和谐相处，坐骑们好似飞禽的翅膀来助它们主人。只要圣主一声令下，我们就是赴汤蹈火也在所不辞。说他那钦可汗魔法高，咱们的圣主神通也不小，我们齐心协力去对付，还愁逮不住他！俗话讲，刚出嫁的少妇为其心爱人打扮，无知的孩儿仗恃其父母撒娇，初学经的徒弟总标榜其师傅高明。我们这伙人全仗着圣主的神威。我们不是不认钢铁的锉，不识主人的狗那样人，更不像卖族求荣的楚通叔父。这次，就按圣主旨意去收拾那钦可汗，大家还有其他想法没有？"

"圣主说得极是。"勇士们异口同声道。

"大家没有异议，现在就去抽签，中了哪一位，他就前去杀敌，怎么样？"

"就这么办！"勇士们跟着圣主来到六位妃子的宫帐。

首战告捷

妃子们抽了签，首先中的是阿尔泰·琴斯、猛虎将之子庆·毕希勒吐、宝迪·巴特尔、伯通、格日勒台·斯琴、希迪·巴特尔。

六勇士披挂整齐，前来领旨。圣主格斯尔道：

"这回，你们要速战快回，遇上吉斯台·斯琴，别伤害他。"嘱咐罢，每人赏了件珍珠衫。

伯通带上伙伴，直奔北方而去。他们十个月赶完二十一年的路程，走进那钦可汗领地待了一天；继之翻越额勒斯吐山冈，赶到一棵蓬松下歇了一气；随后，登上一座高峰，四处瞭望敌人的动静。

这当儿，新岱巴特尔上去向那钦可汗奏道：

"我去看一看,格斯尔人马来了没有？运气好活着回来,不好就让我去见阎王好啦。可汗请给我一千士兵吧。"

"好样的,你带兵去吧,祝你旗开得胜!"

新岱巴特尔戴盔披甲,为防止斑白驹烈性发作,在后鞍鞯上驮上一千斤的砧铁和一石豆子驰去,登上红岩峰放目眺望。

伯通从对面的高峰望见后,向伙伴们道:

"看见了没有,那个蚂蚁腿、鸟儿头的八岁勇士新岱巴特尔来了。"

阿尔泰·斯琴道:

"我也瞅见了,还带着兵呢。谅他也不比咱们高明多少。来的人少就个个斩尽,人多就全部歼灭。来吧,向圣主神灵祈祷完,就冲吧!"

这时,三岁小将格日勒台·斯琴憋不住了:

"敌人来了,还啰唆啥？你们怕死,我一人去好啦!"

阿尔泰·斯琴反驳道:

"这话太不中听了。俗话讲,敌人不留情,阴曹是鬼门关,不商量贸然冲去,有了失误怎么办？哪个怕死了,又有谁跟你争名了？"

"不是这个意思。看你们见了敌人,说这道那不去拼杀,就生气了。树木是高山的装扮,鱼儿是大海的彩饰,繁星是天空的点缀,圣主是咱们的骄傲。这回,我想托格斯尔可汗的保佑多杀他几个敌人,进入勇士的行列,才说那番话的。"

伯通劝止二人争辩;

"你们二人留在这里等着,我们四人前去收拾那小子。"

伙伴们依言,宝迪变个漂亮少妇,几尺长黑发披到双肩,两只眼圆又大,牙齿白而整齐,婀娜多姿的身材随风摇晃;庆·毕希勒吐变为十七八岁妙龄少女,长长的辫子迎风漂荡,看上去,活像个观音菩萨,希迪·巴特尔变个七八十岁的老太太,白发苍苍,拄一根龙王拐杖;伯通变成一位年近百岁的老翁,拄着天尊佛拐杖,肩上背的褡裢,像是金字甘珠尔丹珠尔经;让坐骑变为毛驴和骡子,四人牵着走去。

他们顺着乃拉伦小路朝前赶路时,有只天鹅在他们头上盘旋着耻笑道:

"此地从未来过幸福人，这几位肯定是没子孙无亲眷的叫花子。"说罢，落到西面一棵树上。

通晓鸟语的伯通听了，向伙伴们说：

"它在骂咱们，说不定是那钦可汗哨兵。准备好，咱们设法逮住它！"

他领上伙伴走至那棵树下，仰起头赞天鹅道：

"好美丽的天鹅呀，头颈如此绚丽非凡，躯体这般婀娜多姿，翅膀尾巴又那样光彩夺目。我家乡也有只极为惹人喜欢的天鹅，它见有人来了，便落下来与他同行。瞧你这模样跟那只天鹅差不多哩。你下来吧，咱们交个朋友怎么样？"

天鹅听了这番话，真的下来落在老翁肩上。老翁一把逮住就欲掐死。它哭泣着道：

"杀我嘛，有个马鬃就够了。朋友，听完几句话再杀我好吗？"

伯通松了松手：

"请讲！"

"我栖身在沙日拉吐杭干白彦之子萨力格海故乡的双和尔山，这儿离那钦可汗处有一个月的里程。眼下觅食飞至此地。我原来由吉苏台·斯琴抚养，长大后将我放走了。这人原属锡来河黄帐可汗，三汗在讨平格斯尔故乡那场战役中，黑帐可汗希曼比儒扎不是斩下了哲萨·希格尔的头吗？就是他吉苏台·斯琴把哲萨的头交给茹格穆·高娃的，后来投奔了那钦可汗。这人老早就有辅佐圣主格斯尔成就大业的念头。我见茹格穆·高娃拿着哲萨的头欲借尸回阳，苦于找不到一具完整尸体时，便变做一只青雕飞去，将哲萨灵魂附于自己身躯。为保护这灵魂，我飞到胡斯棱敖包落在一棵树上歇息，见格斯尔可汗带上阿尔伦·高娃从魔王城赶来，就将哲萨的灵魂交给了圣主，他又给我一些野味，就分手了。"

伯通把天鹅的这些事告知给伙伴，四人一齐夸它心好，又赏给了一些仙丹。天鹅吃了后，便问：

"你们属于哪位可汗，到此地有何贵干？"

"你说呢？"

"我看你们像是圣主格斯尔的勇士。"

"猜对了,我是懂鸟语的伯通,这三个,一个叫宝迪,一个叫希迪,那个叫庆·毕希勒吐。还有两个在额勒斯吐山冈放哨呢。"

这时,新岱巴特尔带一千人马赶来,伯通问天鹅:

"来者是何人?本事如何?"

"他是那钦可汗的勇士,叫新岱,化身是一条斑白蛇。我得回去了,你们去收拾他吧。"天鹅说罢,监视那钦可汗去了。

伯通四人迎了上去,老翁老太婆边走边哭泣,而姑娘少妇却在嘴里哼哼着小调。二老斥责:"有啥可高兴的,竟唱个没完!"姑娘和少妇还是唱。老太婆抢起拐杖就去打她们,姑娘不服气地说:"是我们让当乞丐的,凭啥打人家?"新岱听了他们交谈,甚为奇怪:"是哪里来的乞丐?"便赶到跟前,把四人个个仔细打量了一番:

"你们是何方人士,到这儿有何干相?"

老头答道:

"原是莫格勒戈·和勒苏策德格可汗属民,家住博力德格森,我叫鳄爪蜂子,老婆子叫红雀,这两个是我俩的媳妇和姑娘。从前有许多牲畜和家产来着,一年遭了火灾全被烧没了。没有法子,搬到了珠勒格吐草原,向人们讨些吃的糊口。后来怕人们嫌弃,就离开了那里,开始过起流浪生活。一天,碰上一位好心老头儿,他说北方有个那钦可汗,很富足,到那里,可汗肯定会恩施食物和穿的。老汉我听了这位朋友的话带上她们就慕名而来了。小伙子,你是哪里人,叫什么名字?"

新岱巴特尔冷笑了一声道:

"不妨告诉你们,我叫脱缰公驼,可汗是那日巴·沙日布,家住其其格吐草原。"用手指了指后面的士兵,接着说:"他们当中有叫伯通、希迪的,也有叫宝迪、庆·毕希勒吐的。你小子别骗人了,我一眼就看出你们是格斯尔的勇士。这回,本人正是杀你们来了!"说罢,"嗖"地拔出剑就来砍,伯通见状,立刻现出原身去招架。希迪、宝迪和庆·毕希勒吐现出本相冲入了敌阵,杀得敌军四处逃窜。

新岱巴特尔越战越猛,伯通也不示弱,两人打得难解难分,不分胜负。伯通趁机砍了一剑，可对方没事儿仍旧厮杀着。希迪、宝迪和庆·毕希勒吐斩完敌兵，赶来相助。新岱一人见战不过四勇士，将坐骑唤入皮夹里，自己变成一条白斑蛇，正爬来欲缠伯通脖子，留在山冈放哨的二将闪着火焰，喷着五色彩虹赶来，格日勒·斯琴一剑把蛇砍成两段。新岱巴特尔现出本相又来与格日勒台·斯琴扭打在一起。伙伴们上来去斩去射，可对方依然凶猛异常。格日勒台·斯琴抽身站到一边喊："这小子不是等闲之辈，拼力不行！你们先对付着，我去向诸神祈祷了再说！"他躲到一处，跪下合掌："佛祖释迦牟尼、山神汗·敖娃·贡吉德、格斯尔·嘎日布在上，你们快变做六只狼赶来，把这新岱撕成肉段吧！"

新岱见对方祈祷，心想："我就没有可汗和上天保佑啦，也逃出阵地。"合掌祷告："咕儒、咕儒日月星、天地水呀，速来保佑我吧！"没等他返回来，伯通射穿了他的腋窝，阿尔泰·斯琴射透了他的腰部。可是，新岱巴特尔仍然似没事人，继续与六勇士厮打。这时，有一位小将空中同时射出两支飞箭，箭"嗖嗖"飞降下来。人们都甚为吃惊，歪着身子躲着，

新岱巴特尔也怕箭钉在自己头上，左右甩着手时，两支箭可巧中了他两个拇指。手指落了地，人也随着倒了下去。伯通上去左右两剑砍下他双臂，新岱巴特尔这才咽了气。

伯通等人赶回逃散了的敌军三千匹马，杀了一匹祭了天堂诸神。阿尔泰·斯琴道：

"咱们回去吧！"

"只斩了一个勇士就回去？"宝迪有些惋惜。

"出来时，圣主也让咱们快去速回，还是回去吧。"

庆·毕希勒吐话音刚落，从空中落下一封书信。格日勒台·斯琴深觉惊奇，打开一看，上面写道："我是萨仁·额尔敦。没有天宫的旨意，我不能下凡，故写了此书为我代劳。那两支箭是我射的，一会儿就去打探那钦可汗在干什么，你们该回去了。"

你知道萨仁·额尔敦是谁？他就是莱楚布的儿子，哲萨的孙子。在反击魔鬼贡布趁圣主格斯尔不在家，进犯灵格部的那次战役中，萨仁·额尔敦一人斩了一万两千敌兵，后来口干到一个泉上喝水，这当儿，魔王一个叫希日孟的大臣奔来一剑把他劈成两段。萨仁·额尔敦遇难后，天堂诸神召回了他的灵魂。

六勇士依言，踏上了归途。萨仁·额尔敦驾着祥云，向那钦可汗城池赶去。

却说，那钦可汗见新岱巴特尔去了这些日子不回来，便问大臣们：

"他是不是出了事儿？"

吉苏台·斯琴起身道：

"新岱走时曾向鄙臣讲，这一去就不回来了，要么上天堂转生，要么去投靠别的可汗。"

"寡人一向待他不错，为啥要背叛我呢？若是他死了，我的力气就减掉十成了。哪个去瞧瞧，他走了还是死了！"可汗心事重重。

拉达那和呼勒格二勇士起身奏道：

"我们愿意前往。"

"很好，你们带一万人马去吧！"

两人回去调选人马，准备兵器。

天鹅探知了这一切，飞去追伯通他们。途中让萨仁·额尔敦抓住：
"为啥在此独自飞翔？"

天鹅向对方说知自己经历后，央求道：

"放开我吧，那钦可汗要派人去追伯通他们，我得赶紧飞去告知。"

萨仁·额尔敦得知它救过爷爷哲萨的命，更为感激涕零，拿出佛祖赏给的仙唾液，给它吃了后，接着道："我是哲萨·希格尔的孙子，叫萨仁·额尔敦。阵亡后，灵魂转生到了天堂，眼下，无法下凡。这里有一封书信，拿去从那钦可汗白色长帐幕天窗投进去，他就不会发兵了。"说罢，掏出书信交给了天鹅，自己回了天宫。

天鹅依言，飞去从天窗投进了书信。帐幕沙沙作响，坐在里面的那钦可汗甚为吃惊："这是怎么回事儿？"仰头一看，有一封书信卡在天窗格子上。他令斯琴·策格其勒戈妃子取来，打开一看，上面写道："咕儒咕儒日月星辰，地煞龙王那力布索格索格！咱们的新岱巴特尔为来世成仙到了天堂。格斯尔有千百个化身，本事极大，万望那钦可汗谨慎行事，请勿上当！"那钦可汗看了信大喜，即刻跪下去合掌叩着头道：

"祖父那力布，祖母索格索格，请保佑我吧！"随后，招来大臣们说：

"诸位，这回放心了。原以为祖父祖母下了地狱，谁承想竟上天堂成仙了。派去打探敌情的新岱巴特尔，带一千人马也到了二位老人身边。有他们保佑，咱们怕什么？这不是遣使送来的书信，你们瞧瞧吧！"

众人传阅了书信，个个兴奋不已。知其就里的吉苏台·斯琴，装出不高兴的模样：

"人家新岱多幸运，到天堂成仙了，咱们的命运还是不好呀！"

"吉苏台，你别急嘛。有二老保佑，还愁杀不了格斯尔。那时候，他的牲畜财产，金字甘珠尔丹珠尔经和如意珠宝不成了咱们的，他那六位美丽的夫人不钻进了咱们的被窝！痛痛快快享乐吧！"哈哈大笑一阵儿，接着问："你说还派不派拉达那和呼勒格去打探了？"

"不如敌人来了，再去迎击为好。这期间新岱也许会来通个风呢。以我之见，等上一个月再说。"

可汗听了这话,觉得有理,就没让二将前去。在空中监听的天鹅,立即追上伯通六人,告知了这一切便飞往他处。

圣主格斯尔与六位妃子,带上众勇士坐在神灵白塔上嘀咕之际,伯通领上伙伴扬着尘埃,赶着掳获马匹赶来。圣主带上众人迎了上去,彼此问好。伯通几人诉说了如何斩死新岱巴特尔经过,萨仁·额尔敦和天鹅又如何从中相助之事。圣主现出笑容,赞许了六位勇士,每人赏了件珍珠衫;把他们赶来的马匹分给了勇士和先锋。

斩蛇除渡鸦

去往那钦可汗城池途中有两只魔虎放哨,不除掉它们就别想过去。慰劳伯通等六勇士宴席过后,猛虎将、索布台·巴特尔、阿尔泰·巴特尔和楚通之子阿勒塔四勇士中签,领旨赶去,猛虎将和索布台各变为老头,阿尔泰·巴特尔变只公鹿,阿勒塔变只母鹿,没费吹灰之力收拾了两只魔虎。四人又除掉个障碍回来,受到了圣主的奖赏。

接着,红娜·高娃、赛呼烈·高娃、茹格穆·高娃、阿珠·莫日根和阿尔伦·高娃抽了签,轮上阿安达·巴特尔、班珠尔、格日勒太·台吉、大林台·斯琴和白鹰出阵。五勇士领旨正欲前往,楚通诺彦请求也要同往。圣主格斯尔劝阻:

"你想去是对的。可去了又惹出事来,就没趣了。这次你没中签,还是别去了。"

"这次,我是抱着立功赎罪的念头请求的。花白马啃不动青草了,我也咬不动嫩肉了,筋骨脆弱,血气就要枯竭了。趁这有生余年,想与三十勇士一道杀他几个敌人来报效圣主,可你们还是不相信我。近日来,剑老从鞘里往出蹦,我知道它又要杀人了,说不定这人就是那钦可汗哩。"

儿子阿勒塔凑到跟前斥责:

"父亲,你别再骗人啦!这些话,别说圣主、三十勇士了,连你儿子我听了也不会信的。一人惹事儿众人遭殃,你作的孽还嫌少吗?你哄骗了所有人,勇士们听了你的话,相继都送过命。这次要去,不知又想捣啥

鬼？说你的剑在往出蹦,能杀了谁,说不定砍你自个头！咱们圣主心胸宽宏,三十勇士不记旧仇,你才有了今天。若是碰上别人早就叫你见阎王去了。请你自尊自重,别耽误人家赶路啦！"

圣主格斯尔夸阿勒塔申明大义,楚通诺彦也表示了歉意:

"孩儿呀,你说得有理。父亲过去做过错事,说过谎话,这是不假。打今以后,就听从圣主和你。我不去啦。"

班珠尔领上伙伴沿着先前勇士们走过的路奔去,八个月赶完二十一年里程。一日,登上那座额勒斯吐山冈,向前望去,在伯通与新岱巴特尔交战之处有三眼泉。原来这是由萨仁·额尔敦在此向伯通六人投下金字书信所致的。再望去,路边躺着一具死尸。赶到跟前一看,这具死尸不是别人,正是新岱巴特尔的。他双眼红似火,鼻孔和嘴像石滚,四肢如砧铁,发毛如三股绳,躯体犹如一棵粗杨树躺在那儿。为给那钦可汗降临恶兆,伯通他们还在他头上套一条死亡兵卒的裤子。后来,索布台他们来了重新打扮了一番;这回,格日勒太台吉脱下一只靴子又套在其头上。

五勇士向前赶去,经过了猛虎将四人斩死的那两只魔虎,登上对面双峰山望去,路上扒着两条蛇。阿安达·巴特尔指着向伙伴们道:

"那就是为那钦可汗放哨的两条蛇,用啥办法处置为好?"

"我去收拾好啦。"白鹰说。

"怎么个收拾法?"班珠尔问。

"我先去如此这般,你随后赶去一相助,不就妥了吗！"

白鹰言罢,披上红火甲,头上喷着火焰赶去躺在它们身旁。蛇见了,即刻爬去缠住并张开大嘴要吞掉他。白鹰喷出火星去烤烧,正当蛇被烫得无计可施之际,班珠尔等人疾速赶来,拿剑一挑,两条蛇当下分别成了两段。仔细一瞧,它们的头和尾巴还在动弹,阿安达上去给了几剑,砍了下来,将其身子分别拧了三下,两条蛇魔这才咽了气。

五人斩死蛇魔,登上前面的塔山,四处望了一望,啥也没有。阿安达说:

"空着手回去,咋见圣主? 他不说啥,其他勇士也会耻笑的。咱们再走走,兴许碰上马群啥的。"

伙伴们听了,也觉得有理。跟着阿安达驰进杉木草原,不远处果真有一万匹马在吃着油蒿。一人问:

"拿啥法子赶走这群马?"

大林台·斯琴仔细观察了一番说:

"你们瞧,马群旁边还有两只渡鸦哩,它们说不定是看守马群的。不能贸然去赶,我先去试探,白鹰如此这般随去,你们这般如此再去相助,不愁逮不住它们。"

伙伴们齐声道:

"就依你的计策办!"

大林台·斯琴将坐骑留给伙伴,自己变个三岁孩儿走至马群中那棵树下,掏出金套索拉在树上,瞪一只眼,闭一只眼躺在去那儿装睡。接着,白鹰变只鹰飞去落在树上啼叫。看守马群的两只渡鸦听了鹰啼声,甚为吃惊:"这儿没有别的飞禽呀,是怎么回事儿?"欲探知个究竟,便飞来,没等落好,阿安达当即喷出五色彩虹,扬起冲天尘埃,降下一场倾盆大雨。随后,班珠尔变个老头,由两个孩童扶着走来又放出了烟雾。这烟雾与尘埃混在一起,使整个空间变成黑乎乎的,啥也瞅不见了。两只渡鸦发现事情不妙,起先因下雨没飞成;这会儿,冒着烟雾和尘埃一起飞,却被大林台·斯琴的金套索连同那只鹰全套住了。大林台·琴斯逮住三个飞禽,厉声问:

"你们在为哪个可汗放哨? 如实招来!"

"我是魔鬼贡布的哨兵,可汗令我前来探知格斯尔和那钦可汗底细的。"鹰先开了口。

"这是实话吗?"

"对天起誓,没一句假的。"

"那好,你去吧!"放走鹰,大林台·斯琴接着问:"你们两个呢?"

两只渡鸦为了逃命,也说了实话:

"我们是那钦可汗的哨兵。南面有契丹固穆可汗,西面有贡布可汗,东西有希尔吉斯台可汗,中部是格斯尔可汗。那钦可汗为防备他们进犯,令我们俩这里放哨。那钦可汗没几个化身,兵马也不多。我俩各有三个化身。再往前去,有个叫丹岱的勇士带着三千人马防守,别的就不知道了。"

大林台·斯琴获得口供后,让伙伴放了三堆火,把两只渡鸦扔进中间那堆火。渡鸦发觉上了当拼命逃出来时,被一个勇士逮住扔进了第二堆火,烧烫难耐挣扎了出来,五勇士一起上去抓住它们又抛进了第三堆火里。经过几次烧烤,两只渡鸦翅膀烤焦了,爪子烧断了,终于丧命于烈火中。

五勇士斩了蛇,除了渡鸦,赶着一万匹马回了故乡。

射死丹岱

伯通等五勇士回来后,六妃子各抽了一签,分别中了葛根·珠拉、莱楚布、巴穆·索岳尔扎、哲萨·希格尔、大林台·乌仁和荣萨。

六勇士领旨,顺着老路,爬上额勒斯吐山冈望去,见对面山坡上走着一个人。哲萨捐着这人向伙伴们道:

"看来,他就是丹岱·布日古德了,他的身后还有三千兵卒呢。我变只大鹏先飞去落在那棵秃树上,巴穆·索岳尔扎把你我坐骑唤入皮夹里,变位老头也赶到那树底下。丹岱·布日古德见了便会明白我们来了,要放出一个化身向那钦可汗去报信,其本身带上人马到西北面那条河源头,占领有利地势。一会儿,咱们就在那里与他交战,你们四人要疾速到丹岱化身经过的那个峡谷口埋伏好。就这样,出发吧!"

哲萨吩咐罢,变只大鹏飞去落在那棵秃树上;巴穆·索岳尔扎挥了挥手,将坐骑装入皮夹中,自己变成一位年近八旬的老翁走去,坐在那棵树下。丹岱·布日古德发觉后,赶回兵卒跟前嘱咐道:

"格斯尔的哥哥哲萨·希格尔带五勇士来袭击咱们了。大家要好生冲锋杀他们!"交待罢,放出一个化身变只雕,欲路经那峡谷飞去,向那钦可汗报信。

葛根·珠拉见那只雕起飞,立刻带上三个伙伴喷射着千万条光芒越过黑暗岭,奔到峡谷口躺下,莱楚布和珠拉去监视雕,荣萨和大林台防备袭击。

丹岱原身欲探知虚实,向那棵秃树赶去,走至中途发现树上的大鹏果真是哲萨,树下的老头是索岳尔扎,心想:"一人去失误就不好办了。"又返回军士旁吩咐:

"咱们在这里先等一等,我的化身向可汗去报信了。可汗依了我的话,会派大队人马来相助的,那时,咱们再与他们较量。"各处望了望,心里纳闷:"还有四个人来着,哪里去了呢?"

几个士兵上前道:

"哲萨凶猛过人,不好对付。等候援军到来再战,这主意是对的。"

"可汗为社稷,好汉重声誉。我一人去与他们厮杀也可以,主要怕咱们领土落入别人手里,才这么做的。说他格斯尔、哲萨神通广大,咱们可汗也不逊于他们呀,大家别怕,等候援军,做好交战准备。"丹岱见士兵有些胆怯又鼓励了一番。

莱楚布和珠拉见那只雕飞来,即刻拿金套索封住峡谷口子,又放了三堆火。雕见了:"原来四个家伙这儿埋伏,还要用火烧死我呢!"它躲开火想从高空飞去,被金索套拦住;俯冲下来欲逃走,烈火烤烧难耐;没办法要变成灰末飞去,莱楚布上去一把逮住,将其脖子拧了三下扔进火堆里。雕挣扎了一气,最后在烈火中一命呜呼。葛根·珠拉照亮黑暗岭,带上伙伴返回原处等候。

雕死后,丹岱叫苦:"怎么一下子就没力气了,莫非雕出事了?"灰心地又去望那棵树,大鹏跃跃欲试,准备起飞。扭头大叫:"弟兄它做好准备,哲萨要杀来了!"

可是大鹏没有冲向他们,却飞到西边那条河源头,施展法术,现出千军万马阵势。丹岱等了一阵不见鹏,甚为狐疑:"飞到哪里去了?"左右一望,好家伙,西边来了许多人马。他带上士兵向西面驰去,树下老头现出原相迎面奔来。丹岱下令道:"一半在这儿应付来人,一半随我去收拾那队人马!"

当丹岱带上一千五百士兵赶到河源头时,那些人马袅袅升上天空:"不好,看样子格斯尔亲自来了!"调转马头往回赶。这当儿,哲萨现出原相和那四位勇士先后奔来,与索岳尔扎合力,斩尽留在原处的这一千五百个敌兵,向西迎了过去。丹岱见了,以为自己士兵斩死了索岳尔扎,来与他会师呢;到近处一看,却是哲萨等六员猛将。他催兵迎战,可兵卒见到六勇士神威,个个吓破了胆,抱头四处逃窜。莱楚布和珠拉二人见敌军乱了阵脚,当即驱马冲去,一口气杀完了这一千五百名敌兵。

丹岱成了光杆司令,跳下马就来与哲萨死拼,二人厮打一会儿,不分胜负,其他五人也上来相助。丹岱见战不过六人,冲出包围圈逃去,哲萨大喊:"不能放跑他,说不定这家伙的灵魂在他眼睛里!"莱楚布听了父亲的话,驱马追去,前后两支箭射中了对方双眼。眼睛一瞎,这家伙果真就势倒下去咽了气。

丹岱·布日古德死后,那钦可汗力气又减掉了十成。

圣主等人坐在神灵白塔上瞭望时,哲萨六人赶着三万匹马,扬着尘埃,唱着歌奔来。圣主带上众人迎上去,与凯旋的勇士一一相见,得知射死了丹岱,十分欣愉。格斯尔可汗,为六勇士每人赏了一件珍珠衫,赶来的马匹,自己留下三匹,丹岱的坐骑赏给了安春,其余全部分给了勇士先锋和三大部落的好汉,按照前例仍未给楚通诺彦。

阿珠出征

茹格穆·高娃等妃子抽签确定下一次出征勇士时,阿珠·莫日根提出亲自前往。圣主劝道:

"夫人去,我的勇士就没事干了。再说,那个地方妖魔恶棍多,十分肮脏,就别去了。"

阿珠正欲陈述自己前去理由,天堂仙姊伊丽·扎木苏·达丽乌德木变只布谷鸟飞至。圣主一眼认了出来,即令手下人搬来一把金椅子,请她坐上,众人跪在地上请安。仙姊道:

"我是来传天宫圣旨的。玉帝和圣母娘娘说,那钦魔王十分凶恶,只有阿珠夫人去了,才能制服得了。此外,要由却玛荪·高娃妃子、哲萨夫人希姆荪·高娃、苏米尔夫人荣哈达丽·高娃、额尔敦·格日勒台夫人、莱楚布夫人满达丽·高娃五人保驾同往。待她们返回,格斯尔你再带三十勇士和三百名先锋前去,一举歼灭魔王。玉帝又嘱咐,要谨慎从事,万不可大意!"

圣主格斯尔听了玉帝圣旨,向仙姊叩了九下头。仙姊继续说:

"阿珠媳妇,你要变个观音菩萨前去,狠狠杀敌,照料好五位夫人。一切要见机行事,快去速归!"她教导罢,便飞走了。

阿珠带上五夫人从其后叩了三下头,起身披挂整齐,来向圣主等人辞行。哲萨为首的勇士不忍心上前道:

"圣主,还是让我们去吧。我们这伙人降生到人间是为了辅佐圣主,保护六位妃子的;是为了处置异教徒,斩杀敌人,清除强盗,铲除妖魔的。当圣主下凡时,我们似鸟儿啼鸣,像猛虎啸叫,如巨龙飞腾追随你来到了

这个世界。眼下,妃子和夫人们反过来出征,这是不合情理的。"

圣主笑了笑道:

"诸位别着急嘛!岁月要演进,麦谷收不完,恶根不会绝种的,斩杀敌人的机会多得是,再说,这是玉帝旨意,咱们怎么好违抗呀,还是让她们去吧!"

莱楚布道:

"圣主,早先我跟随阿珠婶子去过十五头魔王城,懂得如何对付这些妖魔。这回,让侄儿再去为妃子助一臂之力吧。"

圣主沉思了一阵儿:

"那就去吧,要好生照料夫人们!"

阿珠妃子带上夫人和莱楚布正欲起程,楚通诺彦也上来请求:

"圣主,这次我要与她们同往,活抓那钦可汗。途中,有恶棍来欺侮媳妇们,我去杀那厮;她们饿肚子了,我猎来野驴给充饥;口渴了,我提来水送去;心虚着怕了,去给壮胆子;天气热了,砍来松柏为她遮阳光。"

"你想去,这很好。"圣主表示同意。

阿珠根本不想带他去,见圣主让去了,再不好阻拦,便道:

"叔父,适才,该说的你全讲了。这回,要好自为之!"

圣主接着又劝谕楚通:

"叔父,这是你第二次请求,我不得不同意了。说句老实话,你我俩的名声都不小。当我从幼年开始带领勇士们杀敌斩妖以来,你一直在帮敌人的忙。几次下狠心想斩了你,可你毕竟是我的叔父呀。一个男子理应照料好妻儿老小,看管好家园,你有这种想法也是对的。我相信叔父会顾及自己名誉,能一改前非的。这次若是再去作孽,那就可耻了。希望你好好做人,别败坏了咱们家族的声誉!"

"请圣主放心好啦。你这席话,叔父铭记于心,好生照料媳妇们,狠狠杀他几个敌人。再惹出是非,就拿你那纯钢剑斩我的头好啦。"楚通一再表示决心。

哲萨等诸众在一旁讥讽:

"这回,咱们叔父一定要立大功了!"

252

阿珠等夫人在后,莱楚布和楚通二人在前,一行八人起程了。一上路,阿珠下令急行军,日夜兼程,一个月没让大伙休息;继之没给吃东西连续赶七天七夜的路。楚通诺彦哪肯吃得消这种苦,便央求道:

"阿珠呀,你带来了我,我高兴才是。空着肚子不分日夜赶这么长时间的路,叔父我实在受不了,咱们找个地方歇息一阵儿吧!"

莱楚布听了这话极为不高兴:

"爷爷,出来时向圣主怎么说来着?难道忘了你那要杀绝敌军,活抓那钦可汗,缴获其财产和牲畜的豪言壮语?是不是老毛病又要犯了?爷爷,咱俩不是女流,说话要算数。夫人们都在忍饥挨饿赶着路,你倒叫起苦来啦!"

"孩儿呀,爷爷委实吃不消了!"

荣哈达丽·高娃向阿珠递个眼色,把马粪变为美食,趁楚通不留神,放到前面路上。阿珠会意,便说:

"叔父累得不行,咱们就这儿休息一阵吧。"她悄悄掏出带来的仙丹分发给夫人们和莱楚布后,故意指着路上那食品接着道:"莱楚布,前面有些吃的,你年纪小,先拿来充充饥吧!"

楚通顺着指处一瞅,果真有食品,未等孙儿自己急忙奔去捡起来:

"孩儿,我是你长辈,就让我吃了吧。"说罢,不由分说几口吞了进去。嚼着最后一口,觉得不对味,因道:"为啥发苦?像是马粪的味道呢。"

"叔父,那不是马粪,是佛祖赐给的仙丹。不向他老人家祈祷,也不让别人就吃啦?"阿珠忍住笑奚落他。

楚通厚着脸皮:"咳,累啦饿啦,就没顾得上让你们。这是我的不是。"他摸摸肚子:"老是硬邦邦的,咋回事儿?"

"叔父真不知好歹,不感激佛祖赐给食物之恩,还说三道四。"却玛苏·高娃佯装斥责。

楚通支吾了半晌,啥也说不出来。自己肚子填饱了,又起了个邪念。他拿眼贪婪的瞟着几个夫人,思谋寻个机会勾搭上一个。

阿珠和却玛苏窥视出他这险恶用心:

"叔父,肚子饱了,也歇好了,咱们上路吧!"领上几人继续赶路。

走至乃日郎草地，莱楚布向阿珠们道：

"几位夫人前面走，我与楚通爷爷随在后面。"

夫人们依言，赶到前头去。莱楚布故意放慢行速，与她们拉开了一定距离，变出几块酪酥放在前面路上。走到跟前，莱楚布指着说："爷爷，你看那是啥？"

楚通顺着看去是几块酪酥，急忙跳下马捡起就送进嘴里，因想到："早些年，我让他放牧八只羊。当时听人讲，八岁的小莱楚布在拿羊奶做酪酥糊口，莫非他将剩下的带到这儿了？"用嘴去嚼还是不对味。莱楚布见不远处有块磨盘石，他立刻施展法术将其变块小佛龛，赶到跟前，故意吃惊道："这不是阿珠夫人的佛龛吗，怎么竟丢在这里了？据说这佛龛极为神灵，能使死人复生，饥饿了还有赐给仙丹哩。"跳下马拾起来摆弄着观赏。楚通心想："若是弄到这佛龛，一不再饿肚子了，二能赏给斗不过的敌人自己好逃跑；三回去会取得格斯尔信任；四还给主人，会得到阿珠喜欢。"便央求道："孩子呀，我是你爷爷，就让给我吧！"

莱楚布道："这佛龛可能很沉，带上后可别叫苦。"

"没事儿，就给我带上吧！"

莱楚布给楚通套在脖子上，二人上马追去。六夫人驱马飞驰，怎么也追不上她们。阿珠知道莱楚布在耍笑他，心里觉得好笑。莱楚布见楚通流着汗拼命追赶那模样，心里十分解恨。楚通实在无法忍受，跳下马叫苦：

"孩儿呀，这不是佛龛，像是磨盘，你骗了我。绑得又这么紧，谁能受得了呀！求求你，快给爷爷解下来吧！"

"不好受吧，小时候你咋折磨我来着？你恶习不改，路上还图谋找夫人寻欢，真丢人！出来咋说来着，圣主又如何教训的？"说着，莱楚布"嗖"地拔出了剑。

楚通诺彦慌忙跪下去无耻地说：

"这么大年纪的人了，怎么会找夫人去寻欢呢，那只不过是开了个玩笑罢了。请饶了我吧！"

"不收起你那歹心就宰了你！"莱楚布狠狠瞪了几眼，把剑插入鞘里：

"咱回去后再说。"跳下给解下那磨盘,扔到一边。楚通高兴不已:"带那家伙再走几步,老命也没了。"

莱楚布带上楚通追上夫人们,向阿珠说:

"这家伙很坏,还想勾搭夫人呢。"

"我早就觉察到了。"阿珠扭头问楚通:"叔父,你觉得可耻吗?"

楚通诺彦羞得退了几步。阿珠向莱楚布道:"咱们把他装进荷包里吧,省得竟给惹事儿!"随即掏出荷包:"叔父,来!来!"楚通不解其意没皮没脸地问:

"媳妇,你叫我做啥?"

"咱们快活快活吧。"

"这是哪里的话……"没等他说完,阿珠挥了三次手,将楚通唤入荷包里交给了莱楚布。

闲话少叙,她们沿着老路赶去,有一座高山横在跟前。阿珠带上众人登上顶峰,朝前望去,山下针茅滩上有个像人的东西在那里蹒跚。阿珠仔细瞧了瞧道:

"这可能就是那钦可汗四季祭祀的那棵树。"

"如何去收拾它?"众人问。

却玛苏·高娃道:

"阿珠变为那钦可汗公主乃呼烈·高娃,咱们几人成为她的侍女去祭祀,它肯定会现出树的本相来。那时,再设法处置它。"

阿珠沉思了一会儿:

"这主意倒不错。可咱们没见过乃呼烈·高娃,也不知祭祀时间呀!"

大伙都为如何走近这棵树而发愁。

却说,那钦可汗的养女乃呼烈·高娃,一天去找汗父请求道:

"听人们讲,城池前面的灌木山、杉树山和柏树山上长着非常美丽的莲花和果树,孩儿想去观赏观赏呢。"

"你也不是男孩子,去那儿干啥?"

"到那肮脏地方或者去串门,自然使不得。可是瞧瞧这花草果树,欣

赏鹦鹉啼叫,这有啥不是呢?"

那钦可汗见女儿一再坚持,答应了她的请求。

乃呼烈·高娃向父母叩了头,带上八名侍女赶去,登上这灌木山一看,只见那鹦鹉飞翔,莲花盛开,各种果子应有尽有,别有一番情趣。这位公主游玩之余,不由自主感伤起来:"如此美丽的地方竟未曾来过,真白活了二十年。"

这时,在半空中骑一匹追风灰白马,挎着用狍子犄角做的乌雕弓,手持九拖长神力剑来回奔驰的萨仁·额尔敦,见到一位少女在灌木山悲伤,便驾着祥云降下来,仔细一端详,好不漂亮的一位妙龄女子。他心想,瞧她这副模样和派头,肯定是那钦可汗公主乃呼烈·高娃了。随即给她投下一封书信。乃呼烈·高娃甚为惊奇,拾起来一看,还是用金子写的。她打开信,上面写道:"小姐,请别悲伤了,今生今世你的命运错不了的,不久便会遇上你心上的人。八位侍女也别着急,同样会招逢位好可汗的。此人不是别人。正是世间圣主格斯尔可汗。此乃上天旨意,不得泄露。"姑娘看罢信,说了一句:"我怎么能嫁给格斯尔?"说了这么一句不要紧,可人当即便昏了过去。侍女们见状个个十分惊慌,把她扶起来,摇晃着头,劝道:

"这是天书,姑娘就依了吧!"

姑娘昏迷一阵儿,清醒一阵儿。在侍女们的催促下,她心想:"不答应吧,昏迷得不行。""那就嫁他为妻吧!"说了这么一句,人当即清醒过来。姑娘接着道:"看来,这是天意,只好等待格斯尔了。回去后,谁也不许透露这事。"

"姑娘嫁给好郎君,我们也跟着沾光。听人们讲,格斯尔可汗说人眼有人眼,要武艺有武艺,我们早就盼你能许配给他哩,说它干吗!"

姑娘咬破小指伸过去道:"那你们就舔这血起誓吧。"

侍女们舔了血,起了誓,姑娘接着说:

"格斯尔不是凡人,又有三十勇士相助,天下是没有他的对手的。我早就仰慕于他了。"

侍女们听了这话,也个个咬破小指:

"你真想嫁给他,也舔这血起誓吧!"

姑娘二话没说,舔了血发了誓。

萨仁·额尔敦从半空中眼见这一切,又投下一封书信,上面写道:"我叫那日布,日后常向我祈祷。近日务必去祭祀你汗父的那棵树,那时,你会瞧到一个吉兆的。"姑娘看罢信,向侍女们说知了意思。其中一个侍女道:

"咱们出来时间长了,不回去,可汗要怪罪的。祭祀树的事,得到可汗准许,才去为好。"

大家依言,回了家,谁也没透露山上发生的事儿。

阿珠·莫日根等人坐在高山上无计可施之际,萨仁·额尔敦驾着祥云赶来,投下一封书信,写道:"我是莱楚布和满达丽·高娃儿子萨仁·额尔敦。现遵奉玉帝旨意,前来为圣主格斯尔、爷爷哲萨·希格尔及其三十勇士、七位妃子效犬马之劳……"阿珠念到这里,心里有些纳闷:"圣主只有六位妃子,信上为啥说七位呢?"正在愚惑不解时,从空中飞下一只青雕,落地后现出原相,给阿珠、却玛苏、莱楚布和满达丽·高娃挨个叩头请安,随后向众人说知自己如何遇难,又如何到了天堂的事儿。大家听了,悲喜交集,都流出了泪。阿珠脱下珍珠衫赏了萨仁·额尔敦;却玛苏为庆贺父子相遇,也赏给莱楚布一件珍珠衫。萨仁·额尔敦谢恩后道:

"明天是那钦可汗祭祀树的日子。我见到了乃呼烈·高娃其人,知道了是啥模样。阿珠妃子变为公主,其余人变做她侍女去收拾它。"

阿珠依据萨仁说的,变成乃呼烈·高娃,其余七人变为侍女,还缺一名。莱楚布掏出荷包道:

"让楚通来充数吧!"

阿珠制止住:

"不行,他给坏了事怎么办?"接着问萨仁·额尔敦:"书上说七位妃子,这是怎么回事儿?"

"那钦可汗的这位公主容貌出群又贤惠。我让她起誓嫁给咱们圣主了。这不好吗?"

"这自然是件美事了。"

阿珠领上七位侍女向北面赶去。蹒跚着的人见了她们当即变成一棵树立在那儿,又仔细瞅了瞅有些纳闷:"来者倒像可汗的公主,可她往常都从北面来呀,等她们到了跟前再说。"

阿珠走来,领上侍女跪下去说:"我替汗父来祭祀你了。"说罢,叩了七七四十九次头。随后向侍女道:"明天是祭祀的日子,你们睡觉前到河里洗净身子。好啦,就在这儿休息吧。"

树听了这话,因想:"话音像公主,长相也一模一样,再说别人是不会知道这祭祀日子的。可是为啥没领大臣来呢?"还是存有疑心,不停地摇晃着枝叶。

阿珠为取得树的信任,就在它底下过夜。睡到半夜,睁眼一瞧,树不摇晃了。她当即推醒却玛荪·高娃、满达丽·高娃和额尔敦格日勒台·高娃三人,取出金斧子一赶上来去砍。当她们砍到树心,荣哈达丽·高娃惊醒,起身拿出金钩子拽倒了树。接着众人一起动手,捡来干柴点着,将那钦可汗的命根子烧成了灰。阿珠松了一口气,擦着汗道:

"处置了神树,咱们回去吧!"

"夫人,回原地等着吧,好戏还在后头哩。"萨仁·额尔敦笑着说。

阿珠忽然像是想起了什么,领上众人返回那座高山等候。

却说,这棵树被毁掉后,那钦可汗一下子心神恍惚,起不了床了。请来神灵卜卦人一占卜,说:"神树让人砍倒了,可汗的灵魂叫一个女子玷污了,这下,少说也得病三个月。要治好,请来喇嘛神医都没用,只有再去祭祀那神树。"

乃呼烈·高娃听了,十分生气:

"竟胡说八道,快给我滚!你说有个女人玷污了树,是谁?"

卜卦人有口难言,乃呼烈·高娃向那钦可汗道:

"汗父,卜卦人说没说,咱们都得去祭祀树才是。"

"对,让拉达那勇士去好啦。"

"依我看,拉达那不是咱们族亲,他去了不给虔诚地祭祀怎么办?让我带上吉苏台·斯琴去吧。"

那钦可汗思谋派她吧,是个女孩子;不派她吧,又没有合适的人,便道:"你就为父亲好生去祭祀树,回来,我给你找个称心如意的郎君。"

乃呼烈·高娃装出喜悦的样子,那钦可汗更为深信不疑了。公主走出帐幕,带上侍女正欲起程,那个卜卦人赶来,厉声道:

"别装啦,你想去做啥,我全清楚。"

"你清楚什么!"

"你要嫁给格斯尔了,没猜错吧。"

乃呼怒气不可遏,令一个侍女:"快给叫来吉苏台·斯琴!"

不一阵儿,吉苏台·斯琴赶来:

"公主,叫我有何事?"

"这卜卦人太不像话了。本来汗父病重,他不去好好瞧病,却来惹是生非,编排我的不是。给我推出去斩了!"

吉苏台·斯琴听了这话,当即悟出是怎么回事,二话没说,将卜卦人拉出去斩了头。

那钦可汗的这位养女带上贴身八名侍女和吉苏台·斯琴,言称祭树实则找阿珠她们去了。

放哨的希岳古德勇士见公主走来,迎上去问道:

"公主,到哪里去?"

"神树被玷污后,汗父就卧榻不起了。有人说,只有去祭它,汗父的病才能见好。听了那人话,只好亲自前往了。你们好生放哨,别放进敌人来!"

姑娘又骗过前头放哨的新岱巴特尔父亲策德格希日苏·莫日根,走向有三条独角黑虫的放哨处。姑娘想:"这都是些孽障,不如处置了再走。"她领上侍女赶去,当即放一把火烧死三条黑虫,又上了路。

那时,阿珠等得有些不耐烦:

"她是不是骗了咱们?"

"不会的,第七位夫人即刻会驾到的。"萨仁·额尔敦说。

却玛苏·高娃接着说:

"只要心真意切,她会来的。日后咱称她为忠信夫人好啦。"

当她们交谈之际,乃呼烈·高娃赶到了长着那棵树处一看,啥也不见。心想:"记错了?"便掏出萨仁给的信看了看,就是这儿呀! 正在她疑惑不解时,即刻从东南面高山上喷出白红绿青黄五种颜色光圈,鹦鹉孔雀诸鸟飞翔啼鸣。姑娘见了这奇观,听了鸟儿啼叫,觉得这就是书信上说的吉兆了。便带上侍女和吉苏台·斯琴向高山赶去,阿珠等人见了也起身迎了上来,两人在半路相遇。姑娘问阿珠:

"夫人家住何方,后嫁于谁,叫啥名字,到此有何贵干?"

"我没有国家,丈夫是个叫花子,家住在其其格吐草原,名叫阿珠·莫日根,父亲为五龙母亲是海水。我们是来处置那钦可汗的。"

姑娘没等对方问便说:

"我叫乃呼烈·高娃,父亲是却荣,母亲是巴达玛·格日勒吐,养父为那钦可汗,上无兄姐,下无弟妹。眼下在寻找一位盛慧贤德的夫人。见到她,我宁愿为她挤奶、担水、掏灰、煮茶、白天背柴、晚上铺褥。她叫却玛荪·高娃,我称她为姐姐。我四岁那年,双亲相继去世,就成了孤儿。后来由那钦可汗的放羊人斯琴布鲁及其妻子依希路所生的曹桂荣来抚养。这时,那钦可汗身边无子女,就把我抢去做了养女。多年来一直在向往投奔我那位养姐。前天,有一位不明踪迹的男子,从空中给投下一封书信,让我嫁格斯尔可汗,我答应了他。现在想去找格斯尔,可不知他在何方,请诸位姐姐为我指出一条明路吧。"

阿珠在她述说中仔细端详其人,姿容似日月,发鬓如鹦鹉,双肩上像有白蛉飞舞,婷立于日光下欲融化,伫立在皓月中怕凝结。却荣养女却玛荪·高娃在交谈中得知其是自己妹妹更为高兴不已。人们见她领来八位侍女个个容貌非凡,也都赞不绝口。当吉苏台·斯琴向众人说知乃呼烈·高娃途中如何骗过哨兵,如何烧死三条黑虫后,大家又赞许了一番她那过人的智慧。吉苏台·斯琴接着说:

"过一阵儿,那钦可汗发觉姑娘私奔,会派人来追的,咱们还是赶紧走吧。"

众人依言,当即上了路。不一日,他们赶回故乡,莱楚布先驰来向圣主格斯尔请安后,报知处置那钦可汗的神树,带来自己儿子萨仁·额尔敦、忠信妃子乃呼烈·高娃和吉苏台·斯琴的事儿。圣主、妃子和勇士们听了十分欣愉。随后，阿珠带上众人赶到，与家里人一一相见。格斯尔可汗为每人赏了一件彩色鲜艳的如意袍子，摆出丰盛的酒宴，与乃呼烈·高娃成婚。席间，莱楚布从荷包倒出楚通。早已知道了他那丑恶勾当的格斯尔可汗，拔出剑欲去斩他的头，乃呼烈·高娃当即跪下去劝阻：

"看在我的面子上，就饶他这一回吧！"

圣主瞪了几眼楚通，啥也没说，把剑插入鞘里。众人见乃呼烈·高娃这般贤惠懂事体，个个赞叹不已。

一举歼灭

勇士和夫人们先后几次出征，将那钦可汗各处哨兵收拾得所剩无几，又有后来的吉苏台·斯琴相助，歼灭那钦可汗的时机基本成熟。圣主格斯尔召集来勇士和先锋，下令道：

"这回我带兵亲自出征。莱楚布、格日勒台·斯琴、索布台·巴特尔和巴穆·索岳尔扎留下来，守好家乡，别的勇士都跟我去讨伐那钦可汗。好啦，大家准备出发吧！"圣主怕惹出祸，又让莱楚布把楚通装进荷包里。

勇士和先锋披挂整齐，追随圣主踏上了征途。不一日，他们登上希贵吐山。

这时，首席大臣进来向那钦可汗奏道：

"小姐去了这么久不回来，哨兵不来报信儿，可汗的病也不见好，情况有些不妙。以鄙臣之见，咱们不如带兵前往。"

可汗也说：

"就是呀，小姐和吉苏台·斯琴该回来了，是不是出了事儿？我的灵魂接连损失了一千个，眼下总觉得心虚没力气，你们去看一看也好。"

拉达那、呼勒格、索格勒台、哈日格勒台、希岳古德和策德格希日苏·莫日根等六员大将领旨正欲出发，有一个兵卒赶来禀报：

"不好了，格斯尔带兵冲来了！"

那钦可汗一听，大为失色，又把诸位大臣和勇士招来商议迎敌对策之际，圣主格斯尔带上勇士和先锋已赶到城门前，大叫：

"那钦，你快出来，咱们决一雌雄！"

索岳古德和策德格希日苏·莫日根二勇士闻声奔了出来，格斯尔和苏米尔一马当先迎了上去。对方二将见苏米尔飞马驰来时，折断树木，踏破石块，地动山摇那股气势，一下子吓破了胆，当即调转马头奔回来，向那钦可汗禀报："别说厮杀了，见了他就心慌。"

那钦可汗无奈爬起来，披挂整齐，亲自带兵迎去，在珠勒格吐白草滩摆开了阵势。圣主向勇士们告诫：

"要慎重对敌，别以为吓跑了两个人。就没有事了。"

"只要拼力厮杀，这点敌军算不了啥。咱们牢记圣主的话就是了。"哲萨说。

吉苏台·斯琴接着道：

"那钦可汗有三个主要灵魂，这由我来收拾。"

"那好，冲吧！"随着圣主一声令下，安春首当其冲，苏米尔、赛音·舍

格勒台等追随其后，几人冲入敌阵，横冲直撞，将敌军杀得焦头烂额。一阵儿，那钦可汗的索格勒台奔来，与赛音·舍格勒台相遇，两将你来我往，杀得不分胜负之际，格日勒太·台吉从背后赶来，一剑斩下了索格勒台的首级。

接着，哲萨带领班珠尔、萨仁·额尔敦和格吐勒戈其·陶丽喷吐火焰，扬着尘埃冲上来。在这火焰和尘埃中，敌军辨不清东南西北，互相碰撞，各处逃奔。

那钦可汗眼见这种气势，令拉达那和呼勒格二勇士：

"看来，这伙人很凶，你二人快上阵吧！"

敌军两将领旨奔来，圣主令阿安达等十二勇士去迎击，接着自己带上其他勇士也冲了进去。这时，诸天神也来相助，巨龙呼啸，大地震撼，杀得敌尸体遍野，血流成了河。那钦可汗见自己人马杀不过对方，亲自出阵，向格斯尔奔去。安春、苏米尔再次冲了进来，杀得敌兵四处逃窜，神胡芦勇士追杀那些逃跑之敌。这时，格斯尔与那钦相遇；哲萨、葛根·珠拉与拉达那厮杀；萨仁·额尔敦、那仁·额尔敦与呼勒格扭打；阿安达、猛虎将在查黑拉干河岸与索岳古德、策德格希日苏较战；楚通之子阿勒塔、大林台·乌仁、伯通和荣萨们在追击逃窜之敌。战局全面铺开，势头好不热闹。

这当儿，大林台·斯琴和阿斯米诺彦奔去，烧着了那钦可汗的三百层城楼。

战事在继续，苏米尔、舍格勒台杀完一部分敌军，去援助萨仁·额尔敦；安春赶去为哲萨助威；火红眼去助战葛根·珠拉；格日勒台·斯琴与猛虎将合力杀敌。

圣主格斯尔见勇士们奋力拼搏，十分高兴，用足力气与那钦可汗厮斗。他用九拖长青钢剑去砍，可对方仍然没事儿，二人你打我迎，不分胜负，继续拼杀。萨仁·额日敦和苏米尔斩死呼勒格，哲萨和安春砍死拉达那，阿安达和猛虎将处死索岳古德和策德格希日苏，伯通等人杀完残余敌兵，相继赶来援助格斯尔。

这期间，吉斯台·斯琴带上几人闯入魔王城，找到那用一千个砧铁制成的铁箱子砸开，从里面爬出一条花白蛇，一只金蜘蛛，还有金银穿针各一根。吉苏台带上那钦可汗这三种主要灵魂返回来，当即将花白蛇投入火堆里。蛇被烤烧难耐，一挣扎，那钦可汗力气猛增，又上来与格斯尔搏斗。萨仁·额尔敦见状奔进火中，将蛇斩为两段，砍下头和尾巴，各拧了几下又扔进火堆；接着吉苏台把金银穿针和金蜘蛛抛进火里，那钦可汗依然没事，吉苏台拿金折刀刺死蜘蛛，那钦可汗开始急喘气；哲萨趁机上去斩断其双臂，葛根·珠拉射瞎了两只眼，吉苏台又拾起金穿针拧弯，念了："希噜、希噜、古儒古儒、索格！"咒语扔进火中，那钦可气力衰减倒身于地；又拾银穿针，念了咒语，魔王到了奄奄一息境地，可是仍然骂不绝口：

"格斯尔，瞧着，你子孙也要遭到这种噩运，三十勇士要挨剑，妃子要被他人占有，乃呼烈·高娃要钻入别人被窝！"

"你这一生，作的孽太多了，不杀不足以平民愤。见阎王去吧！"吉苏台上去一剑结果了其性命。

自从格斯尔可汗铲除了那钦魔王，这里成为泉水奔流，树木成荫，鲜花盛开，鸟儿飞翔，野兽驰跑的极乐世界，黎民百姓开始过起了幸福而美满生活。

茹格穆·高娃、阿尔伦·高娃、阿珠·莫日根、红娜·高娃、却玛苏·高娃、赛呼烈·高娃、乃呼烈·高娃七位妃子带上众人登上神灵白塔等待亲人归来。一日，圣主格斯尔带领勇士和先锋有如猛虎呼啸，扬着尘埃，浩浩荡荡赶来。妃子、夫人和留守的勇士们走下白塔迎了上去，可汗与将士、夫与妻、父与子、朋友相见，道叙怀念之情，互相祝贺，真可谓百感交集，欢乐空前。圣主格斯尔为祝福这一大团圆，从百岁老人乞尔金到几岁孩儿每人赏了一件珍珠衫。刚从莱楚布荷包里出来的楚通诺彦也上去想要一件，可圣主没给，老家伙羞得当即溜回了家。

这天，格斯尔可汗又装新了银白色帐幕，摆上丰盛酒宴，庆贺一举歼灭那钦可汗这一重大胜利。